孤篷《こほう》のひと

葉室麟

角川書店

目次

孤篷のひと

装画　村田涼平
装丁　鈴木久美

白炭

正保《しょうほう》三年（一六四六）、風が肌をひやりと感じさせる日だった。

徳川《とくがわ》幕府の伏見《ふしみ》奉行《ぶぎょう》を務める小堀遠州《こぼりえんしゅう》の伏見屋敷を、奈良の豪商、松屋《まつや》久重《ひさしげ》が訪れた。

遠州は茶人として知られており、奈良の東大寺《とうだいじ》近くの転害《てがい》町で代々塗師《ぬし》屋を営んでいた久重の祖父と父に茶の湯の素養があったことから、若いころより茶会に招くなどして松屋とは親しかった。

遠州は寛永《かんえい》十九年（一六四二）に将軍徳川家光《いえみつ》に茶を献じて以降、足かけ四年、江戸に留《とど》まった。家光に気に入られて思いがけず長きにわたって江戸にいたのだが、後に「遠州の四年詰め」などと呼ばれることになる。

昨年、ようやく伏見に戻った遠州はこの年、六十八歳。永年、勤めに追われてきたが、どうにか落ち着いた日々を過ごそうとしていた。

この日、伏見屋敷に招かれた久重は遠州より十二歳年上で、八十歳になる。眉《まゆ》が白く穏やかな目鼻立ちで鶴のように痩《や》せているが、さすがに年齢を重ねて物を見る目は深い。遠州にとって、誰よりも語り合える相手だった。

遠州は六地蔵《ろくじぞう》にある伏見屋敷の茶室、転合庵《てんごうあん》で久重を待ち受けていた。転合庵は遠州が八条宮智仁親王《はちじょうのみやとしひとしんのう》から瀬戸茶入れの〈於大名《おだいみょう》〉を賜ったことから、宮家を招いて茶入れ披露の茶会をするため、屋敷内に建てた茶室だ。

屋根は檜皮葺《ひわだぶき》で、二畳台目《だいめ》の茶室には「にじり口」と「貴人口《きにんぐち》」があり、渡り廊下で水屋《みずや》と四畳半の席がつながっている。

遠州は切れ長で優しげな目に笑みをたたえ、のどやかな表情で久重を迎えた。頰がふっくらとして、鼻下と顎《あご》にわずかに髭《ひげ》を蓄えている。年齢を感じさせない若々しく穏やかな風貌《ふうぼう》だが、幕府の官僚であっただけに挙措の端々にはおのれを律する厳しさがある。

それでも言葉つきはやわらかで、ひとをくつろがせるのは茶人だからこそであろう。投げ頭巾《ずきん》をかぶり、袖《そで》無し羽織に袴《はかま》をつけた姿からは、伏見奉行としての厳《いか》めしさは感じられない。

遠州は天正《てんしょう》七年（一五七九）、近江《おうみ》国坂田《さかた》郡小堀村に生まれた。父は小堀新介正次《しんすけまさつぐ》、母は磯《いそ》野《の》丹波守員正《たんばのかみかずまさ》の娘だった。

遠州の幼名は、

――作介《さくすけ》
名は政一《まさかず》である。

小堀家はもともと近江、浅井《あざい》氏の支配下にあったが、浅井氏が織田信長《おだのぶなが》に攻め滅ぼされると、そのころ寺に入っていた父の新介は、還俗《げんぞく》して新たに長浜《ながはま》城主となった羽柴秀吉《はしばひでよし》に仕えた。その後、新介は秀吉の弟、秀長《ひでなが》の家臣となった。

秀長が大和郡山《やまとこおりやま》に封じられ、七十万石の大名となると、幼い遠州は、父に従って郡山に赴き、秀長に小姓《こしょう》として仕えた。

秀長が病没した後、新介は遺領を継いだ秀保《ひでやす》に仕えたが、間もなく秀保も亡くなり、秀吉の直臣《じきしん》に戻った。そして秀吉が没した後の関ヶ原《せきがはら》の戦いで新介は徳川方につき、徳川方の勝利とともに、備中《びっちゅう》国松山《まつやま》で一万石を加増された。

慶長《けいちょう》九年（一六〇四）、新介が急逝すると、遠州は遺領一万二千四百六十石を継いだ。後陽成院《ごようぜいいん》御所の作事《さくじ》奉行を命ぜられて以来、駿府《すんぷ》城や禁裏《きんり》、二条《にじょう》城、仙洞《せんとう》御所等多くの作事奉行を務め、建築と造園に才能を発揮してきた。

また、幼いころより父新介について茶に親しみ、古田織部《ふるたおりべ》に師事して茶人としても茶の道を極めた。

千利休《せんのりきゅう》以降の茶人を評して、

――織《おり》理屈、綺麗《きれい》キツハハ遠江《とおとうみ》、於《お》姫宗和《そうわ》ニ　ムサシ宗旦《そうたん》という言葉がある。古田織部は奔放でありながらも理屈っぽい、「綺麗寂び《きれいさび》」と言われる遠州の茶は美しく立派であり、これに比べ金森《かなもり》宗和はお姫様好みでおとなしく、「姫宗和」などとも呼ばれ、千利休の孫である宗旦はわびに徹し素朴なだけに、むさくるしいという意味である。

この中でも遠州は利休、織部に次ぐ大茶人であるという声もあった。

織部亡き後は大名茶の総帥として多くの大名茶人を指導した。慶長十三年に従五位下《じゅごいのげ》遠江守に叙せられ、遠州と呼ばれるようになったのである。

久重が転合庵に入ると、懐石が出た。遠州の懐石料理の工夫には定評がある。一汁三菜《いちじゅうさんさい》、香物《こうのもの》、吸物《すいもの》並びに肴《さかな》を基本として、使いまわしの利かない生地《きじ》の器を使う。また染付《そめつけ》の器を使うようになったのも遠州が初めてである。

久重が驚いたのは、茶が振る舞われる前に菓子ではなく葡萄酒《ぶどう》が、染付の徳利《とっくり》に入れられて猪口《ちょこ》とともに出されたことだ。久重が思わず、

「これは珍しゅうございますな」

と口にすると、遠州は悪戯《いたずら》っぽい笑みを含んでひと言、

——甘かろう

とだけ言った。葡萄酒ならば甘いから菓子の代わりになるはずだ、ということなのだろうか。

茶釜が松籟《しょうらい》の音を立てると、柄杓《ひしゃく》でたっぷりと湯を汲《く》み、なめらかな所作《しょさ》で茶碗《ちゃわん》に注《そそ》いだ。茶筅《ちゃせん》を用いずに取り上げ、

「飲んでやるぞ」

と楽しげに言ってひと口、飲んでから久重に茶碗を差し出した。言うなれば、亭主が茶の毒見をしたのである。

久重は、ふう、とため息をついた。融通無礙《ゆうずうむげ》、天衣無縫な遠州の茶に魅せられていた。

（これは、千利休様の茶であろうか、それとも古田織部様の茶か——）

久重は考えをめぐらしたが、いずれでもないように思えた。利休や織部の茶は、その見事さに敬服し、崇《あが》める茶であったような気がする。それに比べて遠州の茶は、亭主と客の間の垣根を取り払うことから始まるようだ。

茶席での亭主であり、客であるといっても、それは仮の姿に過ぎない。いや、主君であり、家臣であることも、さらには領主であり、領民であるといっても、皆がひとであることにおいて変わらないならば、同じように仮の姿である。

同じひととして茶を点《た》て、味わうならば、そこにあるのは、たがいの心を通じ合わせる喜びだけではないか。

そう思い及んだとき、不意に久重は浮き立つような心持ちになってきた。齢《よわい》八十に達するまで、自分は生まれてこのかた、常に何者かになろうとしてきた。いや、世間が思うようなおのれであろうと、懸命に努めてきた。

塗師屋の店を継ぎ、茶の湯を学び、ひとがましく世を渡ることこそが、しなければならないことだ、と信じてきた。

世間への顔を取り繕う前にただひとりのひととして生きたことがあるのか。いや、自分だけではない。これまで出会ったひとに対しても、どのような身分でどれほどの力を持ち、自分に何を与えてくれるかばかりを考えてきた。

ただのひととして相対《あいたい》したことがあっただろうか。このように遠州と茶を分け合って飲んでみれば、たがいにただのひとに過ぎない。

茶を深く味わいつつ、同じ時を過ごした自分と相手がひととして生きていることを喜び合うだけである。そういう相手とめぐり合えたなら、もはや何もいらない。この世は所詮《しょせん》、仮の宿り、夢に過ぎないのだから。

久重がそんなことを思っていると、遠州がさりげなく、

「よい物を見せよう」

と言い、立ち上がった。黙って従う久重を、遠州は庭の片隅に造られた炭焼き窯《がま》のそばに連れて行った。

「炭をお焼きになるのでございますか」

久重が興味深げに訊《き》くと、遠州は、うむ、と満足げにうなずいて、窯のそばに置かれていた細長い炭を手にした。表面が灰で白くなっている白炭《しろずみ》である。

白炭はカシやクリなどを高熱で焼き、外に出して消し灰をかぶせて作る。火がつきにくいが、

燃え出すと火もちがよい。

「近頃では、茶の湯の枝炭《えだずみ》は胡粉《ごふん》を塗って白くすると聞いておりますが」

何気なく久重が言うと、遠州は無表情な顔つきで、

「胡粉を塗ることは織部様が考えられたのだ」

と答えた。

その声音《こわね》にわずかにひややかなものを感じて、久重は戸惑いを覚えた。茶の湯において、炉《ろ》の火の熾《おこ》りを早くするために躑躅《つつじ》などの細い枝を焼いた枝炭を使う。

織部はこの枝炭の見栄えをよくするため、胡粉を塗り、白くした白炭を用いた。『茶譜』という書物に、織部が炭に塗った胡粉について、

——乙白粉《おしろい》のごとし
と書いてある。久重は、遠州が胡粉を塗った白炭を使わないのを知っていたが、特にわけがあることとは思っていなかった。しかし、こうして炭焼き窯まで造って自然な白炭を焼き上げているところを見ると、何かこだわりがあるのかもしれない、と考えた。

久重は思い切って訊いてみた。

「せっかくの織部様の工夫でございますが、胡粉を塗った白炭はいけませぬか」

「いかぬというわけではないが」

言うなり、遠州は炭焼き窯に近寄り、手にしていた白炭を振り上げて窯に叩《たた》きつけた。ぽきりと音がして白炭が折れた。

遠州は折れた白炭の端を握り、久重に突きつけた。炭の断面は銀灰色《ぎんかい》の鈍い光を放っている。

「炭を焼いたうえで消し灰をかぶせてできた白炭の中身は、かような色に変じる。しかし、胡粉を塗っただけの白炭の中身は黒いままであろう」

「さようでございますが――」

何が言いたいのであろうかと、久重は眉をひそめて恐る恐るうなずいた。

「利休様が黒の色を好まれたことは知っておろう」

遠州に問いかけられて、久重は再度うなずいた。

初代長次郎《ちょうじろう》に焼かせた黒楽《くろらく》茶碗を好んだ利休が、黒色を嫌った豊臣《とよとみ》秀吉と対立を深めたことは茶人であるなら誰でも知っている。

「黒の美しさを見極められたのは、利休様なればこそだ。しかし、織部様は黒いはずの炭を胡粉で白くされた。これもまた、織部様なればこそである」

淡々とした口調で遠州は言葉を継いだ。

「それを茶の湯を楽しむための工夫と呼んではいかぬのでございましょうか」

たしかめるように久重が言うと、遠州は微笑《ほほえ》んだ。

「いかにもそうだ。つまるところ、茶の道を学ぶ者は、利休様のようでなければならぬし、利休様のようであってはならぬ。織部様のようであってはならぬが、織部様のようでなければならぬ、ということだ」

遠州が言わんとするところを久重はわかりかねたが、ふと、いましがた見た白炭の銀灰色の断面を思い出した。

（あれが、利休様とも織部様とも違う遠州様の色なのかもしれない）

利休はぼってりとした黒楽茶碗を好んだ。あのような茶碗は焼いた際に熱が通っておらず、土の部分のもろさが残っていて割れやすい。茶碗としては不出来なのではないかと思う。

だが、実際に茶を飲んでみると、まず黒い地肌に茶の緑が映えて美しく、さらに肉厚なため、茶の熱のじわりとひと肌に馴染《なじ》む温かさが伝わってくる。茶を喫し終えるまでに、利休が誘《いざな》う浄土に導かれる心地がするのだ。

一方、織部は大胆な意匠の、時にゆがんだ形の茶碗を愛用した。しかも織部は、床の間に飾られた掛物が長すぎるからと切り捨て、茶碗や茶入れを割って黄金でつないで、その景色が面白いなどと言った。それをよく思わぬひとが、

——此人《このひと》世の宝をそこなふ人也

と評したという。

すでに形をなした物に自らの作為を加えて、新たな美を生み出す織部の才気は尋常でなく、その奔放さに魅《ひ》かれるひとは多い。

しかし、遠州は、利休のようでなければならず、また、利休のようであってはならない、と言い、織部のようであってはならず、しかも織部のようでなければならないと言う。

一体、どういうことなのかと思いめぐらすうち、久重は、遠州が好む茶碗の色は、

――白

であることに思い至った。

唐物《からもの》や、朝鮮から渡ってきた清雅な白い器を遠州は茶会で使った。白い器があるだけで茶会の席が明るく、清浄になる気がした。だとすると、遠州は利休や織部が好んだ茶とは別の茶を目指しているのであろうか。

遠州が利休や織部に深い尊崇の念を抱いていることを久重は知っていた。

（利休様や織部様と違う道を、遠州様が歩かれることはないはずだが）

久重があれこれと考えをめぐらしていると、遠州は、

「もう一献《いっこん》、葡萄酒を進ぜよう」

とつぶやいてゆっくりと茶室に足を向けた。

茶室に戻った遠州は、女中に運ばせた葡萄酒の徳利を傾けて久重の猪口に注いだ。

頃合《ころあ》いに、遠州は茶室の隅に置いていた細長い桐の箱を自ら持ってきて、久重の膝前《ひざまえ》に置いた。久重は猪口を置いて桐の箱を見つめた。

「開けてみよ」

うながされて桐箱の蓋《ふた》を取った久重は目を輝かせた。

「これは、いつぞやお頼みいたしておりました〈心の文〉でございますか」

松屋は大和《やまと》の豪族古市《ふるいち》氏とゆかりがあった。古市氏から、侘《わ》び茶の祖である村田珠光《むらたじゅこう》の弟子であった茶人の古市播磨《はりま》が出ている。

村田珠光は奈良の生まれで、少年のころ浄土宗の寺に入ったが、やがて京に上り、茶人になったと言われる。

一休宗純《いっきゅうそうじゅん》に参禅し、印可《いんか》の証《あかし》として、

――圜悟克勤《えんごこくごん》

の墨蹟《ぼくせき》を与えられ、これを茶掛けに用いた。

室町《むろまち》将軍足利義政《あしかがよしまさ》の同朋衆《どうぼうしゅう》、能阿弥《のうあみ》から相伝《そうでん》を受け、書院茶にも達した。だがやがて、点前《てまえ》も簡略である下々《しもじも》の茶と、唐物の名物道具を重んじる書院台子《だいす》の茶を、禅の精神で統一した新しい茶の湯を行うようになった。

このとき珠光は、茶会の場として四畳半の茶室を思いついた。これを侘び茶の始まりとして、珠光は〈茶祖〉と仰がれたのである。

松屋には、村田珠光が茶の心得を認《したた》めて古市播磨に贈った〈心の文〉が伝えられていた。この〈心の文〉の表具《ひょうぐ》が古びてきたため、遠州を通じて表具師に為直《しなお》しを頼んでいたのだ。遠州は自ら注いだ葡萄酒を口に運びつつ、

「よくできたようじゃ」

と言った。はい、とうなずいた久重は、桐箱から軸を取り出して広げた。遠州は茶道具を包む布や掛け軸の表装に古金襴《こきんらん》を使う。この軸にも古金襴が使われていた。

久重はじっくりと眺めて、

「よろしゅうございますなあ」

と満足げに嘆声を上げ、じっくりと文章を目で追った。

〈心の文〉の冒頭には、

――比道、第一わろき事ハ、心のかまんかしやう也

とある。久重は思わず、声に出して読み上げた。この文に記された、

――我慢
とは、堪えるという意味ではなく、おごり高ぶり、自分こそはと慢心することが茶の道にとって最も悪いことだ、というのである。

〈心の文〉では、ひとの心には慢心と自分への執着があるから、自分よりも優れた人に反感を持ったり、初心者を見下してはならないと説いている。

珠光が茶を始めた室町時代は、ひとびとが集まって茶を飲むことは娯楽であった。茶の産地や銘柄を当てる〈闘茶〉などが盛んにおこなわれ、言わば茶の湯はにぎやかな宴会の場として楽しまれていた。さらに唐物などの名品を見せ合う、自慢の場でもあったのだ。これに対して珠光は、高い品格をそなえた枯淡《こたん》の境地に達してこそ茶の湯はおもしろい、とした。

「わかるか」

遠州は〈心の文〉の意とするところを久重に問いかけた。葡萄酒を飲んでほろ酔ったのか、久重はくつろいだ様子で膝に手を置いてゆったりと答えた。

「わかるつもりでございます。慢心いたした茶はただの自慢と相成《あいな》ります」

遠州はまた、自らの猪口に葡萄酒を注いだ。ゆっくりと猪口を口に運びながら話した。

「そうだ。おのれの慢心こそは茶を廃《すた》らせる。しかし、また、慢心がなくては、茶はできぬのも道理ではあるまいか。我欲はよくないが、欲があればこそ、他の人よりも茶の湯の上手になりたい、と願《ねご》うてこそ点前も上達しよう。また、おのれがいま立っておるところに留まらぬのも、ひとに欲があればこそだ」

淡々と遠州は言葉を添える。慢心があっては茶の道を極められぬが、慢心がなくとも極められるものではない、というのだ。久重ははっとした。

「先ほどの白炭のお話と通じておるのでございましょうか」

遠州は、しみじみとした口調で答えた。

「幼きころわたしは、千利休様にお会いしたことがある。そのおり不思議に思えてならぬことがあった。思えば、わたしの生涯はそのことを知るためにあったと言ってもよいようだ。随分とまわり道をしたが」

遠州の目の縁がわずかに赤くなっている。酔いのためか、それとも昔を思い出して気持を昂《たか》ぶらせたからであろうか。戸惑いを覚えた久重はさりげなく目をそらせた。

しばしの間、瞑目《めいもく》した遠州は、まだ前髪をつけた少年で作介と名のっていたころの話をおもむろに語り始めた。

◇

天正十七年（一五八九）——

大和国郡山城では、翌日に、関白《かんぱく》の秀吉が訪れるとあって、迎える支度《したく》があわただしくととのえられていた。

小姓を務めている十一歳の小堀作介は、茶釜を運ぶように言いつけられて廊下に膝をつき、黙ったまま襖《ふすま》を開けて、中に入った。声をかけなかったのは、あわただしい城内で茶座敷を使っている者がいるはずはない、と思ったからだ。

しかし、茶座敷に入った作介ははっとして目を瞠《みは》った。茶座敷の真中《まなか》には炉が切ってある。炉に向いて、投げ頭巾をかぶった男が茶を点てている。

その傍らに座っているのは主君の豊臣秀長だった。秀長はこのごろ病で床に伏していることが多く、顔色もよくなかったが、起きて茶の湯の稽古《けいこ》をしていたようだ。

投げ頭巾の男は鼻が大きく顎がはり、瞼《まぶた》のたれた大きな目は針のような鋭い光を放っていた。秀長は作介に穏やかな目を向けた。

「どうした作介、なんぞ取りに参ったのか」

やわらかく問いかける秀長に、作介はあわてて頭を下げ、

「申し訳ございません。声もかけずに入りましたこと、まことに粗忽《そこつ》でございました」

と謝った。しかし、秀長は笑って、

「それはよい。わしがここにおらぬと思うたのであろう。明日、関白殿下がお越しくださるゆえ、千利休殿に茶の点前をさろうてもらっていたのじゃ」

と応じた。それでは、この方が茶の宗匠として名高い千利休様なのか、と作介は手をつかえたまま、ちらりと投げ頭巾の男の横顔に目を走らせた。

利休は秀吉の茶頭《さどう》というだけでなく、豊臣家の政事にも深くかかわっている。沈着な人柄で人望の厚い秀長も、秀吉を永年補佐してきた。

利休と秀長が豊臣家において重要な役割を担っていたことは、秀吉の居城である大坂城をかつて訪れた、九州、豊後《ぶんご》のキリシタン大名大友宗麟《おおともそうりん》が、秀長自身から、

——表向きのことは秀長に、内々のことは宗易《そうえき》（利休）に訊け

と言われたと国許《くにもと》への手紙に書き送ったことでも明らかだった。そのように重きをなすふたりが茶の湯の稽古をしているのであるから、政事の話もしていたに違いない。

この時期、秀吉は九州征伐こそ終えていたものの、関東、東北では北条《ほうじょう》氏や伊達政宗《だてまさむね》などか

服しておらず、出陣の機会をうかがっていた。

さらに秀吉は、内々で明国《みん》に兵を送る考えを漏らしており、利休と秀長には話し合っておかねばならないことが多々あったのだ。

（とんでもない粗相《そそう》をしてしまった）

作介は後悔しつつ、ふと、目を向けた利休の手もとに、見たこともない黒くて不恰好《ぶかっこう》な茶碗が置いてあるのに気づいた。

利休の求めに応じて楽家《らくけ》の長次郎が焼いた黒楽茶碗である。楽茶碗は、轆轤《ろくろ》を用いずに手びねりで作り、鉄や竹のへら、小刀で削って形をととのえた後、素焼きして、賀茂《かも》川の黒石を使った釉薬《ゆうやく》をかけて焼く。

（どうして、あんな茶碗を使うのだろう）

作介は首をひねった。ぼってりとして肉厚な楽茶碗が作介には美しく見えなかった。まして黒色は陰気で翳《かげ》りを帯びているようにさえ感じられる。

派手好きで金色や赤を好む関白秀吉は、利休が使う黒楽茶碗を気に入っていなかったが、利休は、

「黒は古き心でございます」

として使い続けていた。そのことをまだ若年の作介は知らなかったが、贅《ぜい》を尽くした城中で目にしたとき、武骨な黒楽茶碗には異様なまでの重みがあり、見る者の気持を圧するところがあるように感じられた。

いま会ったばかりの利休にどことなく似ているようにも思える。

（まるで、利休様のような茶碗だ）

作介は胸の中でつぶやいた。その瞬間、利休は威厳に満ちた顔を作介に向けた。作介はあわてて頭を下げた。

利休はしばらく作介を見据えてから、秀長に訊いた。

「大納言《だいなごん》様、あれに控える小姓はこの近在の者ですかな」

「いや、関白殿下が長浜におられたころに召し抱えられた小堀新介なる者の倅《せがれ》だ。小堀はいまわしの代官を務めておるゆえ、倅の作介が城中にあがり、小姓をしておる」

「なるほど、近江の出でございますか。どうりで、彼《か》の者と同じ匂いがいたします」

利休はひややかに言った。

「近江出の彼の者とは、石田治部《いしだじぶ》のことか」

秀長は苦笑して訊いた。利休はその問いには答えず、

「彼の者も殿下に小姓として仕え、その才を認められてさしたる功もないまま五奉行のひとりとまでなりました」

と歯に衣着《きぬ》せぬ物言いをした。

利休が心のままに口にしているのは、秀吉の側近として豊臣家の政事を動かしている石田三《みつ》成《なり》のことだった。

作介は、利休様は近江を嫌っておられるようだ、と思った。

そう思う傍らで、三成の名が出たということは、茶の湯の稽古と言いながら、ふたりは何か三成に関わることを話していたのではないか、と作介は察した。

このように聡《さと》く考えをめぐらす近江者の怜悧《れいり》さを、利休は嫌うのかもしれない。

「ご無礼いたしました」

平伏《へいふく》した作介は、立ち去ろうと腰を浮かした。すかさず、利休が底響きのする声をかけた。

「さように、急がずともよかろう。少し待ちなされ」

なぜ作介を止めるのだろうか、と怪訝《けげん》な顔をする秀長に、利休は顔を向けた。

「この小姓に少し訊《たず》ねたいことがございますが、よろしゅうございましょうか」

「かまわぬが、作介は何か利休殿の機嫌を損ねるようなことをいたしましたかな」

秀長は首をかしげた。

「いえ、さようなことではございません」

さりげなく言い、利休は向き直って作介を見据えた。

「わしは茶人であるゆえ、茶のことを訊ねたい。いま豊臣家には石田三成殿という奉行がおられる。そなたと同じ近江者で、しかもそなた同様、小姓の身分から取り立てられたおひとだ」

利休の言葉はやわらかだが、有無を言わせないところがあった。

作介はかしこまって耳をそばだてた。利休はそんな作介を目を細めて見つめながら、さらに言葉を継いだ。

「関白殿下がまだ長浜城主でおられたころ、ある日、領内で鷹狩《たかがり》をされた。その帰途、通りがかりの寺に立ち寄り、茶を所望《しょもう》された。寺の小姓は、まず大ぶりの茶碗にぬるめの茶をなみなみと入れて出した」

利休はひと呼吸おくように口をつぐみ、作介に目を遣《や》った。作介が熱心に聞いているのを見てとり、話を続けた。

「殿下は茶をひと息に飲み干され、もう一杯所望された。小姓は、一杯目よりやや熱めにした茶を少なめに入れて出した。感じるところがおありだったのか、関白殿下がもう一杯茶を頼まれると、小姓は三杯目は小ぶりの茶碗で熱い茶を出した。関白殿下は小姓の気が利いたいたしようをいたくお気に召され、召し抱えられた。この小姓こそ石田三成殿であったという話だ」

話を終えた利休は表情をやわらげて作介に訊いた。

「石田殿はなにゆえ、さようなことをされたと思うかな」

作介は少し驚いた顔をして、利休を見つめ、

「関白殿下は鷹野《たかの》に出た際、喉の渇きを覚えられて茶を所望されたと存じます。それゆえ、最初はぬるめの茶をたっぷりと出され、次に茶を頼まれたおりは、もはや、喉の渇きは治まったであろうと思われて、やや熱い茶を少なめに出されたのではないでしょうか。そして三杯目の茶は、関白殿下にゆっくりと味わっていただけるように、熱めにされたのだと存じます」

作介は丁寧な言葉つきで答え、頭を下げた。利休はわずかに笑みを見せた。

「その通りじゃ。されど、これを茶の湯として見たならば、いかがなものであろう」

間髪を容《い》れず利休に問われ、作介は額に汗を浮かべて考えた。

父の新介は一時、仏門に入っていたことがあるだけに茶の心得もあり、作介に手ほどきをしていた。

だが、当然のことながら、初歩をわきまえたというに過ぎない。茶の湯の奥義《おうぎ》を問われているのだろうが、返事のしようがない、と作介は思った。ただ、ひとつだけ頭に浮かんだことがあった。

「わたくしなどが申し上げるのは恐れ多いことでございますが、関白殿下のご休息のおり、寺の小姓がいきなりぬるめの茶をたっぷり出すのはいかがかと存じました。鷹野の帰途とはいえ、いずこかで求められた水で喉を潤しておられるやもしれませぬ。まず、いかなる茶をご所望であられるか、関白殿下におうかがいすべきではなかったかと存じます。そうでなければ、関白殿下の胸中をおのれの才覚で推し量り、出過ぎたことをしたとお叱りを受けるのではありますまいか」

作介が額に汗して言うと、利休は軽くうなずいた。

「さようじゃな。石田殿の才覚がうかがえる話ではあるが、一方で石田殿の慢心もうかがい知れる話じゃ」

利休の言葉に秀長は眉をひそめた。

「作介がいま申したように、なにゆえ、まずもって関白殿下におうかがいをたてなかったのだと横合いから言おうものなら、三成からさぞかし憎まれましょうな」

「何分にも殿下は、才覚で天下を取られた方にございますれば、いまのところ石田殿の才覚を気に入っておられますゆえ」

利休は皮肉めいた口調で言葉を返す。

「さて、それだけに厄介《やっかい》だな」

秀長は苦笑した。作介はこれ以上、秀長と利休の話を聞いてはならないという気がして、一刻も早くこの場を去らねばと思った。

作介がふたたび、頭を下げて出ていこうとしたとき、利休はまた声をかけて、退出を止めた。

「そなたは、先ほど、この茶碗を見て気に入らぬ様子であったが、叱らぬゆえ、思うたことを申してみよ」

作介は戸惑いつつも思い切って口を開いた。

「黒い茶碗は何とのう恐ろしく思われました」

「ほう、恐ろしいか」

利休は軽く首肯《しゅこう》してから、わずかにため息をもらして言い添えた。

「黒は言うならばあの世の色じゃ。ひとは死にたくないものゆえ、見たくはないし、見ずにすめばそれに越したことはなかろうが、生きているからには、いつか見ねばならぬ。ならば、日々、茶を飲むおりから、死生の覚悟を定めるべきであろうとわしは思う」

利休が何を説いているのかわからず、作介は黙って頭を伏せるばかりだった。ただ、利休の言葉に深く、重いものを感じて息詰まる思いがした。すると、秀長がもどかしげに身じろぎして言葉を挟んだ。

「日々の茶に死生の覚悟をいたすと言えば、山上宗二《やまのうえそうじ》のことを思い出しますな。利休殿は彼の者をどうされるおつもりかな」

「宗二のことは殿下にとりなすつもりでございます。されど、殿下はお聞き入れくださりますまい」

利休は厳しい表情で言った。秀長はちらりと利休の顔をうかがい見た。

「ならば、宗二がまた関白殿下のお怒りを買えばどうされる」

利休は表情を変えずにきっぱりと答えた。

「やむを得ませぬ。捨て殺しにいたします」

捨て殺しという冷酷な言葉を口にしながら、利休の顔にはゆるゆると笑みが浮かんだ。さすがに秀長は鼻白んだ様子でつぶやいた。

「そうか、捨て殺しか」

「茶の道のためでございます。宗二は茶狂いゆえ、本望でありましょう」

利休はいとおしげに黒楽茶碗を手に取り、眺めた。その様を見つつ、作介は息をひそめて茶座敷を退出した。背中が汗でしとどに濡《ぬ》れていた。

作介は廊下を進みつつ、利休様はまるで戦場で討ち取った武士の首を抱くように黒楽茶碗を手にされていた、と思った。

これが、作介が千利休を見た、ただ一度の機会だった。

翌年の天正十八年三月一日、豊臣秀吉は小田原《おだわら》の北条氏直《うじなお》を討つため節刀《せっとう》を賜ってみずから京を出立した。

東海道《とうかいどう》を徳川家康《いえやす》と織田信雄《のぶかつ》が、東山道《とうさんどう》は上杉景勝《うえすぎかげかつ》と前田利家《まえだとしいえ》が進み、海上は九鬼嘉隆《くきよしたか》、長宗我部元親《ちょうそかべもとちか》らが大軍を率いて進発するという総勢三十万の凄《すさ》まじい大軍だった。

秀吉の軍勢は四月に箱根《はこね》山を越えて北条氏直が守る小田原城を包囲した。秀吉は小田原城を眼下に見下ろす石垣《いしがき》山を本陣として城を築くとともに、上方から側室の淀殿《よどどの》を呼び寄せるなどして持久戦の策をとった。

秀吉の大軍が小田原城を囲むと、奥羽《おうう》の伊達政宗はじめ関東、東北の大名たちが次々に参陣し、帰服した。

七月五日、北条氏直はついに降伏し、家臣三百人を伴って高野山《こうやさん》に放たれた。こうして北条氏は滅んだ。秀吉はその旧領を徳川家康に与え、みずからはさらに東北に赴き、会津《あいづ》で奥羽諸大名の降《こう》をいれ、九月に帰洛《きらく》した。

秀吉の天下統一はこのとき、成ったのである。

作介は郡山城で、秀吉が小田原征伐で勝利を得たことを父親の新介から聞いたが、その際、異様な話も伝えられた。

千利休の弟子であった茶人の山上宗二が斬首《ざんしゅ》されたという。

宗二はかつて織田信長に仕えたが、信長の死後、利休らとともに秀吉お抱えの茶頭の一人と

なった。茶狂いと呼ばれるほど茶の道に精進していたが、それだけに狷介《けんかい》で傲慢《ごうまん》な性格でもあった。このため、

——いかにしてもつらくせ悪く、口悪きもの

と悪評が立ち、気に入らぬことがあると遠慮会釈《えしやく》なくひとを謗《そし》ったことから、まわりのひとに嫌われて秀吉の機嫌を損じ、茶頭を辞して牢人《ろうにん》した。

天正十四年には豊臣秀長の茶頭を務めていたが、長くは続かず、畿内《きない》を出て東国へ下り、北条氏の庇護《ひご》をうけていた。

小田原攻めの際、利休のとりなしで湯本《ゆもと》にいた秀吉のもとに伺候《しこう》したが、このおりに茶について憎まれ口を利いて怒りを買い、処刑されたのである。しかも、当時を伝える文書に、

——その罪に耳鼻をそがせ給ひし

とあるように、斬首の前に耳と鼻を削《そ》がれるという惨《むご》たらしい処刑だった。

山上宗二が処刑されたのは、小田原落城に先立つ天正十八年四月十一日のことである。享年四十七だった。

新介は城中の控え部屋で作介に宗二のことを語った後、

「若年のそなたにかような話を聞かせるのは、いかがかとも思うが、武士は何事も広く、深く知っておらねば生き延びられぬ。さよう心得よ」

と言い添えた。

まだ十二歳の作介は、山上宗二の処刑を父から聞かされて気分が悪くなり、廁《かわや》へ立って吐いた。青ざめた顔をして廁から出た作介は庭の植木に目を遣りながら、ぼんやりと考えた。脳裏に利休の面影が浮かび、

——捨て殺しにいたします

という言葉が耳の底によみがえった。秀吉と利休の間は数年前から冷えているという。秀吉の側近として台頭した石田三成が、これまで豊臣家の政事に力を振るってきた利休を邪魔に思い、除こうとしているらしい。

その話を作介が聞かされたおり、新介は、

「もし、わが殿に万一のことがあれば、もはや、利休様をかばう者はいなくなる。あるいは、利休様も山上様と同じ道をたどられるやもしれぬ」

と案じるように言った。

(茶人である利休様がなぜ、そのような道を歩まねばならないのであろうか)

作介にはよくわからなかった。

茶の湯とは人の心をなごませ、生きている喜びを味わうものではないのか。言うなれば、この世で極楽浄土への道をたどろうとすることのはずなのに、と作介は思っていた。

どういうことであろうか、と考え続けた作介は、病床にあった秀長が上体を起こして脇息《きょうそく》に寄りかかり、薬湯を飲みながら気分よさそうにしていたときに、恐る恐る訊ねた。

「利休様は、なぜ山上宗二様をお逃がしになられなかったのでございましょうか」

小田原城にいた宗二をとりなして秀吉に会わせるより、そのまま逃がしてやった方が宗二は命を永らえたのではないか、と思った。

作介から突然、問われた秀長は、病でやつれた顔に驚きの表情を浮かべた。しばらく考えた後、じわりと微笑を浮かべた。

「そのことについては、わしも考えていた。先にこの城に見えられたおり、利休殿は、山上宗二を捨て殺しにすると言われたが、武家ではない利休殿がなにゆえ、さほどに激しい言葉を発せられるのであろう、と訝《いぶか》しく思うたのはたしかだ」

作介は、秀長も自分と同じように利休が口にしたことに不審の念を抱いていたのだ、と知って、目を丸くした。

秀長はさらに言葉を継いだ。

「しかし、いまになってみればわかるような気もする。利休殿は関白殿下に茶の湯の戦《いくさ》を仕掛けたのではないかと思う」

「茶の湯の戦でございますか」

作介は息を呑《の》んだ。

「そうだ。関白殿下は小田原の北条を亡《ほろ》ぼし、奥羽の伊達を従えられた。もはや、諸国の大名で関白殿下に逆らう者はおらぬ。文字通り、天下を取られたのだ。しかし、それは武家の天下に過ぎぬ。茶の湯の天下取りはおのれである、と利休殿は言いたいのではあるまいか」

茶の湯の天下、という言葉が作介の耳を打った。

武家を総《す》べる者がこの世のすべてを治めるのではないのか。茶の湯の天下は関白にすら従わないというのだろうか。

恐れるように作介が黙るのを、秀長は意に介さぬ口振りで淡々と話を続けた。

「山上宗二は利休殿より、さらに強くさように思うていたような気がする。いずれは利休殿をもしのいで、おのれが茶の湯の天下人になろうと考えていたふしがうかがえる」

「それは恐ろしいことでございます」

作介が震えながら言うと、秀長は笑みを浮かべた。

「恐ろしいか。されど、武家は皆、天下を目指して競い、争っておる。茶の湯に精進《しょうじん》する者もまた同じだというだけのことではあるまいか」

「それでは、利休様が山上宗二様を捨て殺しにされると言われたのは、ひょっとして——」

作介が言葉を詰まらせたが、秀長はさりげなく話し続けた。

「利休殿はわが弟子であっても、おのれをしのごうとする宗二を目障りに思われて、関白殿下に自ら殺すように仕向けたのかもしれぬ。そのうえで、宗二を関白殿下に挑もうとしているおのれの戦の先駆けといたしたのかもしれぬな」

薬湯を口に運びながら述べる秀長に、作介は小刻みに頭《かぶり》を振った。

秀長が言葉を継いだ。

「武家の戦ならば、そう言い切れもしようが、茶の湯の戦は違おう。茶会の席で利休殿をうならせるような趣向を凝らしてこそ勝てるのだ」

利休の屋敷の露地に咲く朝顔が見事だと聞いた秀吉が、朝の茶会を所望したことがある。利休は当日、朝顔を残らず抜き去り、茶室の床にたった一輪の朝顔を活《い》けて秀吉を迎えた。秀吉は噂に聞いた朝顔がただ一輪だったことに目を瞠ったという。数多くの朝顔の見事さよりもただ一輪だからこそ、鮮やかな朝顔の美しさが際立つことを示したのだ。

さらに、あるとき、秀吉から盥《たらい》のような平たい花器に梅の枝を活けよと命じられた利休は、梅の枝を逆手に持ってしごいた。

梅の花とつぼみが花器の水面に浮いて見事な茶花《ちゃばな》になっていた。

これを見た秀吉は大きくため息をついただけで何も言わなかった。

利休の工夫について話した秀長はふと、顔に憐《あわ》れみの色を浮かべた。

「関白殿下は利休殿に命じて黄金の茶室を作られたが、あれではとても利休殿に勝てぬ」

「さようだとは存じますが、関白殿下になびかず、おのれを立てますならば、いずれ命を奪われましょう。それでは負けと同じではないでしょうか」

作介があげつらうと、秀長は、はは、と笑った。

「利休殿はさようには考えまい。茶の湯の趣向で屈服させることができず、力ずくで利休殿の命を絶てば、関白殿下の負けじゃ。利休殿は、茶の湯を志す者はどのような力にも屈服してはならぬと満天下に示して、逝くことになる。それが、利休殿のこの世で最後の茶となるであろう」

「それは、あまりに――」

無慈悲ではありませぬか、と言いかけて、作介は言葉を呑み込んだ。

一度だけ見た利休の風貌が、途方もなく大きなものとしてのしかかってくる気がした。

秀長は宙に目を遣り、何事か思い出した様子で口を開いた。

「そう言えば、宗二は関白殿下のもとを離れ、一時、高野山に上っておったが、そのころ利休殿の言葉を茶湯者《ちゃゆ ものかくご》覚悟十躰《じったい》と題して書き残したそうだ。それを先日、利休殿から聞いたぞ」

秀長は、宗二が書き残したという言葉をゆっくり口にした。


――路地へ入《い》ルヨリ出《い》ヅルマデ、一期《いちご》ニ一度ノ会ノヤウニ、亭主ヲ敬ヒ畏《かしこ》マルベシ

すなわち、一期一会《いちえ》こそが茶の湯の精神だというのである。

もし、そうだとすれば、現世を支配する秀吉よりも、自らが歩む茶の道をこそ、大切に思わねばならない。

「そなたは、なぜ利休殿は、宗二を逃がさなかったのかと言うが、宗二は逃げなかったのであろう。命を失うと知りつつ、利休殿が謀る茶の戦の一番槍《やり》として突き進んだのではなかろうか。いずれ利休殿も関白殿下の首を求めて茶の湯の戦場を突き進むであろうことを知っていたがゆ

えにな」

秀長は静かに告げた。

作介はもはや何も言うことができずに、黙ったまま秀長の前から下がった。もし、秀長の言う通りだとすれば、茶とは何と荒々しく壮烈なものであろうか、と思った。だが、それは茶だけが凄まじいものだということではあるまい。

生きるということが、それほどの覚悟がいるものなのだ、ということかもしれない。

利休が示そうとしているのは、そんな茶なのだ。


天正十九年正月二十二日——

以前より患《わずら》っていた労咳《ろうがい》が悪化して、豊臣秀長は郡山城で没した。享年五十二。

秀長の没後、小堀新介は、秀吉の甥《おい》で秀長の嗣子となっていた豊臣秀保に仕えることになった。作介も父に従い、秀保の家中に入った。

仕える主君が替わり、小堀父子《おやこ》があわただしく過ごしているころ、利休は罪に問われた。

利休はかねて京、紫野《むらさきの》の大徳寺《だいとくじ》に深く帰依し、応仁《おうにん》の乱《らん》で焼失した山門（金毛閣《きんもうかく》）を再建したいと望んでいた。念願をかなえるため、知己《ちき》の大名らにも寄進を募り、天正十七年十二月にようやく再建することができた。

ところが、秀長が没して間もなく、山門に利休の木像が据えられていることを石田三成らが咎《とが》めた。秀吉が大徳寺に参詣《さんけい》するおりに利休の木像の足下をくぐらせるのか、と難癖《なんくせ》をつけたのである。

　二月十三日――

　利休は京を出て堺《さかい》の自宅に蟄居《ちっきょ》するよう命じられた。利休はこれに従って堺へ帰った。秀吉の怒りにふれて京を追放される利休を淀《よど》の船着場で見送ったのは、数多くの門弟がいたにも拘《かか》わらず、

細川忠興《ほそかわただおき》
古田織部

のふたりだけだったという。

　秀吉は、利休が詫《わ》びを言いに自分のもとに来ると思っていた。何も言わずに堺へ戻った利休に秀吉は激怒した。

　二十五日には大徳寺の山門から利休の木像が引きずりおろされて、一条戻橋《いちじょうもどりばし》のたもとで磔《はりつけ》にされた。

　それでも利休は詫びようとしない。この日、利休は屋敷で、遺偈《ゆいげ》を書き認めた。

――人生七十力囲《りきい》希《き》咄《とつ》
吾這宝剣祖仏共殺《わがこのほうけんそぶつとともにころす》
堤我得具足一太刀《ひっさぐるわがえぐそくのひとたち》
今此時《いまこのとき》ぞ天に抛《なげうつ》

人生を振り返りながらも、自らの剣が祖先も仏もともに殺すとし、あたかも来世に堂々と乗り込むかのように、太刀を天になげうつ、と言い放つ覚悟は凄まじい。自らの死を目前にしながらも激しい気魄《きはく》を漲《みなぎ》らせた遺偈だった。

二十六日、秀吉は利休を堺から京に呼び戻した。

利休は黙々と秀吉の命に従うだけである。

この間、細川忠興や古田織部ら弟子たちは利休を救う手立てを尽くし、懸命に奔走したが、秀吉の怒りを解くことはできなかった。

二十八日、この日は朝から雷が鳴り響く荒天だった。

利休の屋敷を訪れた秀吉の使者は、

——切腹

を命じた。堺の商人であった利休に武士としての死を求めたのである。

利休はあわてることなく、使者に、

「茶室にて茶の支度ができております」

と静かに告げた。

利休は使者たちに、まさに一期一会の茶を点てた後、見事に自刃《じじん》して果てた。享年七十。

天下人の秀吉に真っ向から立ち向い、一歩も退《ひ》かなかった茶人の最期だった。

利休が最期に臨《のぞ》み、検死の役人を前にして床框《とこがまち》に腰をかけ腹を深々と切り、さらに腸《はらわた》を引き出し、炉の自在鉤《かぎ》にかけて壮絶な死を遂げた、と松屋久重の『茶湯秘抄《ちゃのゆひしょう》』にある。

後の世の作り話ではあろうが、利休の死はそれほどひとびとを震撼《しんかん》させたのだ。


作介は郡山城で利休の最期を聞いた。

凄まじい利休の死に際の話を聞いて、作介が思い浮かべたのは黒楽茶碗だった。どこまでも沈み込むような黒色は作介に黄泉《よみ》の旅路を思わせた。

ひとが生きるとは、どこまでも続く暗夜の道をたどることではあるまいか。そう感じた作介は、黒楽茶碗が表す暗黒を恐ろしく思った。

(あれは無明長夜《むみようじようや》の闇の色なのだ)

作介は目を閉じた。

千利休の面影が作介の脳裏から消えることはなかった。

肩衝

遠州《えんしゅう》は松屋《まつや》久重《ひさしげ》にもう一服、茶を点《た》てた。遠州の点前《てまえ》を穏やかな表情で見つめながら、久重は話しかけた。

「遠州様が、わが家の茶会に初めてお見えになられたのは、文禄《ぶんろく》三年（一五九四）のことでございましたな」

「そうだな、たしか二月三日ではなかったか」

遠州が遠くを見る眼差《まなざ》しをして応じると、久重はにこやかな顔で軽やかに膝《ひざ》を叩《たた》いた。

「これは、驚きました。さすがに遠州様は覚えがよろしゅうございます」

「さほどのことではない。あれはわたしが十六歳のおりであった。父に連れられて初めて出た茶会であったゆえ、よう覚えておる」

久重は懐《ふところ》から書き付けを取り出した。

「ご座興にと思い、あのおりの茶会記を写して参りました」

ほう、懐かしいな、とつぶやきながら遠州は久重が差し出した書き付けを受け取った。書き付けをめくると亭主として久重の父である久政《ひさまさ》、客に遠州の父、小堀新介《こぼりしんすけ》や遠州の名が認められ、茶事の記録は、

絵　ヰ《イ》ロリ　ツリ物
手桶　棗《なつめ》　天目　大亀蓋
スイセン　吸物ウヲ、クワヰ入　肴
栗　ミカン

と書かれていた。床《とこ》に絵をかけ、炉に釣り釜をかけての茶だった。葛《くず》切りを肴《さかな》に、吸物には魚とくわいが入っていた。果物は栗とみかんだ。

「ほう、なにやら、初めての茶会で気を張っておった若年のころが思い出される。茶事はやはり、ひとの心に染みるもののようだ」

遠州がつぶやくと、久重はうなずいた。

「わたしも水屋《みずや》にて父を手伝うておりましたが、いまにして思えば、すべては夢幻《ゆめまぼろし》のようでございます。あのころ、太閤殿下が〈唐《から》入り〉の戦《いくさ》をされ、十万を超える将兵が朝鮮に渡って

いたのでございますから」

「そうであった」

豊臣秀吉《とよとみひでよし》は天正《てんしょう》二十年（一五九二）、〈唐入り〉のため朝鮮に道を借りると称して十六万の軍勢を渡海させた。

朝鮮に上陸した日本軍は破竹の勢いで進撃した。だが、やがて明《みん》から朝鮮を救援する軍が派遣され、朝鮮民衆も抵抗するなどして日本軍は押し戻され、やむなく停戦し、和睦《わぼく》交渉が行われていた。

「海を越えての戦があったときに、わたしは茶を始めたのか」

「さようなおりだからこそ、始められたのだと存じます。遠州様はすでに元服しておられました。いつ何時、海を越えた戦に駆り出されるかもしれぬとの思いが、茶を深く味わう心持ちに否応《いやおう》なく向かわせたのではございませんか」

「そうかもしれぬが、あの茶会の翌年は不吉なことが多くあった。茶を味わえたかどうかわからぬな」

哀しげに遠州は言った。

文禄四年四月に、遠州が仕えていた郡山《こおりやま》城主豊臣秀保《ひでやす》が急逝した。十七歳だった。

養父の秀長《ひでなが》が没したとき秀保はまだ十三歳だったが、遺領のうち大和《やまと》、紀伊《きい》を譲られた。それからわずか四年後、秀保は十津川《とつがわ》の温泉で湯治していたおりに急死した。天然痘《てんねんとう》による病死だったが、死後に奇怪な噂《うわさ》が流れた。

秀保は粗暴で、湯治していた十津川で小姓《こしょう》に肝試《きも》しと称して、数十丈もある断崖《だんがい》から飛び降りるように命じた。だが、小姓はおびえて飛び降りようとしなかったため、秀保から面罵《めんば》された。罵《ののし》られて逆上した小姓は、秀保に飛びついて、ともに断崖から転落した。このとき、秀保は頭を強く打ち、絶命したというのだ。

「秀保様は武芸熱心ではあったが、乱暴な方ではなかった。それなのに、なぜあのような噂がたったのであろうか」

遠州が考え込むと、久重が声をひそめた。

「あの年は関白秀次《ひでつぐ》様が高野山《こうやさん》にて自害遊ばされました。豊臣家では秀頼《ひでより》様のためにならぬと思われた方々に不幸が続いたのです」

「何やらあからさまであったな」

遠州は苦い顔になった。

秀保が死んで三か月後の文禄四年七月、秀吉の甥《おい》で関白職を譲られていた秀次が失脚して、高野山に追放され、さらに切腹に追い込まれていた。享年二十八。

八月には秀次の子女、妻妾《さいしょう》ら三十余人も京都三条河原《さんじょうがわら》で処刑され、その酸鼻《さんび》さは、物見高い京童ですら目を覆うほどだった。

文禄二年に秀吉の実子である秀頼が生まれると、秀吉と秀次の間はしだいに険悪になった。秀吉は秀次に謀反《むほん》の疑いをかけて、関白、左大臣の職を解き、切腹させたのである。

この際、秀次が庶民を斬殺《ざんさつ》するなどの悪行を繰り返し、

——殺生関白《せつしょう》

と呼ばれたとされるが、秀次の切腹をやむを得ないこととして世間に広めようと、秀吉の側近が仕掛けた流言ではないかとみられた。

秀吉は実子の秀頼に天下を譲りたいがために、豊臣家の男たちを抹殺しようとしている、とひとびとは囁《ささや》き交わして恐れをなした。

秀保も天正二十年正月に従三位《じゅさんみ》、権中納言《ごんのちゅうなごん》に叙せられ、この年から始まった文禄の役では、兵一万人を率いて肥前名護屋《ひぜんなごや》城に在陣、普請《ふしん》役を務めるなどしており、秀頼にとって将来の邪魔になるとみられたのかもしれない。

「まことに酷《むご》いことであった」

遠州は眉《まゆ》をひそめて言った。

「さようでございます。なぜに、あれほど多くの無辜《むこ》のひとが死なねばならなかったのでしょうか」

とため息をつく久重に、遠州は首をかしげつつ言葉を返した。

「あのころわれらは、すべてはあのおひとの企《たくら》みである、と思うておったな」

「あのおひとと申されますと」

うかがうように久重が訊《たず》ねると、遠州は珍しく感情を露《あら》わにした。

「石田治部《いしだじぶ》殿じゃ」

何事か考え込む風に遠州は言った。

「なるほど、太閤の威を借る狐と評判の悪いお方でございましたな。千利休《せんのりきゅう》様が非業の死を遂げられましたのも石田三成《みつなり》様の所業であると言われました。もしそれがまことでございますなら、われら茶人にとりまして決して許せぬひとでございます」

豊臣家五奉行の筆頭である石田三成の権勢はただならぬものがあった。老いた秀吉を意のままに操り、千利休ら自分の考えに従わない者たちをことごとく失脚させるかのようだった。

「そうに違いないのだが、果たしてさようなおひとであったかどうか。わたしにはいまだによくわからないのだ。わたしが会った石田殿は、世評とはいささか違う人柄のようであった」

昔日《せきじつ》を思い出すかのようにゆったりと宙に目を向け、遠州はつぶやいた。

「遠州様は石田様と会われたことがございましたか」

意外そうな顔で久重は訊《き》いた。

「茶を始めたころ、わたしは父の勧めで大徳寺《だいとくじ》の春屋宗園《しゅんおくそうえん》様に禅の教えを受けるようになっていた。石田殿も春屋様に師事しておられたゆえ、大徳寺で何度かお見かけした」

春屋宗園は山城《やましろ》国の生まれで、足利《あしかが》学校を経て大徳寺の江隠宗顕《こういんそうけん》や笑嶺宗訢《しょうれいそうきん》に教えを受け、参禅した。若いころから大徳寺の逸足《いっそく》として知られ、後に千利休が切腹する原因となった大徳寺山門の落慶法要では導師を務めている。

三成は春屋のもとに参禅しており、天正十七年（一五八九）には春屋宗園を開祖として、大徳寺に三玄院《さんげんいん》を建立《こんりゅう》している。

「春屋宗園様のお話では、石田殿は才智のひとではあったが、日ごろは物静かな落ち着いた方であったそうな。わたしは、大徳寺とも縁の深かった石田殿が大徳寺山門の改修に当たり、利休様を陥れたということが今も信じられぬ。その思いは、わたしだけでなく沢庵《たくあん》殿も同じであったようだ」

遠州がおもむろに言葉を継ぐと、久重ははっとした。

「沢庵様は石田様をご存じだったのでございますか」

「広く知られておらぬようだが、実はそうなのだ」

遠州はうなずいた。

将軍徳川家光《とくがわいえみつ》や幕府大目付の柳生宗矩《やぎゅうむねのり》に尊崇された禅僧の沢庵は、天正元年（一五七三）に但馬《たじま》国出石《いずし》に生まれた。遠州の六つ年上である。十歳で出家し、文禄三年には大徳寺の三玄院に入り、春屋宗園に師事した。

三成は文禄三年に三玄院で母の葬儀を行ったが、この際、春屋宗園が導師を務め、沢庵も僧《そう》侶《りょ》の一人として参列した。

「関ヶ原《せきがはら》の戦に敗れた石田殿は、大徳寺の三玄院に葬られておる。六条河原で斬首された石田殿の遺骸《いがい》を引き取って埋葬いたしたのは、春屋宗園様と沢庵殿であった」

「まことでございますか――」

久重は息を呑《の》んだ。

関ヶ原合戦で西軍を率いて徳川家康《いえやす》と戦った石田三成は、徳川家にとって許せぬ敵であった。その三成を沢庵が葬っていたとは、久重には初めて聞く話だった。

「沢庵殿はおのれが何をしてきたか、決して言わぬおひとだ。しかし石田殿を葬ったことは紛れもない。沢庵殿はおのれの信じた道をまっすぐに歩むひとであったからな」

沢庵は前年の、正保《しょうほう》二年（一六四五）、江戸で没した。亡くなる前に、

「葬式をするな、墓をつくるな、香典はもらうな、朝廷から禅師号を受けるな、法事をするな」

と俗世間に塗《まみ》れぬ禅僧らしい遺言をしていたという。

「まことに沢庵殿は世に媚《こ》びず、なびかぬ禅僧であった」

遠州はさりげなく口にしてから、ふと傍らに置いてある茶入れに目を遣《や》った。

肩衝《かたつき》である。茶入れは高さ二、三寸の小さな壺《つぼ》だが、丸い形のものを茄子《なす》、肩が張ったものを肩衝などという。茶人は茶入れを愛好した。中でも天下三肩衝として、将軍足利義政《よしまさ》が命名した端正な姿の、

——初花《はつはな》肩衝

優美な形から名品の誉れ高く唐物《からもの》肩衝の第一とされた、

——新田《にった》肩衝

さらに、釉薬《ゆうやく》が濃い飴《あめ》色であることから「恋」にかけて、『万葉集』巻十二にある、

み狩《かり》する雁羽《かりは》の小野の櫟柴《ならしば》のなれはまさらず恋こそまされ

の歌に因《ちな》んで名づけられた、

――楢柴《ならしば》肩衝
が名高い。

「松屋殿は、勢高《せいたか》肩衝を目にしたことがおありか」

遠州に問われて久重はゆっくりと頭を横に振った。

「いまだ眼福《がんぷく》に与《あずか》ってはございません」

勢高肩衝は唐物で、高さは二寸九分二厘、胴径二寸三分六厘ある。丈が高いことから勢高と呼ばれる名品だ。織田信長《おだのぶなが》が所持していたが、本能寺《ほんのうじ》の変の後、焼け跡から掘り出された。

「本能寺で炎にさらされた勢高肩衝は黒ずんで地釉《じぐすり》が色変わりしていたが、〈なだれ〉にかすかに赤い筋が見えた。わたしは、あの勢高肩衝がどことなく石田殿に似ていたように思える」

「石田様は勢高肩衝に似ておられましたか」

久重は感慨深げに言った。

「わたしが覚えているのは大徳寺の塔頭《たっちゅう》に座っておられた石田殿の後ろ姿だ。肩肘《かたひじ》をはり、背筋がすっきりと伸びておられた。だが、肩のあたりにどことなく孤独な翳《かげ》りがあるおひとだった」

しみじみとした口調で言い、遠州は作介《さくすけ》と呼ばれていた若年のころのことを語り始めた。

◇

豊臣秀保の没後、秀吉の直臣《じきしん》となった父の小堀新介は城勤めの後、作介を伴って京の大徳寺に赴き、参禅した。足しげく通っていたある日、親しんでいた沢庵が声をひそめて、

「今日は石田治部様が来ておられます」

と告げた。反骨心に富む沢庵が畏敬《いけい》の念を滲《にじ》ませて三成の名を告げるのを聞いて、作介は奇異な思いを抱いた。

かつて作介が仕えた豊臣秀長や、一度だけしか会ったことがない千利休は三成を決してよくは思っていなかったように感じられた。ことに利休が秀吉の怒りにふれて切腹に追い込まれたのは、三成の謀《はかりごと》によるものだと世間は噂していた。

「石田治部様をよく言わぬひとが多いようですが」

作介が何気なく言うと、沢庵は、

——喝《かつ》
と厳しい声を放った。

「世間の噂などあてにはならぬ。おのれの目で見たものだけを信じることだ。さもなくば、参

禅などどれほどしても無駄なことだ」

沢庵の叱責《しっせき》を、作介は肩を落として聞いた。それから、作介は沢庵に案内されて三玄院に入った。薄暗い廊下を進んだ先に、板敷の広間があった。

ひとりの武士が背を向けてひっそりと座っている。

(石田様であろうか)

作介は息を詰めて目を凝らした。

端然と座った男は身じろぎもしないで中庭を見つめている。

沢庵はつかつかと男に歩み寄って傍らに座り、

「石田様――」

と声をかけた。

石田三成はゆっくりと振り向いた。

「何用じゃ」

「世上に惑わされ、いまだおのれの目で物事を見られぬ者を連れて参りました」

ほう、と言いながら三成は作介に目を向けた。三成は額が秀でていかにも聡明《そうめい》そうな顔をしている。作介が手をつかえ、

「小堀作介と申します。申し訳ございませぬ。考えなしに世間の噂を沢庵殿に話してしまいました」

と謝ると、三成は口辺《こうへん》に微笑を浮かべた。

「世間には、わたしを誇《そし》る者は多い。当たり前のことゆえ気にいたすな」

そのやさしげな口調に作介は驚いた。利休や秀長が話していた三成とは人柄が違うように思える。作介が意外そうな表情をすると、沢庵が口を開いた。

「ひとは会《お》うてみねばわからぬものだ、ということがわかられましたかな」

作介はうなずいて言葉を返す。

「わたしはまだ若年にて、会わぬうちにひとのことはわからず、また、会ってもわからないかもしれません。わかるようになりたいと精進《しょうじん》するばかりです」

沢庵は苦笑した。

「若いのに口が減らぬおひとだ」

三成が沢庵に顔を向けた。

「さようにやかましゅう申されずともよろしくはありませぬか。およそ、ひとはおのれが目にした者のひとつの顔だけを見てしまいがちであるが、実はその者はいくつもの顔を持っておる。この御仁《ごじん》も、もし大坂城中でわたしと出会われたのであれば、噂通りの傲慢《ごうまん》な男だと思われたであろう」

作介は三成をうかがうような眼差しで見た。

「ひとは居場所によって顔が変わったりするものでございましょうか。わたしには、さようなことがまだわかりません」

作介の言葉をしばらく吟味するように考えてから、三成は言葉を発した。

「居る場所によってひとの顔が変わるのは、相手によって変えるからだ。ひとの顔は相手を映す鏡かもしれぬ。相手を傲慢と見るのは、おのれの心に傲慢さを抱いておるゆえであろう」

「そうでございますなら、ただいま石田様はどなたの顔を映しておられるのでしょうか」

作介は恐る恐る訊いた。

「言うまでもないことだ。参禅しておるからには春屋宗園様の顔を映し、たったいまは沢庵殿とそなたの心を映しておろう」

沢庵が首をかしげて言葉をはさんだ。

「それでは石田様はご自分の顔がないと言っておられると受け取られませぬか」

「ひとに仕えるとはそういうことだ。わたしは太閤殿下に仕え、殿下の心をわが心として勤める。それゆえ、殿下を憎むことができぬ者たちはわたしを憎む。言うなれば憎まれるのもわたしの務めだ」

言い終えた三成はゆったりと立ち上がった。

「石田様、いかがされます」

沢庵が驚いたように言うと、三成は無表情に答えた。

「春屋様にご挨拶《あいさつ》いたした後、大坂に戻る」

厳しい表情になった三成は、作介を振り向くこともなく広間から出ていった。

作介は三成の背中を見送った。

何かに立ち向かおうとするかのように肩を張った背中だった。

慶長《けいちょう》三年（一五九八）八月十八日、豊臣秀吉が没した。

このころ作介は利休七哲《しちてつ》のひとりである古田織部《ふるたおりべ》のもとに通って茶を学んでいた。美濃《みの》に生まれ土岐《とき》氏に仕えていた織部は、織田信長に召し出されて多くの戦場で武功をあげた。

天正十年、本能寺の変が起きた後、信長の仇《あだ》を討つべく中国筋から駆け戻った秀吉と明智光《あけちみつ》秀《ひで》が雌雄を決した山崎《やまざき》の戦いでも手柄をたて、山城国西岡《にしおか》などで三万五千石の大名となった。

織部が茶の湯を始めたのは案外遅く、大名になってからで四十歳を過ぎていた。利休は二十以上も年が離れた弟子の織部をかわいがり、懇切に茶の道に導いた。

織部もまた利休を慕った。

利休が秀吉の怒りを買い、堺《さかい》に追放されたときは細川忠興《ほそかわただおき》とふたりで見送った。切腹を命ぜられた利休は、茶杓《ちゃしゃく》を削り、最後の茶会に用いて織部に与えた。

織部はこの茶杓を収める筒を作った。筒には長方形の小窓が開けられており、織部は窓を通してこの茶杓を位牌《いはい》代わりに拝んだ。利休が作った茶杓は白竹を材に樋《とい》が深く通って、薄作りにできており、銘は、

——泪《なみだ》
である。利休を尊崇する織部は、利休の茶の正風を継ぐ茶人だと見られていた。

織部に師事するようになった作介は、間もなく、後に茶人として大をなす片鱗《へんりん》を見せた。

あるとき、茶室へ通じる露地《ろじ》に造られている洞水門《どうすいもん》を工夫したのだ。

洞水門は手水鉢《ちょうずばち》の水を外へ流し出すものだが、それまでは四方に瓦《かわら》を敷いただけの簡略な設《もう》

けで、水がたまると見苦しかった。

作介は伏見《ふしみ》六地蔵《ろくじぞう》にある自邸の露地の地面を掘って甕《かめ》を据え、甕の口を簀《す》の子《こ》で覆った上に、石などを置いて下の仕掛けを隠した。この仕組みを設けたことにより、水はけは格段によくなり、風雅な趣を添えた。

織部は作介が作った洞水門を気に入り、

「この年までかように工夫を凝らした洞水門は見たことがないぞ」

と大いに喜び、作介は面目を施した。十八歳のときのことである。

翌慶長二年に作介は藤堂高虎《とうどうたかとら》の養女を妻に迎えた。

高虎は近江《おうみ》国犬上《いぬかみ》郡藤堂村の地侍の子として生まれ、元亀《げんき》元年（一五七〇）浅井長政《あざいながまさ》に属して姉川《あねがわ》の戦に出陣した。

しかし浅井氏が織田信長に滅ぼされると主君を替えて転々としたが、やがて豊臣秀長に仕えて二万石を与えられた。作介の父、小堀新介とは同じ近江国の生まれで、かつて浅井氏に属したことも同じとあって親しかった。

新介の子である作介にかねて目をつけていた高虎は、自分に娘がいなかったことから、家臣である藤堂玄蕃《げんば》の娘、栄《えい》を養女にして娶《めあわ》せた。作介十九歳、栄はまだ十三歳だった。

高虎は秀長が没した後、秀吉の直臣となり、七万石を与えられ、その後、朝鮮に出兵した慶長の役で軍功をあげ、さらに一万石を加増されて八万石の大名となっていた。

茶の湯で織部から才覚を認められていた作介は、武士としても高虎から将来を嘱望されたことになる。

折しも作介は秀吉の死によって世の中が大きく揺らぎだすのを目の当たりにした。茶会の席などでもしばしば豊臣家の今後が話されたりした。

そういうおり、織部は当然のごとく、

「石田三成も思い通りにはなるまい」

と言い放った。

織部は、師の千利休を死に追いやったのは三成の謀によるものだと見ていた。作介にも常々、

「三成は、利休様が太閤殿下のそばにいてはおのれの権勢の妨げになると思い、讒言《ざんげん》して死なせたのだ」

と憤懣《ふんまん》やるかたない様子で話していた。

三成は、朝鮮出兵の際より、加藤清正《かとうきよまさ》や福島正則《ふくしままさのり》、黒田長政《くろだながまさ》ら武将たちから憎まれており、秀吉が亡くなると対立はさらに深まっていた。

三玄院で見た三成の後ろ姿を思い出すたびに、あのひとは誤解されて憎まれているのではないか、と作介は思ったが、織部の前で口にできることではなかった。ただ、豊臣家に暗雲が垂れ込めていると思うばかりだった。

そのころ、藤堂高虎が父を訪ねて屋敷に来た際、ふたりだけになるおりをとらえて、気がかりをそっと訊ねた。

「豊臣家はこれからいかがなりますのでしょうか」

高虎はあごをなでつつ考えてから、ひと言だけ口にした。

「これよりは徳川様だな」

「徳川様でございますか」

作介は息を詰めて訊き返したが、機を見るに敏な高虎がかねて徳川家康に通じていることは知っていた。

高虎が家康に心を寄せて接近するようになったのは、天正十五年ころからである。朝鮮出兵のころも家康と頻繁に手紙のやり取りをしてきた。

高虎は声を低め、目を光らせて言った。

「婿殿もこののちは徳川様を頼られるがよい。石田につくなどすれば、身の破滅のもとになろうゆえな」

より一層声を落とした高虎は後々、豊臣家は石田三成と武将たちが争い、それに家康がつけこんで天下を狙うことになるだろう、と口速に話を続けた。

「それでは、石田様はどうなるのでしょうか」

三成の行く末がわずかばかり気にかかった作介が訊くと、高虎はいかつい顔で嗤《わら》った。

「三成は徳川様の敵ではない。せいぜい、豊臣家を割るための道具として使われ、あげくの果てに首を斬られることになろうな」

「さようですか」

何となくため息をついた作介を、高虎は訝《いぶか》しそうに見た。

「どうした。そなた、石田となんぞ関わりがあるのか」

「いえ、大徳寺にて一度、お見かけしただけでございます」

「それだけのことで石田の身を気にかけておるとは解《げ》せぬな」

「そのおり、ひとは会うひとによって顔が変わると石田様は申されました。近頃、石田様はどのようなひとと会われ、どのような顔をされているのであろうか、ちらと思っただけでございます」

「なるほどな」

にやりと笑った高虎は、あたりをうかがってから口を開いた。

「石田三成は才があるし、太閤殿下に忠節を尽くした。だが、それだけの男だ。天下を担う器量はない。それゆえ、新たな天下人の生贄《いけにえ》になるしかない男だ」

「天下人が代われば、前の天下人に忠節を尽くした者は見捨てられるのでございますか」

「その通りだ」

「でございますならば、忠節を尽くすのは虚《むな》しいこととなりはいたしませんか」

高虎は、かっかっ、と笑った。

「そなたはわしが徳川様につくのは、仕える相手を乗り換えることだ、と思っておろう。わしは浅井氏から始まって、何度も主君を替えてきた。世間では節操がないと見る者もおろう。しかし、わしは仕える相手を替えてきたとは思っておらん。わしは天下人ではなく、天下に仕えてきたからだ」

高虎の言葉に作介は目を瞠《みは》った。

「天下に仕えるとは、どういうことでございましょうか」

高虎は後ろ首を左手でもみながら答えた。

「わしは戦でひとが殺し合う世は好かぬ。天下は泰平であるべきだと、若いころから思ってきたこともあり、太閤殿下に仕えて戦場で懸命に働いた。だが、殿下は戦から逃れられぬおひとであった。それゆえ徳川様に目をつけた。徳川様ならば天下を泰平にできると思ったのだ。つまり、わしが天下に仕えるというのは、天下を泰平にしたいというおのれの夢に仕えることなのだ」

「天下を泰平にするという夢でございますか」

作介は目を丸くしてまじまじと高虎を見つめた。たしかに世間では、たびたび主君を替えた高虎を世渡り上手だと思っているようだ。そんな高虎が天下の泰平を念じているとは思いもよらないことだった。

驚き入る作介に、高虎はしみじみと言った。

「わしも世間からはよく言われぬだけに、三成の立場がわからぬではないぞ。しかし、それを言っても愚痴でしかない。ひとは所詮《しょせん》、おのれの信じた道を行くだけだ。それも、ひとりだけでな」

高虎に世を渡る厳しさを教えられた気がして作介は深くうなずいた。

(石田三成様も、ひとりでおのれの道を行くひとなのだろう)

三成の孤独な背中がふたたび思い出された。

慶長四年二月二十四日――

作介は自らが催す初めての茶会を伏見六地蔵の屋敷で開いた。前年の暮れから、天下を狙う家康を三成が襲撃するという噂が飛び交っていた。

噂を聞いて、伏見と大坂に何千という軍勢が集まり、いまにも戦が起きるのではないかという不穏な空気が漂った。この騒ぎを収めるため前田利家《まえだとしいえ》が仲裁に乗り出して、ようやく事態は鎮まろうとしていた。

騒ぎの最中に作介が茶会の客として招いたのは奈良の富商四人だった。この茶会で作介は備前水指《びぜんみずさし》、今焼茶碗《いまやきちやわん》、今焼肩衝、香合《こうごう》、棗、筒花入れなど、すべてに唐物でなくわが国で作られたものを用いた。

利休が、かつて茶の湯で多く使った高価な唐物の茶道具を用いず、しだいに国内で作られた茶道具へと移り変わっていった流れに沿うものだった。

富商を前に茶を点てるのは緊張を覚えたが、作介には楽しむ心が自然に身についており、家康と三成の対立などの生臭い話を忘れさせてくれるひとときだった。

とはいえ、時が時だけに一通りの点前が終わると、松屋久好《ひさよし》がさりげなく話の口火を切った。

「大坂では加賀《かが》様の周旋で徳川様と石田様の諍《いさか》いが収まりそうやということですな」

作介は微笑を浮かべた。

「さようにて聞いております」

「しかし、いずれはもっと大きな騒ぎになるかもしれませんな」

久好の案じるような口ぶりにほかの富商たちも不安げに口をはさんだ。

「戦騒ぎになれば、大坂は火の海になりますな」

「大坂だけでのうて、徳川様がおられる伏見も焼かれるでしょう」

「恐ろしいことや」

作介は茶席で戦の話は好ましくないと思い、言葉を添えた。

「わたしの岳父《がくふ》である藤堂高虎様も動いておられますゆえ、戦にはならずにすむと思います」

「さようでございますな。それにしても、昨日、織部様のお屋敷を訪ねたおりに異《い》な話をうかがいました。小堀様はご存じでございましょうか」

久好は当惑した顔で言った。

「異な話とは、どのようなことでしょうか」

織部の伏見屋敷と作介の屋敷は八町ほどの近さにある。おりにふれて訪ねているが、織部から特段、変わった話は聞いていない。

「それが、織部様は近く茶会をなさるそうで――」

言いかけて、久好は言葉を切った。茶人である織部が茶会を開くのは当然のことだが、久好は何事かを恐れるような表情だった。

「どのような茶会なのですか」

作介が重ねて訊くと、久好はほかの富商たちと顔を見合わせ、念を押すようにうなずき合ってから作介に顔を向けた。

「織部様は吉野《よしの》にて花見の茶会を催されるのですが、この野点《のだて》は亡き千利休様の霊を慰めるためのものだそうでございます」

「利休様の霊を慰める――」

作介は愕然《がくぜん》とした。利休が亡くなったのは天正十九年、作介が十三歳の時だったから八年前になる。しかし、利休が秀吉の怒りにふれて切腹したことは、いまもひとびとの記憶に生々しく残っている。

秀吉が死んだとはいえ、ことさら利休の霊を慰める茶会を行うのは豊臣家に対する叛意《はんい》ととられかねない。それを敢《あ》えて織部はかねて憎しみを抱いてきた三成へのあてつけに、利休を偲《しの》ぶ茶会を開くつもりなのだろう。

しかし、家康と三成の対立が激しくなっているいま、そのような茶会を開くのは火に油を注ぐようなものではないか。

「織部様をお止めしなければ」

作介がつぶやくと久好は大きくうなずいた。

「さようでございます。織部様が開く茶会であれば、二、三十人は集まられましょう。もし石田様の耳に入れば、ただではすまないと存じます」

ほかの富商たちも、まことにさようです、お止めください、と口々に言った。

作介は軽く頭を下げてから、もう一服と釜《かま》に向かい、滞りのない所作《しょさ》で茶を点て始めた。

翌日、作介は織部の屋敷を訪ねた。

訪《おとな》いを告げると、応対に出てきた家臣が、ただいま主《あるじ》は中庭に出てございます、と告げた。

作介は織部がいるおりに訪ねてよかったと思い、屋敷に上がらず、中庭へとまわった。

織部は袴《はかま》をつけた黒の袖《そで》無し羽織姿で中庭に佇《たたず》み、庭木の桜を眺めていた。桜はすでにほころび、日にあわあわと輝いている。

ひとが近づく足音を耳にした織部は振り向いて作介の姿を認め、にこりとした。

「作介殿か――」

織部の親しみある声を耳にして、作介は前触れもなく訪れたことを詫《わ》びて、頭を下げた。

織部は桜に目を戻しながら、

「松屋久好がそなたの茶会に招かれていると申しておった。松屋からわしが吉野で茶会を催すと聞いて、あわてて参ったのであろう」

と口にした。

「千利休様を偲ぶ茶会を開かれるとは、まことでございましょうか」

作介が訊くと、織部は含み笑いをして言葉少なに答える。

「まことだ」

「それならば吉野ではなく、お屋敷に招かれてはいかがでございましょう。吉野はひと目もあり、噂となって石田様の耳にも達するのではございませぬか」

「わしはそうしたいのだ」

織部はなおも桜を見続けている。

「あえて石田様を怒らせようとの心づもりでございましょうか。それはなされぬ方がよいかと存じます」

作介は眉をひそめて訴えた。

「三成が怒るかどうかは知らぬ。ただ、わしは利休様の霊を花の下で慰めたいと思っておる。太閤殿下がおわす間はできなかった。それが、ようやくできるようになったのだ」

「されど、利休様を偲ぶ茶会は石田様から咎《とが》められ、新たな争いの火種になる虞《おそれ》がありましょう」

「望むところだ」

織部は作介に顔を向けて不敵に笑った。

作介はわずかにため息をついて言葉を添えた。

「わたしは、茶とは心を安んじるものだ、と思うて参りましたが、利休様はじめ、山上宗二《やまのうえそうじ》様やお師匠様まで名のある茶人の方々が、なにゆえ危うきに近寄ろうとなされるのか、どう考えてもわかりません」

織部は作介をまじまじと見つめた。

「そなたは心を安んじるとはいかなることだと思っておるか」

問われて、作介は考え込んだ。心を安んじるとはいかなることか。考えたあげくようやく言葉を見つけた。

「自ら心鎮まることかと存じます」

「足りぬな」

織部はやわらかな口調で言った。

「足りませぬか」

作介は途方にくれる思いになった。

「心が鎮まるのはよい。だが、それが我慢をしたあげくのことであるならば、おのれを偽ることになろう。自らを大切にするあまり、世の中と関わろうとせぬのであれば、思い上がった生き方と言わねばならぬ。茶で心が安んじるとは、そのようなことではないとわしは思う」

「では、いかなるものなのでございましょうか」

息を凝《こ》らして、作介は訊いた。

「茶で心を安んじるとは、おのれを偽らぬことだ。ひとは世にある限り、身分や力でさまざまにおのれを飾りたてておる。利休様が考案された二畳の茶室に入るおりの心がけとは、そのような虚飾を脱ぎ去り、ありのままのおのれと向き合い、おのれを知ることにほかならぬ、とわしは思う」

織部は淡々と話した後、茶を進ぜよう、参れ、と告げて広縁《ひろえん》へと歩を進めた。作介は織部に従いながら、吉野の茶会には自分も行こうと心に決めた。

何よりも織部が利休を偲んで、どのような茶を点てるのかを見てみたい、と思った。

十日余り後の三月六日、織部は桜が満開の吉野で茶会を開いた。

興福寺《こうふくじ》の塔頭、多聞院英俊《たもんいんえいしゅん》の日記によれば、

——伏見より織部と云茶湯名人《いうちゃのゆ》、来候《きたりそうろう》

とある。

茶会に集まったのは金森出雲《かなもりいずも》、石川備前《いしかわびぜん》といった武士や堺の天王寺屋宗凡《てんのうじやそうぼん》、京や奈良の町人たち、といずれも利休に縁のある三十人ほどのひとびとで、作介も加わっていた。

一行は興福寺の成身院《じょうしんいん》で、奈良代官である中坊源五《なかのぼうげんご》のもてなしを受けた。にぎやかな酒宴となり、興がのった織部が太鼓を打ち、作介は曲舞《くせまい》を舞った。

吉野は桜が満開だった。

桜が舞い散る中、にない茶屋（組み立て式の茶屋）が担ぎ出された。茶屋が組み立てられるのを見守っていた作介は、あっと息を呑んだ。茶屋には、

——利休亡魂

と書かれた額が打ち付けられている。

利休を偲ぶ茶会であることをこれほどあからさまに示すものはなかった。

茶屋で釜の前に座った織部ににじり寄った作介が、

「お師匠様、あの額はあまりに——」

と言いかけると、織部はからからと笑った。

「案ずるな。石田三成は吉野の山で掲げられた額のことを、とやかく言うほどの暇はあるまいぞ」

織部の言葉にまわりの者たちは安堵《あんど》の表情を浮かべた。作介がやむなく、口を閉じて下がろうとすると、織部は声をかけた。

「まず、そなたに参らせよう」

若輩の身で初めに茶をいただくのは、礼を失するのではないかと思ったが、織部が茶に託して何事か伝えようとしているのではないかという気がした。

作介はまわりの者に一礼して着座し、織部が点てた茶に手を伸ばした。利休好みの黒楽《くろらく》茶碗である。

手にして喫しようとしたとき、ふと見ると桜の花びらが一枚、浮いている。取りのぞこうかとも思ったが、茶碗に指を差し入れるわけにもいかない、と思い直して桜の花びらごと啜《すす》った。

作介をちらりと見た織部の口元に笑みが浮かんでいる。

「どうじゃ。桜とともに茶を喫した味わいは」

茶碗に桜の花びらが浮いていたことを織部は知っているのだ。

「花見の茶会ならではの風趣かと存じます」

作介が答えると織部はさりげなく言った。

「きょうは利休様を偲ぶ茶会ゆえ、利休様の亡魂のひとひらを口にしたと思うてはどうじゃ」

「亡魂のひとひらでございますか」

「そうじゃ。わしはきょうの茶会を、利休様が茶の湯にかけた志を引き継ぐ、結盟の茶会であると思っている。そなたが桜の花びらを飲んだのは吉兆じゃ。そなたの内に利休様の志が宿ったのであろう」

利休の志を継ぐと言われて、作介は当惑した。幼いころ垣間《かいま》見た利休は、とても自分などが及ぶべくもない高峰に思えた。志を継ぐなどできるはずもない。

「利休様の志とは何でございましょうか。わたくしにはわかりませぬが」

織部は作介に向き直り、教え諭《さと》すように言った。

「利休様は客のためだけに茶を点てられたのではない。世間を相手に点てられたのだ」

「世間を相手に？」

「そうだ。言うなれば、この世が醜い争いの絶え果てた浄土になるようにとの祈りを込められて利休様は茶を点てられた」

「さようでございますか」

作介は身の内が震える気がした。

織部がなぜ、利休を偲ぶ茶会を開いたのか、ようやくわかったと作介は思った。

利休にはこの世への憤懣と夢があり、織部にも同様にそれがある。だが、自分にはあるだろうか。織部について茶を学びながら、心の裡《うち》にあるのは、風雅を楽しんで満足し、安逸《あんいつ》に流れているだけではないか。

黙り込む作介の頭上に、桜の花びらが舞った。

二日後——

徳川家康は病床の前田利家を見舞った。

利家は余命いくばくもないことを悟っており、枕頭《ちんとう》に座る家康に後事《こうじ》を託した。ふたりの話は長くなり、夕暮れとなった。家康はこの日のうちに伏見には戻らず、大坂、中之島《なかのしま》にある藤堂高虎の屋敷に泊まった。

この日、作介は高虎の屋敷にいた。

家康を茶でもてなすため、岳父である高虎に呼ばれたのだ。

藤堂屋敷に入った家康を、高虎はうやうやしくもてなし、

「まずは茶などいかがでございましょうか」

とうかがいを立てた。利家との長談義《ながだんぎ》で疲れた表情をしていた家康は、

「それはよいな」

とにこりとした。

作介は茶室ではなく、奥座敷で釜に向かい、茶を点てた。座敷のまわりには、藤堂家の家臣たちが控えて、目を光らせている。

家康はそんな物々しい様子を気にする風もなく、茶を喫して、

「さてさて、今宵《こよい》、石田治部はいかがいたしておるかのう」

とつぶやいた。

「おそらく狐のごとく、徳川様の隙《すき》をうかがって闇に潜んでおりましょう」

高虎が応じると、家康は嗤った。

「あの男にさような度胸があろうかな」

「いやいや、ひとは見かけによりませんぞ。現にこの者は——」

高虎は不意に作介を指差した。作介がどきりとして顔を伏せると、高虎は言葉を継いだ。

「一度、出会うたことがある三成は、気になる男であったなどと申しますゆえ、厳しく叱りおきました」

「ほう、なんと叱り付けられたかな」

家康は穏やかな声音《こわね》で訊いた。高虎は咳《せき》払いしてから答える。

「三成は豊家《ほうけ》に忠義の者なれど、それはおのれの主人のためのみを考える狭き忠義でござる。それがしは、徳川様に天下を静謐《せいひつ》にし、戦の無い世にしていただきたいと願《ねご》うております。すなわち天下のための忠義でございます。その違いをわきまえよ、と叱りましてございます」

抜け抜けと自分を売り込む高虎に苦笑しながら、家康は作介に顔を向けた。

「そなた、名は何と申す」

突然、家康に問われた作介は手をつかえ、小堀作介にございます、と答えた。すかさず高虎が、

「それがしの娘婿でござる。古田織部殿の高弟にて、武士としてだけでなく、茶人としても大

成する男でござる」

と作介を売り込んだ。

そうか、とうなずいた家康は腹にずしりと響く声で問うた。

「そなたは、なにゆえ三成めが気になったのだ。言うてみよ」

作介は手をつかえたまま答える。

「彼《か》の御仁《ごじん》は、おのれを偽らぬひとのように見受けられました。それゆえ、偽らぬひととはどのような生き方をするのであろうか、と思っただけでございます」

家康は、ははは、と笑った。

「三成がおのれを偽らぬ者であるとは言い得て妙だな。されど、おのれを偽らぬほど高慢な生き方はないぞ。ひとは皆、生きていくからには、おのれを偽る。ただ、おのれの損得を考えるゆえではないぞ。おのれを偽るのは世のためじゃ」

作介は首をかしげて思わず訊ねた。

「おのれを偽るのは世のためとは、いかなることでございましょうか」

「そなたは、いま、わしに向かって手をつかえておるが、わしと言葉をかわすのは初めてのはずじゃ。わしが何を考えておるか知らぬのに、頭を下げるのは世に倣っておるからであろう。それがすなわち、世を支えることでもある。おのれを偽ることが世を支えるというのは、そういうことじゃ」

作介は額に汗を浮かべた。家康が言ったことに得心したわけではないが、雄大な山裾《やますそ》に踏み込んだような気がした。

（天下を取ろうとするひとは、かように大きいものの見方をするのか）

作介は心から頭を下げていた。

この夜、三成の家臣である島左近《しまさこん》は家康を襲撃することを三成に献策した。三成もその気になったが、藤堂屋敷の警備は厳重を極め、加藤清正、福島正則、池田輝政《いけだてるまさ》ら三成と敵対している武将たちが次々に家康を守護するため藤堂屋敷に駆けつけた。

三成は遂に襲撃を断念し、これによって家康の高虎への信頼は高まった。


慶長五年六月——

家康は、会津の上杉景勝《うえすぎかげかつ》が国許《くにもと》に戻り、戦備を調えていることを咎《とが》めて軍を発した。これにより、三成率いる西軍と家康率いる東軍の戦いの幕が切って落とされた。

作介は父の新介とともに上杉追討の軍に従い、下野小山《しもつけおやま》まで行った。このとき、三成が大坂で毛利輝元《もうりてるもと》を総大将として家康追討の兵を発したとの急報が入った。

家康は後に小山会議と呼ばれる小山での諸将との軍議で西軍決起の報を告げ、西軍につく者は立ち去っても苦しからず、との大度を示した。

福島正則はじめほとんどの将が家康につくことを表明し、作介たちもこれに倣った。

東軍は上方《かみがた》めざして取って返し、関ヶ原で西軍と激突した。熾烈《しれつ》な戦いの末、勝敗は西軍の小早川秀秋《こばやかわひであき》の裏切りによって決した。

やがて三成の居城である佐和山《さわやま》城も落城し、関ヶ原から脱出した三成自身は潜伏したが、捕えられて打ち首となり、遺骸は六条河原に投げ捨てられた。

この年の十二月、作介の父、新介は一万石を加増され、備中松山《びっちゅうまつやま》に一万四千四百六十石を領することとなった。

新介は関ヶ原の戦で焼失した伏見城下の町を再建する修理奉行となり、作介も父を助けてあわただしい日々を送っていた。

そんなある日、六地蔵の小堀屋敷をひとりの僧侶が訪ねてきた。作介が応対に出ると、沢庵が飄々《ひょうひょう》とした姿で式台の前に立っていた。

作介は沢庵を客間に招じ入れつつ、

「佐和山落城のおりは大変ではございませんでしたか」

と訊いた。三成は慶長四年、加藤清正ら七武将と対立して蟄居《ちっきょ》に追い込まれた際に、居城がある佐和山に母親の菩提《ぼだい》を弔うために瑞嶽寺《ずいがくじ》を建立した。開堂にあたって春屋宗園を招き、沢庵も同行した。

開堂の儀式が終わると春屋宗園は大徳寺に戻り、宗園の弟子である董甫宗仲《とうほそうちゅう》が住職となった。沢庵は董甫に師事しており、師に従って瑞嶽寺に残った。

佐和山城が落ちて後、董甫と沢庵は大徳寺に戻った。

「わたしどもは無事でした。おかげで石田様のご遺骸を三玄院に埋葬することもできました」

作介と向かい合った沢庵は、関ヶ原の戦を振り返りつつ情を交えぬ言葉つきで告げた。三成を沢庵が葬ったという話に作介は目を瞠った。

「石田様を、沢庵殿が葬られたのですか」

「春屋宗園様のお言いつけによるものです」

沢庵は淡々と言った。それにしても、いまや天下は徳川の手に帰している。その徳川にとって憎い敵となった三成を葬るとは、僧侶とはいえ、豪胆な振る舞いだった。

「恐れ入ってございます」

作介が頭を下げると、沢庵は手を振った。

「いや、さようなことよりも、近頃、茶人として名が高くなっておられる小堀様に石田様のことをお話ししておきたいと思いまして、かように罷《まか》り越しました」

「石田様のこととは何でございましょうか」

作介が怪訝《けげん》な顔をすると、沢庵は静かに口を開いた。

「小堀様は万代屋宗安《もずやそうあん》様をご存じか」

「お会いしたことはございませんが、もともとは堺の商人で、茶の道に入られてより千利休様の娘婿となり、太閤様の茶頭を務められた方と聞いております」

答えながら作介は沢庵が突如として万代屋の名を口にした意を測りかねて、顔をうかがい見た。沢庵は作介を見返す。

「宗安様はかねて石田様と親しく、〈万代屋肩衝〉と呼ばれる名のある茶入れを譲られていたそうな。ところが関ヶ原の戦の前に宗安様が石田様の陣中を訪れたおり、石田様は〈万代屋肩衝〉を取り出されて、宗安殿に返されたそうです」

作介は息を呑んだ。

「〈万代屋肩衝〉と言えば三百金はする名器と聞いております。石田様はなにゆえ、さようなことを」

「ひとの命は限りがあるが、茶器は永らえれば数百年後の世までも伝わる。永《とこし》えのいのちは大事にいたしたいと仰《おお》せであったそうな」

沢庵はため息をついた。

「永えのいのちを大事にする心映えこそが、石田様がこの世に遺《のこ》したいと願われた思いであり、最後の顔だったのでございますね」

作介がうなずいて言うと、沢庵は何も答えず微笑して辞去していった。


三成が戻した〈万代屋肩衝〉を懐にした宗安は堺を出て身を隠し、遠く博多《はかた》に潜んだ。しかし、新たに福岡の領主となった黒田長政が家康の命によって宗安を捜し出し、〈万代屋肩衝〉を召し上げたという。

投頭巾

松屋《まつや》久重《ひさしげ》に茶を点《た》てた二、三日後、遠州《えんしゅう》は熱を出して数日、寝込んだ。

風邪を引いたというわけではなかったが、体の奥にこもった熱が去らず、時折り咳《せ》き込んだ。

妻の栄《えい》が心配して医師を呼び、薬を調合させた。翌日から、毎朝欠かさず、栄の介添えで薬湯《やくとう》を飲んだ。

五日ほどたって、薬が効いてきたようで寝床から起き上がれた。薬湯を持ってきた栄に、

「今日は庭に出るぞ」

と遠州は告げた。栄は心配そうに眉《まゆ》をひそめたものの、止めはしなかった。まだ、気分はすぐれなかったが、寝ついてしまえば二度と起き上がれなくなるような気がした。

（まあ、それならばそれでもよいが）

ひとしてなすべきことはなして来た気がする。すでに親しいひとは逝き、寂寥《せきりょう》の思いを茶で慰《なぐさ》める日々を送っているだけだ。

朝の雑事がひとくぎりついたころ、遠州がひとりで庭に佇《たたず》んでいると栄が気づいてそばに寄り、

「起き出されて大丈夫でございますか」

と声をかけてきた。

「大事ない」

遠州は栄を振り向いて微笑した。六歳年下の栄はすでに六十二になるが、四十のころと容貌《ようぼう》はさほど変わらず、白髪もあまり目立たない。栄は黒目がちな眼で遠州を見つめ、笑みを返して言った。

「それにしても松屋殿は少しもお変わりになられませぬ」

「そうだな」

八十歳になるはずの久重が壮年のころと変わらぬ様で茶を喫し、

「また、参ります」

と次の日があるのを疑わぬ表情で辞去していったことに、遠州は苦笑を浮かべた。久重の齢《とし》まで永らえることができるのであれば、まだ十二年ある。

それまで何をしたらよいのかと考えていて、ふと、何か胸にかかる悔いがあるような気がした。

——何であろう

悔いることなどない、と思っていたが、何かまだ心のこりがあるのだろうか。そんなことを考えながら部屋に戻り、栄にささえられながら寝床に横たわった。

障子に明るい陽が差している。その障子を目にしつつ、遠州はこれまで自分が手掛けてきた茶室を思い浮かべた。

千利休《せんのりきゅう》の茶室として高名なのは、山城国大山崎《やましろおおやまざき》にある妙喜庵《みょうきあん》の待庵《たいあん》である。利休が工夫したわずか二畳の茶室は、〈藁《わら》すさ〉も露《あら》わに荒々しく土壁を塗り回し、さらに床《とこ》も木目を出さずに塗り上げた〈室床《むろどこ》〉である。

下地《したじ》窓《まど》とにじり口の上に設けられた連子《れんじ》窓《まど》からわずかに光が入るが、茶室の隅は陰翳《いんえい》に沈んで、あたかも人里から遠い辺鄙《へんぴ》な山里の杣《そま》小屋に入り込んだかのような気がする。地位や名誉を捨て、ただのひととなる厳しさと、すべてを放下《ほうげ》するやすらぎがある茶室だった。

これに比べ、遠州が手掛けた京、大徳寺《だいとくじ》龍光院《りゅうこういん》の密庵《みったん》は床、棚、付け書院を備えた四畳半の茶室だ。にじり口は無く、腰高《こしだか》障子が立てられ、やわらかな光が茶室に届く。

利休の待庵には、この世から脱《ぬ》け出る趣があるが、遠州の密庵には、この世の光のもとに留《とど》まるところがあった。

（ひとは光を求めて生きるものだ）

いまでも遠州の考えは変わらない。利休はひとが何も見出《みいだ》せない暗黒の中に独自の光を見出すことができた。だが、それは利休であればこそなせる業《わざ》で、凡俗《ぼんぞく》にはできかねる。ならば、利休でない者はどうしたらよいのか。

栄は遠州の身の回りをととのえた後、

「お休みなされてくださいませ」

と言い置いて腰を浮かした。

遠州が、障子を開けたままにしておいてくれ、と告げると、栄は承知いたしましたと頭を下げてから障子を開けて部屋を出ていった。

陽射しに照らされる庭が見えた。

しばらく眺めているうちに、しだいに目が疲れてきた。日が昇るにつれ陽光は眩《まぶ》しく、目に痛いように感じられる。

——つまりはそういうことか
遠州はつぶやいた。ひとは光を求めて生きるものだが、天の陽をまともに見れば目はつぶれる。障子を隔てた光の加減が、ひとの目には具合がいいのかもしれない。

千利休は豊臣秀吉《とよとみひでよし》という光にあまりにも近づきすぎ、あげくの果てに焼き殺された。そうなるまいと思えばこそ、待庵のような薄暗い茶室で黒楽茶碗《くろらくぢゃわん》を使ったのだろう。だが、秀吉は黄金の茶室を設《しつら》え、赤楽茶碗を好んだ。

利休と秀吉が相容《あいい》れないのはもっともなことであったと思える。

そこまで考えた遠州は、昔に思いをめぐらした。

（あるいは、わが師、古田《ふるた》織部《おりべ》様と徳川家康《とくがわいえやす》公との間柄も同じであったかもしれない）

ただし、秀吉の光に対して利休が影を作ったのとは逆に、織部の陽と家康の陰とは相克《そうこく》したように思える。

いずれも稀代《きたい》という言葉がふさわしい天下人と茶人の出会いは、悪縁であったのではないだろうか。

だが、家康と織部のことを考えるにつれ、遠州の胸にひっかかるものが残った。何なのかよくわからないが、忘れていたことがあるような気がする。

慶長《けいちょう》五年（一六〇〇）の関ヶ原《せきがはら》合戦の後、小堀《こぼり》家は一万石加増されて一万四千四百石の大名格となり、新介《しんすけ》は備中国奉行《びっちゅうのくにぶぎょう》の職と松山《まつやま》城を付された。さらに大久保《おおくぼ》長安《ながやす》、板倉勝重《いたくらかつしげ》とともに五畿《ごき》七道の政務に与《あずか》るようになっていた。

新介は慶長九年二月、江戸に向かう途中、相模《さがみ》国藤沢《ふじさわ》で病を得て急逝した。享年六十五だった。

このため作介が跡を襲い、役職も引き継いだ。

慶長十三年には家康の居城である駿府《すんぷ》城の作事を命じられ、その功によって、

——諸大夫《しょだいぶ》従五位下《じゅごいのげ》　遠江守《とおとうみのかみ》

に任じられた。これにより、遠州と呼ばれるようになったのである。

遠州は庭から目をそらして、なおも考え続けた。不意に、ある茶会の光景が脳裏に浮かんできた。

茶会を開いたのは徳川家康だった。

家康は先の天下人である織田《おだ》信長《のぶなが》や秀吉のようには茶の湯を好まなかった。まだ秀吉が生きていたころ、大坂城中で家康や毛利《もうり》輝元《てるもと》、宇喜多《うきた》秀家《ひでいえ》を前に茶道具の自慢話をしたことがある。

このとき、秀吉は柴田《しばた》勝家《かついえ》を破った賤ヶ岳《しずがたけ》の戦いの後、家康から戦勝祝いとして、

――初花《はつはな》

の茶入れを贈られたことに触れ、家康を称賛した。

初花は唐の玄宗《げんそう》皇帝の寵姫《ちょうき》、楊貴妃《ようきひ》の油壺《あぶらつぼ》であったという伝承がある。将軍足利義政《あしかがよしまさ》から茶人村田《むらた》珠光《じゅこう》の門人の所持となった後、織田信長が持つにいたった。

信長は天正五年（一五七七）、嫡男の信忠《のぶただ》に、三位中将《さんみちゅうじょう》に昇進した祝いと家督相続の印として十種の茶道具とともに初花を贈った。しかし、本能寺《ほんのうじ》の変の際に所在がわからなくなり、その後、初花を手に入れた徳川家の家臣が家康に献上した。

天下の名器として知られる初花であったが、家康はさほど珍重せず、戦勝祝いに秀吉へ贈ったのだ。

「徳川殿はさすがに茶の湯にも長《た》けておられるとみえる。さぞやほかにも名器をお持ちであろうな」

秀吉は探るような目をして言った。もし、家康が他にも名器を持っているようなら、差し出させる魂胆だったのかもしれない。

家康はしもぶくれの顔に笑みを浮かべて答えた。

「いや、それがしが所持いたしておったのは、初花だけでござる。まこと武骨にて茶の湯のこ

とはとんとわかりませぬ」

秀吉は笑いながら首を横に振った。

「何を言われるか、徳川殿ほどの大名が初花ひとつしか宝を持っておらぬとは思えぬぞ。ほかにも宝があろう」

冗談めかした言い方であったが、誤魔化しは許さぬという強い言葉つきである。家康は困ったように首をかしげていたが、やがて膝《ひざ》を叩《たた》いて言った。

「なるほど、それがしにも宝はございました」

秀吉は、どのような宝かと興味を持った顔つきで身を乗り出した。

「ほう、それは茶道具であろうか」

家康はゆるゆると頭《かぶり》を振った。

「いえ、それがしの宝とは、主君のためなら水火も辞せずに飛び込む命知らずの家来を五百騎ほど持っておることでござる」

かつて小牧長久手《こまきながくて》の戦いで秀吉を一敗地《いっぱいち》にまみれさせた家康の言葉だけに、さすがに秀吉も二の句が継げず、やがて大笑いして冗談にしてしまった。

実際、このころまでの家康は茶の湯に関心を示さなかった。

だが、関ヶ原合戦で勝利を手にして天下人となった後は、茶の湯の効用にも気づいたようで茶道具を集め始めた。

茶道具を家臣に下げ渡すことや、家臣の側から茶道具を献上することで主従の信頼を表すことができると考えたのであろう。

(あの時もそうであった)

ふと遠州は、家康の嫡男で将軍職を譲られた秀忠《ひでただ》や、家康と親しい公家《くげ》の日野輝資《ひのてるすけ》らが客となった駿府城での茶会に思いをいたした。

茶頭《さどう》は利休亡き後、そのころ天下の宗匠として第一の茶人と目されていた織部が務めた。

遠州は傍らで織部の点前《てまえ》を手伝った。

織部がゆったりとした作法で点てた茶を静かに喫した秀忠に、家康は声をかけた。

「どうじゃ。そなたもこれよりは将軍として茶の湯を心得ておかねばなるまいぞ」

「さようにございます」

秀忠が神妙な面持ちでうなずくと、家康は小姓に命じて茶入れをふたつ運ばせた。膝前に置かれた茶入れを見て、

「これは――」

秀忠は目を丸くした。

楢柴《ならしば》
投頭巾《なげずきん》
という名だたる茶入れだったからだ。特に楢柴はすぐれた名物として天下に知られている。

投頭巾は侘《わ》び茶の祖とされる村田珠光が愛蔵した茶入れである。

この茶入れにめぐりあったおり、珠光は感激してかぶっていた頭巾を思わず投げ捨てた。そ

れで投頭巾の銘《めい》がついたという。

「いずれでも、そなたの好きな方を選べ」

家康にうながされて、秀忠はふたつの茶入れを熱心に見比べた。その様を見つつ、秀忠が楢柴の茶入れを選ぶだろうと同席した者たちは思っていた。

ふたつの茶入れは名物として知られているが、格は楢柴の方が高い。誰に選ばせても楢柴をとるに違いなかった。

ところが、秀忠がゆっくりと手に取り、

「父上、こちらの茶入れをいただきとう存じます」

と言ったのは投頭巾の茶入れだった。家康はにこりとして、大きくうなずき、

「そうか、そなたは投頭巾を選ぶか」

と満足げに言った。そのとき、釜の前に座っていた織部が眉をひそめ小さく吐息をついたことに遠州は気づいた。

茶会が終わり、控えの間に入ったおりに、遠州は声を低くして織部に訊《たず》ねた。

「秀忠様が投頭巾を選ばれたことがお気に召しませんでしたか」

織部は遠州に顔を向けた。

「そなたはどのように思った」

「秀忠様も楢柴の方が投頭巾より格が高い名物であることはご存じであろうかと存じます。それなのにあえて名物を避けて投頭巾を選ばれたのは、奥ゆかしきことかと存じます」

遠州が思ったままのことを口にすると、織部は顔をしかめた。

「なるほど、投頭巾を選んだのが一介の武士なら、慎ましい心がけだとわしも思うであろう。しかし秀忠様は征夷《せいい》大将軍であられるのだぞ」

織部は力を込めて言った。目が鋭い光を放っている。

「茶入れの選び方に、将軍と一介の武士との違いがございましょうか」

遠州が首をかしげると、織部はうなずいた。

「投頭巾には言い伝えられていることがある。村田珠光様は、投頭巾の茶入れに入れる茶は上質な『無上《むじょう》』とされる茶ではなく、並の『揃《そそり》』という茶を入れよと弟子に言われたそうな」

「それが、どのような関わりがあるのでしょうか」

「わからぬか。家康様亡き後の天下人は秀忠様だ。その秀忠様が並の茶を入れる茶入れを選ばれたということは、秀忠様の世ではひとに抜きん出た者は用いられず、さしたる能もない、凡庸な者たちが用いられるということになるのだ。さしずめ、わしなどはこの世での居場所を失うであろう」

さようなことはありますまい、と言いかけて、遠州は思わず口をつぐんだ。

家康は秀忠が投頭巾を選んだことをひどく喜んでいた。あるいは、控えめで派手なことを嫌う秀忠の性格をよしとしただけなのかもしれない。

だが、信長や秀吉という恐ろしいほどの才能を見てきた家康にすれば、次代の秀忠には穏やかに、守勢に徹してもらいたいのではあるまいか。もしそうであるなら、危うい才物《さいぶつ》よりも、思慮深く手堅い家臣を秀忠の側近としたいだろう。

そんなことをあの日の茶会で思った。そこまで思い出したとき、ふと、遠州の脳裏にひらめくものがあった。

「そうだ。あの茶会があったのは慶長十七年の三月だった」

遠州は小さくつぶやいた。

茶会から二年後の慶長十九年に大坂冬の陣が起き、さらに翌年の夏の陣によって豊臣家は亡《ほろ》びる。そのおり、古田織部は豊臣家に加担し、謀反《むほん》を企てたとして切腹を命じられ、生涯を閉じた。

あのとき、なぜ、織部様を救えなかったのか。遠州の胸にわだかまりとなって今も残る悔いはそのことだった。

◇

慶長十五年、古田織部は二代将軍徳川秀忠の茶の指南役を務めることになった。このような織部について、

——此比《このごろ》数寄者之随一古田織部

と世間では称した。

このとき遠州は三十二歳、織部は六十七歳である。遠州は作事奉行など役向きの忙しさの合間を縫って織部から茶の極意を教わっていた。

遠州が織部とともに加藤清正《かとうきよまさ》の伏見《ふしみ》屋敷での茶会に招かれたのは、慶長十六年四月九日のことだった。

遠州と織部が赴くと、加藤清正の家来たちは下にも置かぬ丁重な物腰で出迎え、新たに設えられた茶室へと案内した。

清正はすでに釜の前に着座していた。胸までたれる鬚《ひげ》と雄偉な体格、さらに眼光の鋭さは名だたる武将が持つ趣を備えている。

遠州と織部が茶室に入ると、清正はちらりと目を遣《や》り、軽く頭を下げた。黙したままである。ふたりがあいさつしても、なおも清正は口を開こうとはしなかった。口を真一文字に引き結んで何事か考えているようだ。

考え込む清正の様子を見るうち、遠州は以前に聞いた噂《うわさ》話を思い出した。

秀吉がまだ存命だったころ、清正は、茶頭ながら政《まつりごと》にも口を出す利休を快からず思っていた。それを感じ取った利休はあるとき、清正を茶会に招いた。

約束の日に訪れた清正を、利休は二畳の茶室に招じ入れた。だが、にじり口から入った清正は大小の刀を携《たずさ》えていた。にじり口から茶室に入る際は帯刀しないのが常であった。

清正は利休を威嚇しようとしていた。狭い茶室だけに清正が刀を抜けば避《よ》ける術《すべ》などなかった。しかし、利休は恐れる色もなく、静かに点前を始めた。

そのとき、どうしたはずみか釜が炉に落ちた。一瞬にして灰が舞い上がり、茶室の中は、ほとんど何も見えなくなった。

利休は素早く手をつかえ、

「申し訳ございません。年老いて、釜を取り落とすような不調法をしでかしました。お許しくださいませ」

と頭を下げると、羽根箒《はねぼうき》を取って畳の目に沿うように掃き始めた。清正が思わず、

「わしも手伝おう」

と言うと、利休はにこりとして清正に別の羽根箒を渡した。猛将の清正がいつの間にか利休とともに茶室を掃き清めていた。

茶室がきれいになったとき、清正は夢から覚めたような心持ちになり、場合によっては利休を斬ろうと考えていたことを忘れていた。

この日のことを後にひとに問われた清正は、

「利休殿はわしの企《たくら》みを見抜いて、わざと失敗してみせたのだ。茶室が灰だらけになったおり、わしはつい企みを忘れた。恐るべきひとだ」

と慨嘆したという。そんな逸話を持つ清正は、織部と親しく手紙のやり取りなどもしていた。

押し黙っている清正に、織部は声をかけた。

「加藤様、いかがされました。何ぞ案じることでもおありですかな」

はっと我に返った様子で清正は苦笑すると、顔を上げた。

「これは失礼いたした。先頃、二条城《にじょう》で行われた秀頼《ひでより》様と徳川様の会見について何とはなしに考えておりました」

織部は清正をうかがい見た。

「二条城での会見は滞りなく行われたと聞いておりますが、さようではなかったのでしょうか」

「さて――」

清正は言いよどんだ。

前月の三月二十七日、後陽成《ごようぜい》天皇が譲位される儀式に出席するべく徳川家康は上洛《じょうらく》した。東国諸大名五万人が供奉《ぐぶ》し、家康の輿《こし》には騎馬武者七百騎、徒立《かち》ち三百人が従うという堂々たる陣容だった。

これを機に家康は、朝廷に幕府の勢力を見せつけるかたわら、豊臣秀頼と京で対面したいと大坂に伝えた。

母である淀《よど》の方は秀頼が京に上ることを快く思わなかったが、高台院《こうだいいん》（北政所《きたのまんどころ》）や清正が懸命に説得して実現にこぎつけた。

当日、秀頼は大坂城を出発して淀川を船で上り、途中で上陸して鷹狩《たかがり》を楽しんだ後に、淀を経て京へ一路、向かった。

京では豊臣家重臣の片桐且元《かたぎりかつもと》の屋敷にいったん入り、二条城へと向かった。秀頼の一行を鳥《と》羽《ば》まで家康の九男義利《よしとし》（後の尾張《おわり》徳川義直《よしなお》）と十男の頼将《よりまさ》（後の紀伊《きい》徳川頼宣《よりのぶ》）が出迎えた。

義利には浅野幸長《あさのよしなが》、頼将には清正が供をしていた。

二条城への道筋、秀頼の姿を見て町人たちは歓声をあげ、中には涙を流して太閤《たいこう》秀吉の時代を懐かしむ者もいた。

清正は秀頼の輿を護《まも》り、二条城での会見中も秀頼の側を片時も離れなかった。会見の間中、清正は懐《ふところ》に短刀をしのばせており、もし徳川方に不穏な動きがあれば、秀頼を守って斬り死にする覚悟だったという。

高台院も同座して秀頼と家康の会見はおよそ、

——一時計《ひとときけい》（約二時間）

ばかり行われ、その後、酒宴になった。しばらくして清正は、

「さてさて、大坂ではお袋様がお顔を見たいと待ちかねておられましょうぞ。遅うならぬうちにお発《た》ちになられませ」

と秀頼を促し、帰城を急がせた。家康はにこやかに応対していたが、さすがにこのときばかりは機嫌を損じたらしく、苦い顔になった。

秀頼は伏見の加藤屋敷に立ち寄った後、無事、大坂に戻っていった。

「どうやら、加藤様には気にかかることがおありのようですな」

織部は微笑を浮かべて言った。その言葉に誘われるようにして清正は口を開いた。

「実はな、徳川様は会見の後で側近の者に、秀頼公はかしこきひとだ、と漏らされたそうだ」

「ほう、徳川様が器量を認められたからには、豊臣家はこれから万々歳ではございませんか」

「そう思うか」

清正は翳《かげ》りのある表情になった。

「違いましょうか」

織部が訊《き》き返すと、清正は悄然《しょうぜん》として言った。

「徳川様は油断が命取りとなる戦国の世を生き抜かれた厳しい御方だ。豊《ほう》太閤とは違い、己の家臣や味方の者を気軽に褒めたりはせぬ。徳川様が褒められるのは、相手を敵だと思えばこそだ」

清正の言葉に、織部ははっと胸を衝《つ》かれた顔をした。

「では徳川様は、豊臣家を亡ぼすつもりだと言われますか」

清正はうなずいた。

「徳川様はすでに古希《こき》だ。しかし秀頼様はいまだ十九歳で春秋に富んでおられる。二条城で会った若々しく健《すこ》やかな秀頼様を、なによりも大敵だ、と徳川様は恐れられたのではあるまいか」

織部はうなり声をあげた。

「これは困ったことになりました」

清正は織部を皮肉な目で見つめた。

「織部殿はまことに豊臣家を案じておられるか」

意外な清正の問いかけに織部は苦笑いした。

「永年、豊臣家にお仕えいたしてきたからには当然のことと思いますが」

「太閤殿下は千利休殿を切腹させた。利休殿の弟子の中でも、とりわけ、師への思いが深かった織部殿は、実は豊臣家を恨んでおるのではないかと思っておったのだが」

目を鋭くした清正は織部を見据えた。織部はさりげなく視線を外して小さく吐息をついた。

「何を申されますか。わたくしは茶人でございますれば、ひとを憎むかどうかのよりどころは茶によって決まります」

「ほう、茶によってひとを憎むかどうかを決めるとはどういうことでござろうか」

首をかしげて清正は問うた。

「さしたることではございません。茶人にとって茶を好むひとは味方、好まぬひとは敵とまでは申しませんが、無縁のひとだと存じますゆえ、関わりを持とうとは思いません」

「ならば、茶を好まれた太閤殿下は織部殿には味方になりますかな」

「さようにございます。太閤殿下は茶がおわかりになられた。それだけに茶の道で利休様に及ばぬことに苛立《いらだ》ち、嫉《ねた》み、あげくの果てに殺してしまわれたのです。しかし、それも茶を好まれたゆえにほかなりませぬ。利休様にとりまして太閤殿下は不肖の弟子ではございましたでしょうが、敵ではございませんでした」

織部はしみじみと言った。

「ならば、茶をさほどに嗜《たしな》まれぬという徳川様は、茶人の敵だということになるのであろうか」

清正は織部をうかがう目で見た。

「わたくしにとりましてはさようであるとも言えましょうが、徳川様の世には、それにふさわしき茶人が出てまいりましょう。さしずめ、ここな、遠州などはさような茶人になるやもしれませぬ」

織部はちらりと遠州に一瞥《いちべつ》をくれた。遠州は当惑して眉をひそめる。

「なるほどな、茶のためなら太閤殿下にも逆ろうてきた茶人が、力ある者に媚《こ》びへつらうようになるというわけか。それも世の流れよ。いたしかたあるまい」

清正は呵《か》々大笑《かたいしよう》した。

織部はそれ以上、何も言わなかったが、遠州は師から思いがけず突き放した言葉を浴びせられて、背筋に冷や汗が流れるのを感じた。

遠州と織部が加藤屋敷で開かれた茶会に招かれる二日前の四月七日に、親豊臣家と目されていた大名の浅野長政《ながまさ》が常陸真壁《ひたちまかべ》で没した。さらに六月十七日には秀吉子飼いの武将だった堀尾《ほりお》吉晴《よしはる》が広瀬富田《ひろせとだ》で死んだ。

そして加藤清正は茶会の後、肥後《ひご》に帰国して突然、病を得て急逝した。

浅野長政と堀尾吉晴はいずれも六十歳を過ぎた高齢だったが、加藤清正はまだ五十歳だった。

世間では、徳川方の手で毒殺されたのではないか、と噂された。

三年後――

慶長十九年七月に入って豊臣家が行っていた方広寺《ほうこうじ》大仏殿の造営に関して、京都所司代から、

――関東不吉の語あり
として供養の延期を命じてきた。

大仏殿に掲げる鐘銘《しょうめい》にある文字のうち「国家《こっか》安康《あんこう》」、「君臣豊楽《くんしんほうらく》」が家康の首を切り、豊臣を主君として楽しむと読めるというのだ。

豊臣家の重臣片桐且元は弁明のため駿府に赴き、淀の方も大蔵卿 局《おおくらきょうのつぼね》と二位局、正栄尼《しょうえいに》ら自らに仕える三人の女人を駿府に遣わした。

この間、且元は家康に会えずにいた。ところが家康は三人の女人にはすぐに面会して、鐘銘について責めるどころか懇《ねんご》ろな言葉をかけた。

安堵《あんど》した三人は駿府を発ち、大坂に戻る途中、追いかけてきた且元と近江土山《おうみつちやま》宿で会った。

且元は鐘銘についての家康の疑いを解くために考えたという事柄を述べた。それは、
一、秀頼は大坂城を出て伊勢《いせ》か大和《やまと》に移る
二、秀頼は諸大名と同じように駿府と江戸に参府する
三、茶々《ちゃちゃ》（淀の方）を人質として関東に差し出す
というものだった。

大蔵卿局たちは、駿府での家康の様子とあまりにかけ離れた内容を訝《いぶか》しく思い、大坂に戻る

と秀頼と淀の方に報告した。

家康は豊臣家内部を分裂させる巧妙な調略を行ったのだ。淀の方や秀頼に疑われて且元が大坂城を出たときが、東西の手切れとなる。

且元は大蔵卿局たちが秀頼と淀の方に報告する間、城内の屋敷に閉じこもっていた。だが、且元が徳川に通じていると疑った秀頼から退去を命じられると、すぐさま弟の貞隆《さだたか》とともに、大坂城を出て貞隆の居城がある摂津《せっつ》茨木《いばらき》に退いた。

この事態を受け、十月に入って、家康は京都所司代の板倉勝重から大坂城に不穏の動きありとの通報を受け、ただちに諸大名に出陣を命じた。

豊臣家は真田《さなだ》信繁《のぶしげ》（幸村《ゆきむら》）や長宗我部《ちょうそかべ》盛親《もりちか》、後藤又兵衛《ごとうまたべえ》、毛利勝永《かつなが》、明石《あかし》全登《たけのり》ら名だたる牢人《ろうにん》を入城させた。

真田信繁は関ヶ原合戦のおり、信州上田《しんしゅううえだ》城で徳川秀忠の軍勢を翻弄し、関ヶ原に遅参させた智将真田昌幸《まさゆき》の次男である。

長宗我部盛親は四国の覇者として名高い長宗我部元親《もとちか》の四男で、かつて土佐《とさ》の国主だったが、関ヶ原敗戦で改易《かいえき》となり、浪々の日々を送った後、大坂城に入城した。

また、後藤又兵衛は、秀吉の軍師として名高い黒田《くろだ》如水《じょすい》の子飼いの武者だったが、如水の子、長政《ながまさ》と折り合いが悪く黒田家を飛び出し、牢人となっていた。猛将として知られる長政が手を焼くほどの豪勇だった。

さらに毛利勝永は、父吉成《よしなり》の代から秀吉に仕えた重臣だった。関ヶ原合戦で石田《いしだ》三成《みつなり》方として参戦したため、知行《ちぎょう》を没収され、身柄を土佐国主山内一豊《やまうちかずとよ》に預けられていた。秀頼から参陣をうながす密書が届くと土佐を脱出して大坂城に入った。

明石全登は宇喜多秀家に仕えていたが関ヶ原敗戦で所領を失い、一時、筑前《ちくぜん》の黒田家を頼った後、豊臣家の招聘《しょうへい》に応じて大坂城に入った。キリシタンでもあり、大坂城では白地に花クルスの旗を掲げ、キリシタンを率いていた。

豊臣家は二十万石に近い米穀を買い集めて兵糧《ひょうろう》とし、戦に備えた。城中に入った兵力はおよそ九万といわれた。

諸大名に出陣を命じた家康は、自らはわずかな兵を率いて駿府を発ち、京の二条城に入った。一方、五万余の兵を率いて江戸城を出発した将軍秀忠は行軍を急ぎ、十一月に入って伏見で家康と合流した。家康と秀忠は摂津に陣を敷いて大坂城攻めを開始した。幕府軍は総数およそ十九万四千余だった。

このころ遠州は、備中総代官を務めており、幕府の命を受けて十万石の兵糧米を倉敷湊《くらしきみなと》から積み出すため、倉敷に陣屋を構えた。兵糧の運び出しは順調に進み、遠州は家康に報告するため摂津に向かった。

茶臼山《ちゃうすやま》の家康本陣に着いたとき、大坂城は大軍に四方を囲まれながらも、頑強に抵抗を続けている様が見てとれた。具足姿で家康の前にかしこまった遠州は、兵糧米の運び込みが終わったことを報告した。

高齢の家康は具足をつけておらず、羽織、袴《はかま》姿で杖《つえ》を手にして床几《しょうぎ》に座っていた。遠州の報

告を家康はうなずきながら聞いていたが、ふと、

「そなたは、古田織部の弟子であったな」

とたしかめるように訊いた。遠州は地面に手をつかえて答える。

「さようにございます。茶の湯の教えをいただいております」

家康はしばらく考えてから口を開いた。

「織部は怪我《けが》をいたしたそうな。そなた、わしが調合した血止めの薬を届け、見舞《みも》うてやるがよい。そして織部の様子をわしに報《しら》せよ」

遠州は目を瞠《みは》った。家康は自らの体の具合に恐ろしく気を遣い、薬なども自分で調合すると耳にしたが、その薬を家臣に与えるなど聞いたことがなかった。

「織部様は戦で怪我をされたのでございましょうか」

「佐竹《さたけ》の陣に挨拶《あいさつ》に出向いた際、飛んできた鉄砲玉で左目の上あたりを負傷したそうだ」

家康はこともなげに言ってのけた。さらに、

「織部は佐竹の陣に近い竹林から竹を伐《き》り出して茶杓《ちゃしゃく》を作ろうとしておったそうだ。戦場でも風流を忘れぬとは、さすがに茶人だな」

と皮肉めかして言った。

佐竹勢は大坂城の北、今福《いまふく》村に陣を敷いており、十一月二十六日、佐竹義宣《よしのぶ》は今福砦《とりで》を急襲して豊臣勢を追い払い、占領した。

これに対し、大坂城から木村重成《きむらしげなり》が出陣して敵勢に攻めかかり、今福砦を奪還するとともに、

退いた佐竹勢を追撃した。佐竹義宣は上杉《うえすぎ》勢に救援を依頼した。これに応じた上杉勢が駆けつけて、木村勢と激戦となった。

木村重成も上杉勢の猛攻に進撃を阻まれた。このおり大坂城の櫓《やぐら》で豊臣秀頼は木村勢の戦いぶりを見ていたが、傍らの後藤又兵衛に、

「木村重成が苦戦しておるようじゃ。助けてやれ」

と命じた。

「かしこまって候」

又兵衛はただちに軍勢を率いて今福村に向かった。木村勢は上杉勢から鉄砲の猛射撃を浴びて土手の陰に潜《ひそ》み、居すくんでいた。又兵衛は駆けつけるなり、鉄砲を手に土手の上に仁王立ちとなり、

「戦はかくするものぞ」

と叫んで鉄砲を放った。これに勇気づけられた木村勢がふたたび攻め始めると上杉勢はじりじりと後退した。

頃はよし、と見た又兵衛は木村重成とともに器用に兵をまとめて大坂城へと引き揚げた。この今福砦と真田信繁が籠《こも》る真田丸における戦いは、大坂冬の陣で最も激戦となった。

織部はたまたま佐竹義宣を訪ねていたおりに、今福の戦いに巻き込まれて負傷したらしい。

遠州が今福砦を訪れた際、織部は家臣に介抱されながら陣小屋にいた。胡坐《あぐら》をかいて茶を飲んでいるところだった。具足をつけ、陣羽織を着ている。頭に白い布を巻いているのが痛々し

かった。

「お怪我はいかがでございましょうか」

遠州が声をかけると、織部はうなずいて苦笑いした。

「危うく死ぬところであった」

「お師匠様は、茶杓を作る竹を求めて竹林に入っておられていたとか」

家康から聞いたことを遠州が口にすると、織部は鋭い視線をくれた。

「そのこと、誰から聞いた」

織部の声に緊張が走ったのに気づいて、遠州は眉をひそめた。

「大御所様にございます」

「なるほど徳川様がな」

織部はにやりと笑った。

「大御所様は手ずから調合された薬をお見舞いにくだされました。ありがたくお使いくださいませ」

遠州が薬の包みを差し出すと織部は顔をそむけてぽつりと言った。

「それは使えぬな」

遠州は息を呑《の》んだ。

「何を仰せになられます。大御所様が直々《じきじき》にくだされたお薬でございますぞ」

「だからこそだ。そなたは加藤清正殿が上方から領国へ戻られる前、徳川様から毒を盛られたという噂を聞いておらぬのか」

織部は何かに憑《つ》かれたかのような目をして言った。

「さような噂を耳にしたことはございません」

きっぱりと遠州が答えると、織部は目を伏せて、なら、それでよい、とだけ言った。遠州は膝を乗り出して言葉を続けた。

「お師匠様、もし、それが毒であったとしても出された茶は黙って飲むのが茶人なのではございますまいか」

織部はひややかな目でちらりと遠州を見た。

「そなた、わしに茶の心得を説くつもりか」

「滅相《めっそう》もないことでございます。ただ、わたしはさような思いで茶席に臨んでいると申し上げたいだけでございます」

「つまるところ、出されたものに文句を言わず、飲み込むのが、徳川様に仕えるそなたの世渡りだと申したいのであろう」

織部の厳しい言葉は鞭《むち》のように遠州を打った。遠州は唇を噛《か》んだ。

「わしは力強き者に屈する生き方はしたくない。それが利休様より学んだ茶の心だ。しかし、そなたは違うようだな」

織部から厳しい目を向けられて、遠州は表情を硬くした。織部に伝えたい言葉があった。しかし、それが何なのか、このときの遠州にはわからなかった。

織部は大きく息をついた。

「わしが竹林に入ったことを徳川様がご存じであったのは、おそらくわしを見張る者がいるゆえであろう」

「大御所様がなにゆえ、お師匠様を見張らねばならないのでございましょうか」

遠州は息を詰めた。

「わしが豊臣家に通じているのではないか、と徳川様は疑《うたご》うておられる」

「まさか、さようなことは――」

「いや、わしの息子の重行《しげゆき》は、秀頼様の小姓として大坂城に居る。疑うなという方が無理な話だ」

苦い顔で織部は言った。

「ならば、大御所様に身の潔白を申し上げて、あらぬ疑いを解いていただかねばなりません」

遠州が懸命に言うと、織部は自嘲《じちょう》するように、ははっと力なく笑いながら、手にしていた茶碗を持ち上げて、板敷に叩きつけた。

茶碗は鋭い音を立てて割れ、破片が飛び散った。

「お師匠様――」

遠州は息を呑んだ。織部は茶碗の破片をゆっくりと拾い集める。

「つまらぬ茶碗だが、金で継げば新たな風合いが見えるであろう」

織部はこのころ、割れた茶碗を金で継いで楽しむことが多くなっていた。

織部が〈十文字〉の銘をつけた井戸茶碗がある。

もともとは大振りな茶碗だったが、織部はこれを割り、ひとまわり小振りにして漆《うるし》で継いだ。茶碗にはっきりと十文字の継いだ跡が見えるため、銘にしたのである。

遠州は織部のこのような嗜好《しこう》に不安を覚えることがあった。

(形あるものをわざわざ壊すとは、神仏を恐れぬ所業ではあるまいか)

そう危惧《きぐ》していただけに、目の前で茶碗を割られると、織部が胸中にただならぬものを抱いているのではあるまいか、と気にかかった。

かつて利休が好んだ黒楽茶碗の傲然《ごうぜん》とした様が脳裏に浮かんできた。織部もまた、茶人としてのおのれを貫くために、天下人に抗《あらが》おうとしているのではないだろうか。

遠州は膝を正した。

「お師匠様、もし、なにか不穏な思い立ちをされているのでございますならば、思い止《とど》まりください」

織部は遠州を見据えた。

「不穏な思い立ちとは、謀反ということか」

遠州は言葉を発せず、大きくうなずいた。織部は、ふふ、と笑った。

「徳川様はかつて豊太閤に仕えた。そのことを思えば、いま大坂城の秀頼様を攻めていることこそ、謀反ではないのか」

「それは――」

遠州が言いかけるのを織部は手で制した。

「徳川様だけではない。豊太閤にしても、本能寺の変の後、織田家の天下を乗っ取った。さらに言えば、織田信長公は将軍の足利義昭《よしあき》様を京より逐《お》って自ら天下を手にしようとした。言うなれば、天下人とは、皆、謀反人ではないか」

厳しい声音で言う織部のそばに遠州はにじり寄った。

「それもこれも、天下泰平のためではございませぬか。戦《いくさ》の無い世をもたらすために織田右府《うふ》公や太閤殿下、さらには大御所様はお働きになられたのだと存じます」

「さて、そうであろうか」

織部は無表情な顔で遠州を見返した。

「織田様は家臣の明智光秀《あけちみつひで》に討たれた。まことに天下泰平のために働いておられたのであれば、さようなことにはならなかったのではないか。豊太閤は天下を取った後、海を越えて朝鮮に兵を出し、無用の戦をした。そして徳川様は関ヶ原の合戦で勝ち、将軍となって天下を治めながら、かように大坂城攻めの戦をいたしておる。所詮《しょせん》、天下人とは戦を忘れられぬものだ」

目を閉じて織部の言葉を聞いていた遠州は、しばらく黙してから瞼《まぶた》を上げた。

「しからば、われら茶人はいかがでございましょうか」

織部は目をしばたたいた。

「茶人がどうだというのだ」

「思えば、山上宗二《やまのうえそうじ》様も利休様も太閤殿下に逆らい、非業《ひごう》の死を遂げられました。茶の湯を守られたともいえますが、ひとがひとを憎み、争う心にからめとられていったともいえるかと存じます」

淡々と遠州が応じると織部は声を荒らげた。

「そなた、利休様を謗《そし》るのか」

「決してさようではございません。利休様なくして、茶の道はなかったと存じます。ただ、茶は相手が今日も健やかに生きることを願って点てるものだと思いますゆえ、ひとと争う気持があっては、天下泰平の茶は点てられぬのではございますまいか」

織部はゆっくりと首を横に振った。

「そなたの申すことは、徳川様に仕えて、おのれの立身出世を図ろうとしている言い訳としか聞こえぬ。つまるところ、天下ではなく、おのれの安寧のために天下人に媚びる茶を点てようというのであろう」

「わたしは、そうは思っておりませぬ」

遠州が哀しげに言うと、織部は、ふん、と鼻で嗤《わら》い、手にしていた茶碗の破片を捨てた。どこか寂し気だった。

「所詮、よくないものは、割ってもどうにもならぬようだ」

織部は言い捨てると、遠州との話に興味を失ったように横になった。遠州は手をつかえ、頭を下げて辞去するしかなかった。

それが織部との最後の別れになった。

大坂冬の陣は間もなく和議がととのった。だが、徳川方は講和の条件を無視して大坂城の総《そう》構《がまえ》、三の丸、二の丸の破却、総濠《そうぼり》の埋め立てを行った。

これに憤《いきどお》った豊臣方は、徳川方が再戦を期していると見て、戦の備えを怠らず、城内に抱えた牢人たちの召し放ちも行わなかった。

これらの動きを知った家康は、秀頼が大和か伊勢へ移封するか、あるいは牢人の放逐《ほうちく》を豊臣家に迫って開戦の口実とした。

翌年四月には幕府軍十五万が再び大坂城を囲んだ。籠城《ろうじょう》が不可能になった豊臣方は野戦に討って出た。かくして幕府軍と豊臣軍の主力は、五月六日と七日の両日にわたって激突した。豊臣家の牢人武将たちは奮戦したが、次々に戦死していった。中でも真田信繁は茶臼山に敷かれた本陣を突いて、家康を退かせる働きをしたが、ついに力尽きて討ち取られた。大坂城は炎上し、秀頼と淀の方は大野《おおの》治長《はるなが》ら近臣とともに八日に自害して、豊臣家は亡びた。

遠州は家康に従って京に凱陣《がいじん》したが、このおり、織部の姿はなかった。

大坂夏の陣に先立つ四月に、織部の家老である木村宗喜《むねよし》と女婿の大津《おおつ》代官鈴木左馬之助《さまのすけ》が大坂方と通じて、徳川方が京から出陣した後に二条城に火を放ち、大坂の兵と徳川軍を挟撃しようと企てたことが露見し、二十数人も捕縛されるという事件があった。

織部はこの事件で咎《とが》められ、冬の陣の際より大坂方に通じていたのではないか、との疑いをかけられて取り調べを受けた。

織部は一切の申し開きを行わず、六月十一日には嫡子重広《しげひろ》ら四人の息子とともに京都木幡《こばた》の屋敷で切腹した。享年七十二だった。

遠州は倉敷の陣屋でこの報《しら》せを聞いて暗澹《あんたん》たる思いになった。

すでに古希を越えていた織部がいまさら謀反を企んだとは思えない。しかし、自分の周辺で不穏な動きがあるのをわかっていて、織部はそれを止めようとはしなかったのだろう。

遠州は、織部が茶碗を自ら割ったときの様子を思い起こした。あのおりの織部には狂疾《きょうしつ》に似たものがあった。

（茶の湯は怖い。知らず知らずのうちに、この世から逸脱していくようだ）

遠州は陣屋の奥にひとりこもり、茶を点てた。

茶を喫してくつろぎを得たおり、思い出されたのは、織部が関ヶ原の戦の前に吉野《よしの》で行った利休を偲《しの》ぶ茶会のことだった。

（お師匠様は、最後まで利休様の弟子であることを貫き通されたのだ）

自分は果たしてどうであろう、と遠州は忸怩《じくじ》たる思いを抱いた。

織部に向かって、天下を安寧たらしめる茶を点てたいと言いはしたが、それがどのような茶であるか、確かなものとして自分が示せているとは言い難い。

織部が指摘したように、おのれの立身出世と安寧を望むだけの茶だと言われてしまえば、それまでのことだった。

続いて遠州はある茶会を思い出した。駿府城で織部が茶頭を務め、秀忠らが客となった茶会である。

（あのおり、秀忠様は、楢柴ではなく投頭巾の茶入れを選ばれた）

秀忠が投頭巾の茶入れを選んだのを見て、家康は満足そうに笑みを浮かべ、織部は失望したかのような顔をした。

織部がなぜ眉をひそめたのかは後に聞いた。投頭巾の茶入れに入れられるのは並の茶であると織部は説いた。

秀忠様の世になれば、ひとに抜きん出た者は用いられず、さしたる能もない、凡庸な者たちが用いられることになる。そうなれば自分はこの世での居場所を失うであろう、と言葉を継いだ。

あるいは織部が家臣たちの謀反の動きを捨て置いたのは、秀忠の世になってからの自分の居場所を考えていたためかもしれない。

それにしても、秀忠が投頭巾を選んだ際の家康の嬉《うれ》しげな表情はいまもはっきりと思い起こされる。

（秀忠様が地味な茶入れを選んだのをご覧になった大御所様は、これならば天下を託すことができると思われたのではあるまいか）

信長、秀吉というきらびやかで才気にあふれた天下人の下で忍従の日々を過ごした家康は、自らの天下を、はなやかでなくとも手堅い後継者に譲りたいと考えていたのだろう。

だとすると、あのとき秀忠が手にした投頭巾は、天下そのものであったと言っても言い過ぎではないのではないか。

織部はそのことを察して、光り輝くようなおのれの才が受け入れられぬ世が来るとの思いを深めたに違いない。

そう考えると、あの茶会のおり、織部の胸にこみ上げた失意の大きさがわかる気がした。それは同時に、織部と自分の師弟の関係が終わるきっかけでもあった。

大坂の陣のおり、織部が茶碗を割って見せたのは、遠州が自分の後継者であるかどうかを試すつもりだったのではないか。

ところが、遠州には、織部が金継ぎをしてでも求めようとする茶碗の美しさがわからなかった。織部の茶と、遠いところにいるのが遠州だった。

(織部様は、よくない茶碗は割ってもよくはならないと言われた。あれはわたしのことだったのか)

遠州の胸に虚《むな》しさが湧いてきた。天下を安寧たらしめる茶とはどのようなものなのか。

遠州にはまだわからなかった。

此世

快晴の日が続いている。

病が癒《い》えた遠州《えんしゅう》は、伏見《ふしみ》奉行所の御用部屋で書類を繰っていた。

遠州が伏見奉行を拝命したのは、元和《げんな》九年（一六二三）のことだった。

伏見奉行所では奉行の下に家老ひとりと公用人四人、与力十人、同心五十人を置いており、寺社方、地方《じかた》盗賊改、山林方、勘定方、牢番《ろうばん》などの役職があった。

江戸詰めが多かった遠州を補佐して、小堀権左衛門《こぼりごんざえもん》や中村重左衛門《なかむらじゅうざえもん》が実務を行っていた。遠州がひと通り書類を読み終えて肩をほぐしていると、家臣の村瀬佐助《むらせさすけ》が御用部屋の入り口で跪《ひざまず》き、

「お疲れでございましょう」

と声をかけた。後ろに茶碗《ちゃわん》を捧《ささ》げもった女中を控えさせている。

五十過ぎの、小柄で敏捷《びんしょう》そうな体つきをした佐助は、これまで遠州の作庭を手伝ってきた得難い家臣だった。

遠州は京の南禅寺《なんぜんじ》金地院《こんちいん》庭園の造営を行った際、佐助に現場をまかせた。佐助は庭師たちを取り仕切り、おもに植栽に腕を振るった。また、方丈《ほうじょう》の南庭についても遠州の片腕となって泉水《せんすい》の大石三個を入れる見事な働きをし、金地院住持《じゅうじ》の以心崇伝《いしんすうでん》から礼状を送られていた。

佐助の気遣いに遠州は黙ってうなずいた。

佐助は遠州の屋敷内に居住しており、めったに奉行所に顔を出すことはない。女中に茶を持たせてきたのは、何か話があるからだろう、と察しがついた。

女中が膝前《ひざまえ》に置いた茶碗に手を伸ばしながら、遠州は、

「何事かあったのか」

とさりげなく訊《き》いた。佐助は考え深げに少し間を置いてから、

「奥方様が案じておられるのでございます」

と言った。茶をひと口飲み、遠州は首をかしげた。

「栄《えい》が何を案じているというのだ」

「中沼左京《なかぬまさきょう》様のお加減が悪いらしいのでございます。中沼様の奥方様より、さように報《しら》せる文が届きましたそうで」

「左京殿が？」

遠州は目を瞠《みは》った。

中沼左京は、初名を喜多川与作《きたがわよさく》という。堺の町衆の出で、初め近衛信尹《このえのぶただ》に仕え、その推挙によって養子に入った中沼家を継いで奈良の興福寺一乗院門跡《こうふくじいちじょういんもんぜき》の諸大夫《しょだいぶ》となった。藤堂玄蕃《とうどうげんば》の娘である遠州の妻、栄は左京の妻、香《こう》の姉にあたる。つまり、遠州と左京は姉妹を娶《めと》った義理の兄弟でもあった。さらに左京は、遠州が友と呼ぶほど親しく交わっていた石清水八幡宮《いわしみずはちまんぐう》の僧、松花堂昭乗《しょうかどうしょうじょう》の兄であり、縁は深い。

それだけに、遠州は一歳下の左京の加減が悪いと聞けば気がかりだった。

「左京殿とは、ついこの間、奈良の茶会で会ったばかりだと思っていたが、考えてみれば去年の八月のことだったな」

正保《しょうほう》二年（一六四五）八月二十二日、遠州は奈良を訪れた。松屋久重《まつやひさしげ》の出迎えを受けて奈良代官の中坊左近《なかのぼうさこん》の屋敷で夕食をすませ、着物から足袋《たび》にいたるまで新しく調《ととの》えたものに着替えて茶会に臨んだ。遠州が正客《しょうきゃく》を務め、末客は左京だった。

床《とこ》には徐熙《じょき》の鷺《さぎ》の絵が掛けられ、名物《めいぶつ》の肩衝《かたつき》が出された。相客はいずれも旧知の肩の凝らない面々だけに、遠州はくつろいで、

「松屋殿秘蔵の徐熙の絵と肩衝の茶入れを味わえるのも、わたしが客なればこそだ。皆、わたしに礼を言ってもらいたい」

と戯《ざ》れ言《ごと》を口にした。左京がこれを受けて、

「いかにも、さようにつかまつろう」

と笑いながら言い、頭を下げてみせた。座がなごんだところで、利休《りきゅう》の茶杓《ちゃしゃく》や唐物《からもの》茶入れについてひとしきり話に花が咲いた。

（あのおりの左京殿は元気そうであったが）

会ったときは健《すこ》やかそうに見えても、数カ月で病を得るのは珍しくない。左京の弟の松花堂昭乗は、七年前の寛永《かんえい》十六年（一六三九）に五十六歳で亡くなっている。昭乗は背中に悪性の腫物《はれもの》ができて苦しんだが、

「これが天命ならばいたしかたない」

と、淡々と病を受け入れて最期の日々を過ごし、見舞いに訪れたひとを感嘆させた。多才な昭乗は書を学んでは、近衛信尹、本阿弥光悦《ほんあみこうえつ》とともに、

――寛永の三筆
と謳《うた》われた。

ある日、昭乗は本阿弥光悦の屋敷を訪れたおり、荒壁《あらかべ》にひびが入っているのに気づいた。ひび割れをじっと見つめていた昭乗は、しばらくして、

「この割れ目文様の中に山水鳥獣《さんすいちょうじゅう》のすべての姿がありますぞ」

と言うなり、一気に絵を描きあげた。これには、本阿弥光悦も、

「古来、荒壁のひびを見て絵を描くという話はあったが、実際にできるものなのだな」

と感嘆した。昭乗は役僧として高い地位にあったが、おごらず、下僕を置かない質素な暮らしをした。毎日、夕刻に護摩《ごま》堂で加持祈禱《かじきとう》を行う昭乗の徳を慕ってだろう、狸《たぬき》がいつの間にか

寄ってきて、縁側で読経《どきよう》に聴き入ったという。

昭乗は遠州にとって茶の弟子ではあったが、その人柄に感じ入るところが多かった。昭乗が亡くなったおり、遠州は嘆いて和歌を詠じた。


我をおきてさきだつ人とかねてよりしらでちぎりしことぞ悔しき

友に先立たれた口惜しさが滲《にじ》み出た歌である。昭乗とのよしみを思えば、生きている間のひとの縁は大切にしなければならぬ、と遠州はあらためて心に留めた。

あれこれと思い起こしつつ、遠州は佐助に顔を向けて、

「わたしが見舞いに行かねばならないところだが、病み上がりゆえ足が心もとない。すまぬが代わりに奈良まで行ってもらいたい」

と言った。

「わかりましてございます」

佐助は心得顔にうなずいた。

翌日、奈良に赴いた村瀬佐助が伏見の遠州の屋敷に戻ったのは、その三日後のことだった。

佐助は遠州と栄を前にして、

「中沼様は一時、高熱に苦しまれて奥方様も大層、案じられたとのことでございましたが、い

まは熱も引かれて顔色もよくなられ、安堵《あんど》なされたご様子でございました。間もなく本復《ほんぷく》されましょう」

と報告した。

「そうであったか」

遠州はほっとした表情で栄と顔を見合わせた。佐助は荷の中を探し、栄にあてた妹の香からの手紙を取り出して差し出しつつ、

「中沼様は、病が癒えたならば、伏見に赴かれて、〈此世《このよ》〉の香炉《こうろ》で香を聞きたいと仰せでございました」

「〈此世〉と言われたのか」

「はい、さようでございます。何やら此度《こたび》の高熱で、ご自分でも一命が危ういと思われたそうで、この世への未練がひときわ湧いたゆえ、と笑っておいででございました」

「なるほど、そういうものかもしれんな」

心に深く感じた声音《こわね》で応じた遠州は、佐助に〈此世〉の香炉を道具庫から持ってくるよう言いつけた。

〈此世〉は一見、香炉というより、小さな壺《つぼ》にしか見えない。地肌の色や釉薬《ゆうやく》のかかり具合が井戸《いど》茶碗を思わせる。特異な姿をしているわけではないが、小品ながらも堂々とした風格を感じさせる。〈此世〉の銘は『後拾遺《ごしゅうい》和歌集』にある和泉式部《いずみしきぶ》の歌の、

あらざらむ此の世のほかの思ひ出に今ひとたびの逢《あ》ふこともがな

にちなんでつけられたと伝えられている。香炉には見えない姿を歌の意に重ね合わせているのであろう。もともとは千利休《せんのりきゅう》が所持していたが、その後、古田織部《ふるたおりべ》から後水尾天皇《ごみずのお》に渡り、遠州の手元に移った。その際、後水尾天皇から〈此世〉についてのお諭《さと》しがあった。

それは遠州にとってかけがえのないものとして、いまもあざやかに胸に残っている。

（帝《みかど》のお諭しがあったからこそ、わたしはその後の仕事をすることができた）

遠州はあらためてしみじみと思った。

◇

大坂夏の陣が徳川《とくがわ》方の勝利に終わった後、遠州は禁裏《きんり》や仙洞《せんとう》御所、駿府《すんぷ》城、名古屋《なごや》城などの作事に携わることが多くなっていた。もっとも、これらの作事を主立って行ったのは作事奉行の中井《なかい》大和守正清《やまとのかみまさきよ》で、遠州は賦役だった。

中井正清の仕事を見て覚えるばかりで、自らこのような造作《ぞうさく》を行いたいというほどの思いはなかった。

だが、元和四年、かねて幕府と朝廷の間で協議されていた将軍秀忠《ひでただ》の娘和子《かずこ》が後水尾天皇の女御《にょうご》として入内《じゅだい》するという話が正式に決まった。

この年の九月、遠州は女御御殿のうちでも格式の高い、御常《おつね》御殿や御化粧間《おけしょうのま》、ご休息所のほか御清所《おきよどころ》、御局などの普請《ふしん》奉行を命じられた。

加えて、禁中小御所《こごしょ》東面泉水の中に二つの御亭を設け、泉水まわりの石組みも行わなければならなくなった。

四十歳になる遠州は、

(いったい、どうしたものか)

と困惑する思いだった。これまで中井正清の賦役として作事の指図は学んできたが、造るのを命じられたのは、武家の屋敷ではなく、禁裏の建物である。

朝廷にどのようなしきたりや風習があるかを知らなかった。ましてや徳川家から初めて入内する和子の御所であるからには、将軍家としての格式も求められるだろう。いずれも遠州が行う作事が先例となっていくだけに、迂闊《うかつ》なことはできないと思った。

もとより朝廷は徳川家からの入内を必ずしも喜んではいない。特に後水尾天皇は和子の入内について身分をわきまえぬ僭上《せんじょう》の沙汰《さた》である、と不快に思われていると伝わってきていた。

女御御殿の作事で帝の機嫌を損じるようなことがあれば、朝廷と幕府の関係が悪くなりかねないだけに、遠州は緊張した。

屋敷に戻った遠州は自らの懸念を栄に打ち明けて相談した。

「困ったことになった」

当惑の色を隠さない遠州に、栄は声をひそめて言った。

「かかるおりは、父上のお知恵を借りられてはいかがでしょうか」

「藤堂様の――」

遠州は首をかしげる素振りを見せたが、すぐに岳父《がくふ》である藤堂高虎《たかとら》（栄の養父）がこの間、幕府の意向を朝廷に伝えて和子入内の折衝を行ってきたことを思い出した。

「そうだな、義父上《ちち》にうかがうのが、もっともよいだろう」

うなずいた遠州は翌日、京の藤堂屋敷を訪ねた。

高虎は白髪《しらが》頭になったものの、がっしりとした体つきは相変わらずの生気をみなぎらせた風《ふう》貌《ぼう》で、遠州を機嫌よく迎えた。遠州が女御御殿の普請奉行を命じられたことを話すと、高虎は笑顔で応じた。

「そのことだ。わしからも遠州殿に言っておかねばならぬことがあると思っていたのだ」

「いかなることでございましょうか」

遠州は落ち着いた表情で高虎を見返した。

このころ遠州は、利休や織部に続く茶人として名を揚げていた。茶の修養は心の修養にもつながっているだけに、いかなる高貴な身分のひとや権勢を持つ人物の前に出たおりにも平静さを失うことはなくなっていた。

高虎は唇を舌で湿してから言った。

「和子様の入内はいわば幕府から朝廷へ仕掛けた戦《いくさ》なのだ。入内された和子様が男子を生《な》されるなら、その親王様はいずれ帝になられ、徳川家は外戚《がいせき》となる。そうなれば朝廷を思い通りに動かすことができ、徳川家の天下は揺るぎないものになるのだ。それゆえ、禁裏の普請にあたっては、いささかも徳川の名に傷をつけてはならぬ。そのことをとくと心得ておかねばならぬぞ」

高虎はあたかも戦陣に立って軍兵《ぐんぴょう》を叱咤《しった》するかのような口調で言った。

遠州は眉《まゆ》をひそめた。

「普請にあたって徳川の名を傷つけぬには、いかにすればよろしゅうございましょうか」

「たやすいことだ。そなたが普請奉行としてやりたいようにやればよい。禁裏のしきたりや公《く》家《げ》たちの思惑に気を遣うことはいらぬ。もし、苦情を言ってくる者がいれば、わしの名を出せ。わしが朝廷に怒鳴りこんででも徳川家のやり方を押し通す」

「さて、それはいかがでございましょうか。帝は古《いにしえ》より、この国を治めておいでになりました。徳川家は帝を敬い、信を得てこそ天下を静謐《せいひつ》にできるのではありますまいか」

遠州がうかがうような眼差《まなざ》しで見つめると、高虎はからりと笑った。

「近頃、そなたは茶人として敬われておると聞くが、言うことは相変わらず、青臭いのう。天下を静謐にするとは、おのれに刃向う者をなくすということだ」

「では、朝廷が徳川家に仇《あだ》なすとお思いなのでございますか」

遠州が目を瞠って訊くと、高虎はにやりと笑った。

「いまの帝はご気性が強く、幕府が朝廷の権威を損なうことを憤《いきどお》っておられる。和子様の入内も快くは思っておられぬようだ。もし、今後、徳川に謀反《むほん》する者が出て参ったときに、加担されるやもしれぬ」

「まさか、そのようなことは――」

「ないとは言い切れぬぞ」

高虎の目が不気味に光った。


帝が謀反に加担するなど、遠州には信じられないことだった。だが、作事が始まって間もなく、村瀬佐助が奇怪な噂《うわさ》を聞き込んできた。

「来年行われる和子様の入内は、延期になると言い触らしておる者がいるようでございます」

このころ、ある公家の日記にも、

――女御入内事、来年無之由風説
と記されている。入内が延期になるという噂がまことしやかに流れていたのだ。

「どういうことだ」

遠州がつぶやくと、佐助は声をひそめて言った。

「帝お手付きのお与津御寮人《よつごりょうにん》という女人が宮中におられるそうです。その御寮人様が皇子様をご出産になったとのことです」

「なに――」

徳川家から入内するという話が決まっているのに、帝が側に置く女人に皇子を産ませたとは穏やかでなかった。

徳川家からの入内を快く思っていない帝は、お与津御寮人が産んだ皇子に帝の位を譲りたいと思うだろう。和子の入内を前に、早くも争いの種がまかれたことになる。

(このまま普請を続けられるのだろうか)

遠州は不安を覚えた。ほどなく危惧《きぐ》していたことが形になったかのように、この年の十月十二日、京の空に彗星《すいせい》が現われた。不気味な青白い彗星は、いかにも不吉の象徴のように尾を引いていた。

遠州は夜中、普請場を見回った際に空を見上げて、

(不穏なことが起こらねばよいが)

と思った。

戦国乱世が終わった後も朝鮮への出兵、関ヶ原《せきがはら》の戦い、大坂の陣と戦が続いた。ようやく徳川の天下が定まったというのに、またもや争いの兆《きざ》しがあるというのは、どういうことだろうか。

落ち着かない思いを抱きつつも遠州は作事を続けた。だが、そんなある日、突然、普請場に公家が数人現われて、

「帝があらしゃいます」

と甲高い声で告げた。普請作業をしていた大工たちはいっせいに地面に蹲《つくば》い、遠州も土下座

した。顔を上げず、地面を見つめていると、やがて、香の匂いがして貴人が近づいてくるのがわかった。

遠州はなおも地面を見つめたまま、息を凝らしていた。間無しに沓《くつ》の先がわずかに見えて、ひとの声が聞こえた。

「武骨な造作やな。京にはふさわしゅうないようや。いずれ取り壊すことになるやろな」

まわりの者たちがいっせいに哄笑《こうしょう》し、

「さようでござりますなあ」

「どうせなら、いまから壊したらよろしおすのに」

「そうどすなあ」

と媚《こ》びを含んだ声で囃《はや》し立てた。最初に言葉を発せられたのは帝であられたのであろうか。

(帝はお気に召さないのだ)

遠州は恥ずかしさと屈辱で体が熱くなるのを感じた。はずみでわずかに身じろぎしてしまった。すると、帝と思《おぼ》しきひとが遠州に声をかけた。

「そなた、朕《ちん》の申すことに不満か」

遠州はどう答えてよいかわからず、地面に額をこすりつけた。すぐさま、従っている公家たちが、

「帝の仰せや。何《なん》なと答えよ」

「蝦蟇《がまがえる》のように這《は》いつくばらず、物を申さぬか」

と嘲《あざけ》った。また、帝と思しきひとの声がした。

「そなた、名は何と申す」

問われたからには、答えねば礼を欠くと思った遠州は、

「女御御殿の普請奉行を仰せつかっております、小堀遠江守《とおとうみのかみ》でございます」

と懸命に声を振り絞った。

後水尾天皇は笑みを含んで言った。

「その名は聞いたことがある。小堀遠州と言えば、千利休、古田織部に次ぐ茶の名人であろう。そなたは朕が口にしたことに腹が立ったのか」

遠州は体が震えるのを感じながら口を開いた。

「滅相《めっそう》もないことでございます。ただ、われらは武家にて宮中の雅《みやび》を心得ませぬ。それゆえ、お気に召されないのでは、と申し訳なく存ずるばかりでございます」

「ほう、雅を心得ておらぬことだけはわかっておるのか」

「茶を嗜《たしな》みますれば、この国の美しさの源は宮中の雅にあることは存じ上げておりまする」

遠州が答えると、後水尾天皇は、ほほ、と笑った。

「それは利休の教えか。さよう心得ておるのはええことや。ならば、そなたに言うて聞かせることがある。ついて参れ」

後水尾天皇は楽しげに口にするなり、背を向けた。

「帝、かような下賤《げせん》の者を御所に入れるなどとんでものうござります」

「おやめください」

側近の公家たちが口々に言い募ったが、後水尾天皇はこともなげに答える。

「庭の亭《あずまや》にてこの者に話したい。地にひかえさせれば、地下人《じげにん》とてかまうまい」

やむなく立ち上がった遠州は、公家たちのつめたい目を感じながら後水尾天皇の後に従った。

後水尾天皇は庭に入ると近臣のひとりを手招きして何事か小声で命じ、林泉《りんせん》に面した亭の床几《しょうぎ》にゆったりと座った。

遠州は亭の前の地面に片膝《かたひざ》をついてひかえた。できるだけ顔を上げないようにしているが、それでも帝の様子がちらりと目の端に入ってくる。

後水尾天皇はこの年、二十三歳。色白でふくよかな顔立ちをしているが、目に力があり、利かん気な気性を表していた。一方で、文芸の素養が深く、自ら『源氏物語』などを近臣に講じるほどだった。さらに、和歌や連歌、漢詩、書道をはじめ、茶湯、立花《りっか》（華道）、香道にも長じ、戯《たわむ》れに「手も少しは書く、歌も相応にはよむ」と自讃するほどだった。

後水尾天皇は遠州を見据えて問いかける。

「そなたは、宮中の雅をどのようなものだと思うておるのや」

遠州は膝を正して両手をつかえ、かしこまって答える。

「されば、貴く、われらには見ることもふれることもできぬものかと存じます」

「それは恐れておるだけのことや。まことの雅はひとをいつくしむ。恐れを抱かせるものは雅ではないのう」

後水尾天皇が淡々と口にしたとき、近臣が手のひらに収まるほどの小さな器をひとつ捧げ持ってきた。後水尾天皇は、その器を遠州に渡すように目でうながした。

遠州は、近臣が差し出す器を恐る恐る受け取った。井戸茶碗を思わせるが、もっと小振りで、しかも蓋《ふた》がついている。

「その香炉は千利休が持っていたものやが、何とのう味わい深かろう」

後水尾天皇は試すような口調で言い、おもむろに遠州を見つめた。手にしている器をじっくりと眺めながら、遠州ははたしてこれは香炉と呼べるものであろうかと訝《いぶか》しく思った。

（朝鮮あたりの雑器《ざつき》ではあるまいか）

千利休は朝鮮の農家などで使われていた雑器を茶器として使い、そのひなびた味わいに〈侘《わ》び〉を見出《みいだ》していた。だが、後水尾天皇に向かって雑器であると言うわけにはいかず、遠州は黙した。

遠州の様子を見遣《みや》りつつ、後水尾天皇はしのび笑いをもらした。

「香炉やと言われても、香炉に見えぬゆえ、困っておるな」

「恐れ入りましてございます」

遠州は器を手にしたまま、頭を下げた。後水尾天皇は笑いを納めて、

「その香炉には〈此世〉という銘がついておる。たとえ香炉に見えずとも、利休ほどの者が香炉だと言えば、名器として世に通る。この世はさようなものだということなのかもしれぬな」

と口にした。帝は何を伝えようとしておられるのだろう、と遠州は真摯《しんし》に耳を傾けた。

後水尾天皇が、それを、とひと言もらすと、近臣はすぐに遠州の手から〈此世〉の香炉を受け取り、差し出した。

〈此世〉をいとおしげに手に収めた後水尾天皇は、何気ない言葉つきで、

「先の帝（後陽成《ごようぜい》天皇）は、弟である八条宮智仁《はちじょうのみやとしひと》親王に譲位したいと思われておったのや。ところが、八条宮はかつて豊太閤《ほうたいこう》の猶子《ゆうし》やったことがあるゆえ、徳川が許さんかった。それで、豊臣と関わりがなかった朕に譲位されることになったのや。つまりは朕も、もとは雑器であったものが、いまでは香炉と呼ばれている、〈此世〉と同じや」

とつぶやくように言った。思いがけない後水尾天皇の告白に、近臣たちが身を硬くして聞こえなかったふりをするのがわかった。遠州はどう受け答えしたものであろうかと迷いつつ、器にもやはり、運命があるのではないか、と思った。

香炉として扱われるのも、その器が持っているめぐり合わせではなかろうか。同じように後水尾天皇が帝となったのも、生まれ持った器のゆえではないだろうか。そう思ったものの、帝に対して自らの考えを述べるのは僭上の振る舞いになりはせぬかと危ぶみ、遠州は口を閉じたままでいた。

後水尾天皇は遠州の思いを察したのか、声をやわらげた。

「さすがに茶人は器を見る目がやさしいようや。それぞれの器にはやはりあるべき姿があると思うか」

後水尾天皇はたしかめるように問うた。

「さようにございます。香炉と呼んで異を覚えぬものは、やはり香炉なのだと存じます」

遠州が短く答えると、後水尾天皇はにこりとした。

「そなたは良き者のようじゃ。それゆえ、話しておいてやろう。利休がこの香炉に〈此世〉という銘をつけたのは、後生《ごしょう》での安楽を願うより、この世をいつくしむべしとの思いを示したかったからであろう。さしずめ茶はこの世を極めるためにあるのであろうな」

さりげなく話す後水尾天皇の言葉に、遠州は雷に打たれたような思いがした。利休と織部がいない中で、遠州は時おり茶人として進むべき道に迷うところがあった。

そのようなおり、茶の目指すところはこの世を極めることであると示してもらえると、たしかにそうに違いないと思えた。茶人として自らが歩まねばならぬ道がほのかに照らされたような気がした。

「お教えありがたく存じます」

遠州はふたたび両手をつかえ、深々と頭を下げた。すると後水尾天皇は楽しそうに笑い声を上げげて、言葉を継いだ。

「さほどに礼を申すなら、いまひとつ教えてやろう。そなたはすでに普請に取り掛かりながら、林泉のまわりの石組みはまだできておらぬようじゃ。おそらく良い庭師を抱えておらぬのであろう。朕がよき庭師をそなたのもとへ遣わしてやろう」

「まことでございますか」

思わず遠州は顔を上げた。後水尾天皇の言葉通り、石を組むすぐれた庭師が見つからず、林泉まわりは今も手つかずのままだった。
　後水尾天皇はうなずいた。
「朕の言葉に嘘《うそ》はない。ただ、気をつけることじゃ。その者は豊太閤に仕え、先の帝のお覚えもめでたかった。それゆえ、大の徳川嫌いじゃや。幕府の普請奉行であるそなたが使いこなせるかどうかは、会ってみてからのことじゃぞ」
「ごもっともに存じます。とは言え、ひととひとであるからには、心をもって接すれば通じましょう」
「心をもって接する、か。それが遠州の茶か」
　後水尾天皇は心という言葉を味わうかのようにつぶやいた。そして、あらためて遠州に顔を向けた。
「では、そなたのもとにその庭師を遣わしてやろう」
　庭師の名は、
　──賢庭《けんてい》
だという。庭師としての腕前は誰よりも優れており、慶長《けいちょう》二十年に、後陽成天皇から、
　──賢庭ト云天下一ノ上手也
として賢庭の名を賜った。

　賢庭が遠州の京屋敷を訪ねてきたのは十日後のことだった。

玄関ではなく、裏口から訪《おとな》いを入れ、家僕の案内で庭先にまわった。遠州は広縁に座って賢庭と対面した。

賢庭は四十過ぎの色黒の小柄な男で、筒袖《つつそで》、短袴《たんこ》姿のどこといって目立つところはなかったが、目が鋭く輝いていた。

遠州は賢庭を見据えて、穏やかな口調で切り出した。

「わたしは此度、女御御殿の普請を仰せつかった。その中で林泉まわりの石組みを考えておるのだが、よい庭師にめぐりあえず、苦慮しておった。帝がそなたをお遣わしくだされ、まことにありがたいことだと思うておる」

ところが、遠州の言葉を聞いたとたんに賢庭は口辺《こうへん》にかすかな笑みを浮かべた。

「あなた様は、わたしども山水河原者《さんすいかわらもの》のことを何もご存じないようですな」

「鴨川《かもがわ》の河原に住み、庭師を生業《なりわい》とする者を山水河原者と呼ぶと耳にしたことがあるが、たしかに詳しくは知らぬな」

遠州が素直に答えると、賢庭は淡々と告げた。

「山水河原者のうちで、もっとも世に知られたのは善阿弥《ぜんあみ》様でございます」

山水河原者であった善阿弥は、足利《あしかが》八代将軍義政《よしまさ》に気に入られて多くの名庭を作った。

相国寺蔭涼軒《しょうこくじいんりょうけん》
花の御所泉殿
高倉御所泉水

などである。ほかに石が敷き詰められた庭として知られる、

龍安寺《りようあんじ》石庭

は同じ山水河原者の相阿弥《そうあみ》の作だとされている。

河原者は井戸掘りを行い、地中の石を掘り出すことに長《た》けていたことから、しだいに庭造りに従事するようになったらしい。もともとは河原者として蔑《さげす》まれていたが、しだいにその力を認められ阿弥号を許されるようになったのだ。

「われらが作る庭には山水河原者の思いが込められております。恐れながら関東方に仕えるおひとに、われらの心はおわかりになられぬと存じます」

「いや、わたしは近江《おうみ》の生まれだ。京のひとの気持がわからぬとは思わぬが」

「ならば、なぜ石田三成《いしだみつなり》様にお味方せず、古田織部様をお見捨てになりました。近江に生まれた心を関東方に売られたのではありませぬか」

後水尾天皇が言った通り、賢庭は徳川嫌いのようだった。しかも賢庭は遠州の経歴を知っている口振りだ。わきまえたうえで、幕府の命を受けて和子入内のために女御御殿を造ろうとしている遠州を疎《うと》んじているに違いない。

遠州は少し考えてから、

「そなた、茶を飲むか」

と訊いた。賢庭はゆっくりと頭を横に振った。

「わたしは、お武家の茶室に上がれる身分ではございません」

「わたしの茶の師匠が古田織部様、すなわち千利休様の高弟であったことは存じておろう。利休様より伝わる茶には身分の隔てなどない」

遠州は佐助に、賢庭を茶室に案内するよう言いつけた。賢庭は何も言わずにじっと遠州を見つめ、ゆとりある様で腰を浮かして佐助の後ろに従った。

間もなく遠州が離れになっている茶室に足を入れると、すでに釜の支度はととのい、賢庭は佐助とともに着座していた。湯が沸いて、松籟《しょうらい》の音が聞こえ出すと、遠州はゆったりとした所作《しょさ》で点前《てまえ》を始めた。

柄杓《ひしゃく》を手にして遠州は口を開いた。

「わたしはそなたの申すことがわかるつもりでいる。そなたは、よく知っているであろうが、昔、夢窓疎石《むそうそせき》様という偉い禅僧がおられて、庭を手がけられた。夢窓疎石様は庭造りにおいて禅の境地を示された。その庭造りで主となったものが石であった。夢窓疎石様の作庭を受け継いだ僧侶《そうりょ》は、石立僧《いしだてそう》と呼ばれたそうだな」

遠州に問いかけられて、賢庭は、さようでございます、と口重く答えた。遠州はうなずいて言葉を継いだ。

「石を立てるとは、すなわち、怨霊《おんりょう》を鎮《しず》めることであるという。庭とは亡き人を祀《まつ》るところではないのか」

賢庭は厳しい視線で遠州を見つめながら応じた。

「仰せの通り、庭は造った者にゆかりのあるかつて見送ったひとを祀った場所でございます。

小堀様なれば、さしずめ千利休様や石田三成様、古田織部様でございましょう。亡きひとを祀る気なくして、作庭はできません。さようなお気持があられましょうか」

「されば、まずは一服、飲んでいただこうか」

遠州は静かに賢庭の膝前に茶碗を置いた。賢庭は気負うところのない所作で茶碗を口元へ運んだ。

遠州は賢庭に目を向けずに口を開いた。

「わたしは、茶室で向かい合う相手に生きて欲しいと願って茶を点《た》てる。ひとを祀る場所としての庭を造るということがどのようなことかわかるか、と問われれば、まことにわかっているとは言えぬと思う。しかし、ひとに生きて欲しいと願う心は取りも直さず亡きひとを祀る心に通じるのではないだろうか。生きて欲しいと思う気持があればこそ、祀る心にいたるのだとわたしは思う」

茶を飲み終えた賢庭は落ち着いた物腰で茶碗を畳に戻した。

「結構なお茶をいただきました」

わずかに頭を下げた賢庭は、かたわらの佐助へ顔を向け、

「女御御殿の林泉の石組みのこと、なんなりとお申しつけください」

と言った。

遠州は微笑を浮かべた。

「もう一服、進ぜようか」

賢庭は穏やかな表情で答える。

「頂戴《ちょうだい》いたします」


翌元和五年五月――

将軍徳川秀忠は上洛《じょうらく》の途につき、伏見城に入った。

このおり、京ではキリシタンの大掛かりな捕縛が行われた。多数のキリシタンが捕えられ、七条河原《しちじょうがわら》で火炙《ひあぶ》りにされた。処刑されたのは幼い子や女人を含む五十二人だった。

遠州は禁裏での作事に携わっていたが、キリシタン処刑の話を聞いて暗澹《あんたん》たる思いになった。

（せっかく泰平の世となったのに、宗旨が違うというだけでひとのいのちは奪われてしまうものなのか）

作事場を見てまわっていると、日ごろ、山水河原者たちを指図して忙《せわ》しく働いている賢庭が、池を眺めてぼんやりとたたずんでいるのを目にした。

遠州は近づいて、いかがした、と賢庭に声をかけた。はっとした賢庭は跪いて頭を下げたが、何も言おうとはしない。

賢庭の顔に鬱屈《うっくつ》するものが浮かんでいる、と見てとった遠州は、気遣う声音で訊いた。

「何かあったのなら、話してくれぬか。わたしはそなたのことを、思いを込めた庭を共に造る友だと思っている」

うつむいて控える賢庭の肩が震えた。しぼり出すような声で賢庭は答える。

「わたしが永年、連れ添った女はキリシタンでございました。此度、キリシタン狩りに遭《あ》い、捕えられたのでございます。生きるために、キリシタンであることを捨てるよう女に何度も言いました。ですが、女は信心を捨ててはまことに生きることにはならぬと言って改宗しようとはせず、火炙りになってしまいました」

うつむいた賢庭の目から涙が地面に落ちた。

「そうであったか」

遠州は胸を衝《つ》かれた。

和子入内という寿《ことほ》ぎに向けて女御御殿の作事にたずさわっているが、この間、聞こえてくるのは朝廷と幕府の軋轢《あつれき》の話ばかりだった。

後水尾天皇の寵愛《ちょうあい》を受けるお与津御寮人は、男子に続いて近頃、女子を産んだという。宮中深く秘されていることではあっても、幕府に伝わり、秀忠が激怒したと聞く。

幕府が朝廷への締め付けを強めようとしているのを知った後水尾天皇は、憤りを露《あら》わにし、幕府へあてつけるように譲位を口にするようになった。帝の位を弟に譲り、和子入内を白紙に戻そうというのだ。

この動きを察した秀忠は、何としても和子入内を実現させようと、上洛した。それに伴いキリシタン狩りが行われたのは、幕府の力を見せつけ、朝廷を威嚇《いかく》する意味合いも込められていた。

そのために賢庭の女が犠牲になったとあっては、やりきれない、と遠州は思った。山水河原

者たちの力添えで作事が進んでいる林泉を眺めながら、

「貴き方のために尽くして働いておる者たちが、貴き方の都合でいのちを奪われていくとは悲しいことだな」

と遠州は口にした。思えば、千利休も古田織部もそうであった。この世が平安であれかしと、ひとの心が穏やかであるようにと願って茶を点てながら、非業《ひごう》の最期を遂げた。

「いかに祈りを込めて茶を点て、庭を造ることに努めても、この世の苦しみは果てしないようだ。すべては虚《むな》しいのであろうか」

遠州が自らに問うように言うと、賢庭は顔を上げた。

「わかりませぬ。しかし、だからこそ、われらは石を立てるのだ、と父や祖父から教えられて参りました。ひとが穏やかなる思いで庭に向かえる日がいつかは来ると、われら山水河原者は信じて参ったのでございます」

賢庭の言葉に、遠州はうなずいた。

「そうだな。われらのできることを、為《な》していくしかないのだな」

「さようでございます。なればこそ、われらもいのちを終えた後、庭の小石のひとつとして祀られるのでございます」

石庭の石のひとつひとつには、この世の平安を願った山水河原者たちの魂が込められているのかもしれない、と遠州は思った。

九月になって幕府は、お与津御寮人の近親を含む六人の公家を乱行の罪で処罰した。流罪となったのは後水尾天皇の側近とも言える公家たちで、譲位の動きを牽制《けんせい》するものであるのは明らかだった。

しかし、この処罰により後水尾天皇の怒りはさらに深まり、譲位の意志を固めさせることになった。これにあわてた幕府は京都所司代板倉勝重《いたくらかつしげ》を解任して、後水尾天皇の機嫌を取り結ぼうとしたが、もはや、朝廷と幕府の間は冷え切っていた。


翌年二月——

上洛した藤堂高虎が、遠州の作事場に顔を見せた。

女御御殿の建物や林泉の作事はすでにほとんどを終わり、和子入内を待つばかりとなっている。

高虎はできあがった女御御殿を遠州の案内で見てまわり、そして感心したように言った。

「お主は茶を点てるばかりが能だと思っておったが、かような作事から庭造りまでよくしてのけたな」

遠州は頭を横に振った。

「わたしの力ではございません。大工や庭師がいてこそし終えることができたのでございます。それをお忘れなきように願います」

高虎はちらりと遠州の顔を見た。遠州の言葉に言外の意が含まれていると感じたのだろう、高虎は何気ない風に訊いた。

「どうした。和子様入内の話がなかなか進まず、気落ちしたのか」

「気落ちはいたしておりませぬが、世の諍《いさか》いはなぜ絶えぬのであろうか、と哀しく思います」

遠州が淡々と答えると、高虎は笑った。

「世の中の諍いが絶えぬのは、正しき者ばかりのゆえじゃ」

年を取っても精悍《せいかん》な高虎の顔を遠州は見つめた。

「正しき者ばかりだと諍いが起きるのでございますか」

「おのれが正しいと思えばこそ、決して譲らず、相手を罵《ののし》るのじゃ。だが、この世の諍いはもともとこの世がゆがんでおるゆえにこそ起きる。相手をどれほど罵ろうが、何も変わらぬ」

高虎の言葉に遠州はため息をついた。

「それでは諍いはいつまでたってもなくならぬということでございますか」

高虎はにやりと笑った。

「そうでもない。たったひとつだけ方法がある」

「諍いを収める方法があるのでございますか」

目を瞠る遠州にうなずいて、高虎は話を続けた。

「正しき者ばかりでは諍いは収まらぬ。それゆえ悪人が要るのだ。すべてはこの者が悪いと世間が思えば、それで収まる」

自信ありげに高虎は言い切った。

「それでは、藤堂様が此度、上洛されたのは——」

「悪人になりに来たのだ。思えば昔の豊太閤や家康公は悪人となることを恐れなかった。それゆえ、天下を治めることができたのだ。お二方に比べると、秀忠様は自らが正しいと信じるばかりの方のようだ。おかげでわしのような年寄りが悪人とならねばならん」

からりと笑った高虎は、では、御所に参るとするか、と知る辺《べ》を訪ねるかのような気楽な素振りで言い、作事場を足早に立ち去っていった。

遠州は高虎の後ろ姿を呆然《ぼうぜん》として見送った。

元和六年二月二十七日――

公家衆に面会を求めた藤堂高虎は、ご譲位の意志が変わらなければ後水尾天皇を配流にしたうえで、自分は腹を切る覚悟だ、と声を荒らげて告げた。公家たちが青ざめると高虎はさらに声を高くした。

「帝を配流させたくなければ、ご譲位のお考えをお止めいただこう。わしが腹を切れば、わが家臣たちは憤り、お公家衆を皆殺しにいたすやもしれませぬぞ」

戦場声でわめく高虎に脅されて震え上がった公家たちは、すぐさま後水尾天皇に奏上した。

後水尾天皇は苦い顔になり、

「わかった。譲位のことは取り止めよう」

と応じた。高虎の暴言を知り、幕府にこれ以上、抗《あらが》うのは無益だと悟ったのであろう。

五月八日――

徳川和子は入内のために江戸を出発した。和子はこの年、十四歳。見知らぬ京へ赴く不安を抱えていた。行列には幕臣の酒井《さかい》忠世《ただよ》、土井《どい》利勝《としかつ》らが付き添い、二十日間をかけて東海道《とうかいどう》を上った。

上洛した和子は二条城に入って入内の日を待った。和子は気丈な質《たち》ではあったが、京に着いてみれば、物珍しさより、やはり心寂しさの方が勝った。

これからどのように過ごしたらよいのだろうか、とため息をつきつつ思いをめぐらした。侍女たちは帝が和子の入内を心待ちにしているなどと言うが、そうではないだろうということぐらいは察しがついた。

徳川家は戦国乱世でのし上がり、ついには天下を得た家である。もとをただせば三河《みかわ》の豪族に過ぎない。その徳川家の娘が入内することを宮中のひとびとは喜ばないだろう。

帝が心やさしき御方であれば宮中でどうにか生きていくことはできるであろうが、それもお会いしてみなければわからない。

幕府が築いた二条城にあってさえ、心やすらぐ気がしないのだ。まして宮中に入れば針の筵《むしろ》の上で日々を過ごす心地がするのではないか。

朝廷と幕府の間を結ぶという重い役目があることはわかっているが、できれば、たったいますぐにでも逃げ帰りたいと思う。

和子は満足に食事ものどを通らず、ついには熱を出して寝ついた。家臣たちはあわてて医師を呼び、介抱に努めたが、和子はなお気分がすぐれず、入内の日は数日、遅れた。

六月十八日――

ようやく本復した和子は床《とこ》を払った。体調を案じる侍女たちに、

「もはや、心は定まりました」

と揺るぎのない表情で告げた。しかし、顔色はまだ青ざめており、笑みも浮かばなかった。

二条城を出た和子の行列は中立売通《なかだちうり》の橋を渡った。この橋はそれまで、〈戻橋《もどりばし》〉と呼ばれていたが、この日のために〈万年橋《まんねんばし》〉と呼び名を変えられた。

御所に入った和子は、新たに建てられた女御御殿でいったん休息した。和子は木の香もかぐわしい建物に入り、贅《ぜい》を極めた御所の中を進むうちにふと心がやわらぐのを感じた。

女官たちに案内されて中庭に面した広縁《ひろえん》に出たとき、庭先にふたりの男が土下座しているのが目に入った。遠州と賢庭だった。かたわらの女官が、

「御所の普請奉行を務めました小堀遠江守と庭師にございます。どうぞお言葉を賜りますよう」

と囁《ささや》いた。

和子は庭に目をやった。林泉がととのい、庭石があたかも百年前からそこにあるようにどっしりと静まり、趣深く据えられている。

庭を眺めるほどに、和子はなぜか懐かしい気がしてきた。庭を眺めているのではなく、庭から温かく見守られている。そんな気がした。

和子は広縁に進み出て、遠州と賢庭を見下ろし、

「良き御所、良き庭じゃ。なにやら来るべき場所に来たと思えます。丹精して造ってくれたことがわかります。大儀《たいぎ》であった」

と声をかけた。遠州と賢庭は両手をつかえ、深々と頭を下げた。和子はふと、遠州に何事か訊いてみたいと思った。

「直答《じきとう》を許します。普請奉行は、どのような思いを持って、この屋敷を造りましたか」

遠州は侍女が優雅にうなずくのを見て口を開いた。

「茶の心でございます」

「茶の心とは？」

和子は首をかしげつつ問うた。

「われも生き、かれも生き、ともにいのちをいつくしみ、生きようとする心でございます」

遠州はきっぱりと答えた。

「われも生き、かれも生き、とはおのれひとりだけが生きるということではないのですね」

「さようでございます。幕府も朝廷もまた然《しか》りでございます。ともに生きてこその栄えかと存じます」

「そのために、わたくしがはるばる参ったのですね」

和子の言葉に遠州は答えず、ただ深々と頭を下げるだけだった。

御所の庇《ひさし》の下をひらりと燕《つばめ》が飛んだ。

雨雲

正保《しょうほう》三年（一六四六）の春浅い一日、遠州《えんしゅう》の屋敷を金森宗和《かなもりそうわ》が訪れた。

茶室に招じ入れられた宗和は、にこりとして言った。

「病を得ておられたと聞きましたので、お見舞いに参上しました」

宗和は遠州より五歳下で、この年六十三になる。世に茶人としての名が高く、その茶は王朝趣味にあふれて、

――姫宗和
などと呼ばれていた。

「宗和殿とお会いするのは去年の十月以来のことか」

「さようでございます。松屋《まつや》久重《ひさしげ》殿、中沼左京《なかぬまさきょう》殿、多賀左近《たがさこん》殿とともに茶会に招いていただき

ました」

宗和は穏やかにうなずいた。

去年の茶会では、床《とこ》の掛物は虚堂智愚《きどうちぐ》の墨跡、二重棚の上に螺鈿《らでん》の香合《こうごう》と羽箒《はぼうき》が飾られ、中立《なかだち》の後は花が活《い》けられて、茶入れは遠州が秘蔵してきた〈凡《およそ》〉だった、と宗和は話した。

金森宗和は飛騨高山《ひだたかやま》城主金森可重《よししげ》の長子として生まれた。名は重近《しげちか》。金森家は代々茶の湯をよくし、祖父長近《ながちか》は古田織部《ふるたおりべ》の弟子であり、父可重は千利休《せんのりきゅう》の嫡子道安《どうあん》に茶を学んだ。

このため、重近も若いころから茶に親しんだ。従五位下《じゅごいのげ》飛騨守となったが、ある事で父より勘当されて京都へ移り、大徳寺《だいとくじ》伝叟紹印《でんそうしょういん》に参禅して入道し、宗和と号した。

宗和は京の烏丸今出川《からすまいまでがわ》御所八幡《はちまん》上半町に住み、後水尾《ごみずのお》院、後西《ごさい》天皇をはじめ近衛信尋《このえのぶひろ》、一条昭良《いちじょうあきよし》ら堂上公家衆《どうじょうくげ》とも親しく交わり、茶人として人気を集めていた。

それだけでなく宗和には、不思議な逸話が伝わっている。

三代将軍徳川家光《とくがわいえみつ》があるとき、宗和を暁《あかつき》の茶会に招いた。畏《おそ》れ入った宗和が、まだ夜が明けぬころ江戸城に赴くと、真っ暗な中、手燭《てしょく》を持った小姓が中門まで案内してくれたが、

「わたくしどもは、ここから先へは参れませぬゆえ」

と告げ、宗和を置いていなくなった。

あたりは暗く、何の灯《あか》りもない。困惑した宗和が暗がりに佇《たたず》んでいると、咳《せき》払いが聞こえた。間
ひとが近づいてくる気配を感じた宗和は、家光のお成りかもしれない、と思って蹲踞《そんきょ》した。間
無しに、

「宗和であるか」

と男の声がした。暗くて男の姿は定かには見えない。宗和が平伏すると男は、これへ、と声をかけて立ち去った。相変わらず、あたりは真の闇だが、宗和は心を定めて歩き出した。

ここが茶室に向かう場所だとすれば、茶人である宗和にはおよその見当がつく。頭の中に茶室へ導く露地を思い浮かべて進むと建物に行き当たった。

手探りしつつ、にじり口をくぐり抜けたが、茶室の中も暗くて何も見えない。ふと思いついて天井の突き上げを探り、窓を開けてみた。

空はまだ暗かったが、雲間から出た月の明かりが窓から差し込み、床の間を浮かび上がらせた。床の軸は、

郭鳥《ほととぎす》鳴きつる方をながむればただ有明《ありあけ》の月ぞのこれる

と書かれた色紙だった。俗にいう〈小倉《おぐら》色紙〉である。藤原定家《ふじわらのていか》が、嵯峨野《さがの》の小倉山の山荘で選んだ百人の和歌を書写したとされる色紙で、茶会では掛物としてしばしば用いられた。宗和が思わず膝《ひざ》を叩《たた》くと、

「どうじゃ、宗和、見えたか」

という声がして貴人口《きにんぐち》から家光が入ってきた。後ろに控える小姓の持つ手燭が茶室を仄《ほの》明るく照らした。

「まことに有明の月を見させていただきました」

宗和は手をつかえ、深々と頭を下げた。

家光は満足げに笑った。おそらく家光は〈小倉色紙〉を手にいれ、茶の席で披露したいと思ったのであろう。

だが、普通に見せても面白からず、として暗闇の中で招じ入れる趣向を考えついたに違いない。しかし、宗和ほどの茶人でなければ、真っ暗な中を茶室までたどりつけず、さらに窓を開けて軸を見ることもなかっただろう。

この話は宗和がとっさに茶人の機転を利かせたものとして伝えられた。だが、一方で宗和ほどの茶人ならば暗闇を案内されたところで、茶室には明かりをあてて見るべきものがある、と察していたはずだという見方があった。

窓を開けたのも、仕掛けを察していたからであろうし、〈小倉色紙〉に感じ入って見せたのもわざとらしい、つまりは家光に媚《こ》びたのではないかと言われた。

幕府の役人である遠州は、宗和が家光から茶に招かれたという話をもともと信じていない。将軍が一介の茶人と茶室で向かい合うとなれば、警衛の武士たちが茶室のまわりを取り囲んでずらりと並んでいたはずで、とても闇の中を供も連れずに一人きりで歩めはしなかっただろう。

とはいえ、そんな話を宗和が自ら吹聴《ふいちょう》したとも思えない。宗和にはどこかしら、不思議な話がつきまとうところがあるのだ。

宗和が父から勘当され、京に移り住んだのも、大坂の陣へ出陣するよう命じられながら、これに抗《あらが》ったためだという。それも、どれほど真実であるかはわからない。

京に出たおり宗和は、室町《むろまち》様と呼ばれる母を伴っていた。母は郡上《ぐじょう》八幡城主・遠藤慶隆《えんどうよしたか》の娘で、父と折り合いが悪かった。

宗和は、所領をめぐる確執が父との間にあったことから、父と不和であった母を伴い、京に出たのではないかとも囁《ささや》かれている。もっとも父に抗ってまで大坂の陣に出陣しなかったという話は、宗和にとって豊臣贔屓《とよとみびいき》の帝《みかど》や公家衆と親しく交わるのに、好都合だったかもしれない。

いずれにしても、宗和はしたたかで腹の読めない男だ。それだけに宗和の茶は優美なだけではない、どこか強靭《きょうじん》なものを秘めているると感じられるのだろう。

(それはそれでよいことだ)

歳を取ってみれば、ひとの本性のありどころより、一服の茶を点《た》てる所作《しょさ》の美しさだけを見ればよい、と遠州は思うようになっていた。

心根の美しさを探ろうとするのは若ければこそで、闘って生きるからには、ひとは胸の内に傷ばかりを重ねているのかもしれない。傷を内に秘め、表にはひとを思いやるやさしさを示せるのであれば、それでよいではないか。

おのれはこうありたいと思うひとの心を素直に受け止めることもまた、生きていくうえでの知恵だろう。

遠州がそんなことを思いながら、黒楽茶碗《くろらくぢゃわん》に点てた茶を出すと、宗和は目を細めた。

「遠州様にはお珍しい」

「黒き茶碗か」

遠州は苦笑した。

「さようにございます。利休好みの黒を使わぬのが、遠州様の茶風である〈綺麗寂び《きれいさび》〉ではございませぬか」

「かつてはさように考えたりもしたが……わたしたちのいまある茶は利休様あってのものだ。時折、利休様の茶に戻りたいと思うときもあるが、宗和殿はさようでもないのですかな」

さて、と宗和はしばらく考えてから、

「わたしは宗旦《そうたん》殿に嫌われておりますゆえ」

と言って微笑した。遠州はちらりと宗和の顔を見て、宗旦殿か、とつぶやいたが、それ以上は何も言わなかった。

千宗旦の父は千家婿養子の少庵《しょうあん》である。少庵は、利休の後妻となった宗恩《そうおん》の連れ子で、天正《てんしょう》六年（一五七八）、母宗恩が利休の後妻となったのを機に、利休の養子となり、利休の娘亀《かめ》を妻とした。宗旦は利休にとっては孫にあたる。遠州より一歳年上で、この年、六十九歳になる。

ところで利休には、道安《どうあん》という長男がいた。

道安は、茶人として才能豊かだったが、気性が激しかった。一方、少庵はおとなしく、常に道安の陰に隠れていたという。

道安は床を四尺三寸に縮め、炭点前《すみてまえ》で使う灰さじを竹に土器《かわらけ》を差し挟んでいたものから金にして柄を付けるなどの工夫を施した。利休は道安の工夫を笑って眺めていたが、やがて気にいったらしく自らも用いるようになった。

利休は、道安に期待して後継者にするつもりだったらしい。

天正十九年、千利休が豊臣秀吉《ひでよし》の命により自刃《じじん》したとき、道安と少庵はともに四十六歳だった。道安はひそかに堺《さかい》を逃れて飛騨の金森長近の許《もと》に身を寄せた。一方、少庵は会津《あいづ》の蒲生氏《がもううじ》郷《さと》の許に逃れた。

利休切腹から三年後の文禄《ぶんろく》三年（一五九四）、少庵は蒲生氏郷や徳川家康《いえやす》らの取り成しで秀吉の勘気が解け、京に戻ることを許された。京に戻った少庵は、本法寺《ほんぽうじ》前に地所を与えられた。

少庵は、大徳寺前にあった利休の旧宅茶室を本法寺前に移して千家の再興を果たした。一方、道安も、文禄年間に赦《ゆる》されて再び秀吉の茶頭《さどう》となった。茶道具にさまざまな作意をこらし、〈道安囲い〉という茶室も考案したが、男子がなくて養子を迎えることをしなかったうえ、秀吉亡き後は堺に引き移った。

千家を再興してわずか二年で、少庵は家督を宗旦に譲って隠退した。

少庵の息子宗旦は、十一歳の頃から大徳寺の名僧、三玄院《さんげんいん》の春屋宗園《しゅんおくそうえん》の許で喝食《かつじき》として修行を積んでいた。慶長《けいちょう》六年（一六〇一）、春屋宗園から元叔《げんしゅく》の道号を与えられており、禅を通じて祖父の利休が確立した侘《わ》び茶をとらえた。

宗旦は隠遁《いんとん》の姿勢を厳しく貫いて仕官をせず、その清貧の風から、

――乞食《こつじき》宗旦

と呼ばれた。

その宗旦が、なぜか宗和のことを、

――偽者である
として嫌っているという話は、かねて遠州も聞いていた。

宗和のはなやかな茶風が帝や公家にもてはやされることを、利休以来の侘び茶を守ろうとする宗旦は苦々しく思っているのではなかろうか。

さらに、道安が千家の受難の時期、金森家に身を寄せていたことから、宗和の茶は道安の流れを汲《く》むと見られていた。そのことも父少庵とともに千家を再興したという思いが強いであろう宗旦の気に障るのかもしれない。

また、侘び茶を極めようとしている宗旦の目には宗和だけでなく遠州も、富貴に近づき、栄達を求めようとしている茶人だと見えているのではないか。

「宗旦殿は、おのれにもひとにも厳しきお方ゆえな」

遠州はさりげなく口にして、宗和にもう一服いかがかな、と茶を勧めた。

いただきまする、と答えて、宗和は言葉を続けた。

「茶にはひとそれぞれの持ち味がございましょう。厳しき茶もあれば、温かくゆるき茶もございます。ひとつに限らぬがよいかと思います」

宗旦に対しあてこするような言い方をした宗和は自分の言葉に気が差したのか、顔をわずかに背《そむ》けて咳払いしてから、

「それにしても、宗旦殿がお持ちの〈雨雲《あまぐも》〉は羨《うらや》ましき逸物の楽茶碗でございますな」

と話柄《わへい》を変えた。遠州は微笑して応じた。

「〈雨雲〉をご覧になられたか」

「はい、先だって江戸の富商、冬木屋《ふゆき》が上洛《じょうらく》して茶会を開いたおり、宗旦殿にお貸しいただいたとのお話でございました」

「ほう、〈雨雲〉を貸されるとは珍しいことだ」

遠州がうなずくと、宗和の目が光った。

「〈雨雲〉は本阿弥光悦《ほんあみこうえつ》様の作だとうかがいましたが、まことでしょうか」

九年前の寛永《かんえい》十四年（一六三七）、八十歳で亡くなった本阿弥光悦は遠州にとって、大先達《せんだつ》である。宗和の言葉には、宗旦と競う心持ちが込められているように感じられた。遠州は柔らかく受けて、

「まことじゃ」

と答えた。遠州はかつて見たことがある〈雨雲〉を脳裏に思い浮かべた。黒釉《こくゆう》の景色を流れの速い雨雲に見立てた楽茶碗である。

暗澹《あんたん》たる黒い雲が空を覆うかのような動きを秘めており、土がむき出しの口縁《こうえん》は、まるで刀で切り取られたかのような鋭さを表している。

光悦が刀の鑑定家でもあったためだろうか、真剣を突きつけられたような気魄《きはく》を感じさせる茶碗だった。宗和はなおも、羨ましや、と繰り返して口にしたが、遠州は聞き流しながら、あ

の茶碗を焼いたころの光悦を思い出していた。

光悦が〈雨雲〉を自分や宗和に託さなかったのは、公家や大名衆のような貴顕の目にふれさせたくなかったからに違いない。野にあって清貧な宗旦こそ、〈雨雲〉を託すにふさわしいと光悦は思ったのだろう。

〈雨雲〉は光悦にとって忘れ難い思い出と結びついているからだ。

◇

遠州が、本阿弥光悦が住む鷹ケ《たかが》峰《みね》を訪れたのは、禁裏《きんり》の女御《にょうご》御殿普請を命じられる元和《げんな》四年（一六一八）の正月のことだった。

光悦が生まれた本阿弥家は足利尊氏《あしかがたかうじ》に仕えたと伝えられる。初代の明本《みょうほん》以来、刀剣の磨礪《とぎ》、浄拭《ぬぐい》、鑑定《めきき》の三事を家業として栄えてきた町衆だった。

光悦の曾《そう》祖父本光《ほんこう》の代より、熱心な法華《ほっけ》信徒の家でもあった。光悦は本阿弥家七代目、光心《こうしん》の長女妙秀《みょうしゅう》を母とし、刀、脇差の目利き細工で並ぶ者なき名人といわれ、光心の養嗣子となった光二《こうじ》を父とする。

近衛信尹《のぶただ》や松花堂昭乗《しょうかどうしょうじょう》とともに、光悦は〈寛永《かんえい》の三筆〉とされた。さらに、陶芸、漆芸《しつげい》、茶の湯などにも秀でた万能のひとだった。

元和元年、大坂夏の陣で豊臣家が亡《ほろ》んだ後、光悦は徳川家康から京の七口《ななくち》の一つである長坂《ながさか》口から丹波《たんば》国、若狭《わかさ》国へ続くかつての鯖《さば》街道の入り口にあたる鷹ヶ峰の地に東西二百間、南北七町、八万坪にわたる広々とした原野を拝領した。

光悦は鷹ヶ峰に本阿弥一族や町衆、職人などを率いて移住した。

間口六十間の光悦の屋敷を中心に茶屋四郎次郎《ちゃやしろうじろう》、尾形宗柏《おがたそうはく》（光琳《こうりん》、乾山《けんざん》の祖父）、土田宗沢《そうたく》、筆屋妙喜《みょうき》などの家五十五軒が建ちならび、蒔絵《まきえ》師や紙師、筆屋など、本阿弥家とゆかりの深い職人たちが軒を連ねた。

だが、当時の鷹ヶ峰は辻《つじ》斬りや追い剝《は》ぎの出没する物騒なところだった。光悦はそんな寂しい場所に一族や知人たちとともに移り住んで、いわゆる芸術家の理想郷に変えたのである。

家康が光悦に鷹ヶ峰を与えたのは、室町以来の刀剣の名家を膝下《しっか》に置きたいと考えたからだと言われるが、一方で光悦が古田織部に茶を学んで親交が深かったことがあげられる。

謀反《むほん》の疑いで織部を切腹させた後、京の町衆に人望がある光悦を京に留《とど》まらせるのは危ういと見られたのかもしれない。光悦は京の町衆から絶大な人気があるだけに、もし、法華宗徒を糾合するようなことがあれば、武家にとっても侮れない勢力になると危惧《きぐ》されていたと思われる。

織部の弟子である光悦は、遠州には相弟子《あいでし》となる。

光悦はかねて遠州の茶を好み、鷹ヶ峰で茶席を設けて語らいたいと言っていた。おりから金《こん》地院崇伝《ちいんすうでん》の仲介で知足院《ちそくいん》より茶入れの鑑定を依頼されたため、上洛したついでに鷹ヶ峰に寄ったのだ。供は村瀬佐助《むらせさすけ》だけである。

遠州と佐助は山道を登り、光悦の屋敷がある集落にさしかかった。光悦の屋敷はひときわ大きく、まわりに竹垣をめぐらしていて風趣があり、目立った。光悦は屋敷を、

——太虚庵《たいきょあん》

と名づけているらしい。まわりの家々の設《しつら》えも、どことなく風雅だった。

通りかかった職人らしい男に光悦の屋敷であることをたしかめてから、佐助は門をくぐって訪《おとな》いを告げた。

光悦に仕える家僕と思《おぼ》しい若い男が出てきた。佐助が遠州の名を告げると、若い男はにこりとした。

「主人がお待ちしておりました。どうぞ、おあがりください」

案内されるまま、遠州は奥に進み、客間に招じ入れられた。佐助は縁側に控えた。

間もなく、部屋に入ってきた光悦は、筒袖《つつそで》に短袴《たんこ》という職人のような姿をしていて、手には土がこびりついている。頭髪は白いものが多くなっており、顎《あご》にかけて白鬚《しらひげ》をはやしていた。

すでに還暦を過ぎているはずだが、体はがっしりとして、顔色もよかった。光悦は張りのある声で、

「ちょうど器を作っておったのでな。かような身なりですまぬ」

と朗らかに言った。光悦は鷹ヶ峰で様々な物を作っている。

本阿弥家伝来の刀剣に関わる細工物から、書、楽焼、茶、蒔絵や嵯峨本の刊行まで幅広く行っている。

しかしながら、自らが手掛けるのは書と陶器である。光悦が焼く茶碗はまろやかで、包み込むような豊かな味わいがある。作る者の人柄がおのずと表れるのだろう。そのほかの物は優れた職人を集めて作っている。

遠州は頭を下げた。

「とんでもないことでございます。お忙しくしておられるところにお邪魔いたし、申し訳ございません」

「いや、よう来てくれた。嬉《うれ》しいですぞ」

光悦はにこりとした。遠州もうなずいて、

「さように言っていただけますと、参ったかいがございます」

「とんだ山の中で驚いたであろう」

「いいえ、こちらの家々はいずれも趣が深く、さすがに光悦様がお造りになられた村でございます」

遠州が感嘆の思いを込めて言うと、光悦は、はは、と笑った。

「これは恐れ入る。さて、いかようなおもてなしをいたしたものか」

光悦が首をひねったとき、先ほど応対に出てきた若い男が座敷に入ってきて膝を折り、何事か光悦に耳打ちした。

「なに、母上が――。さほどにご機嫌麗《うるわ》しゅうおわすのか」

嬉しげに口にした光悦は、遠州に顔を向けて、

「母が茶を進ぜたいと言っておられるそうな。遠州殿、よろしいかな」

と訊《き》いた。光悦の母、妙秀が賢母の誉れ高いことは遠州も伝え聞いている。

遠州は顔をやわらげて応じた。

「無論のことでございます。して妙秀様はいくつにおなりでございましたか」

光悦の頭に白髪が多いだけに、妙秀はどれほど年がいっているのであろうか、と気になった。

「九十でござる」

光悦はいく分胸を張るようにして言った。

「それはご長寿、おめでとう存じます」

「ありがとうございます。母には一日でも長く生きてもらいたいと思うております」

「それは当然のことでございます。きっとご長命であられましょう」

遠州は、母を思う光悦の様子を微笑ましく思った。

「さよう願《ねご》うております」

言うなり、あわただしく立ち上がった光悦は、母が茶室で待っておりましょうほどに、と言って遠州を案内した。

中庭にある茅葺《かやぶき》の小さな茶室には露地も設えられていた。露地に遠州を導いてから光悦は、

「わたしは母の点前を手伝いますので」

と言い置いて、茶室の裏手へとまわった。

遠州はにじり口から茶室に入った。釜の前に藤色の小袖をまとった見事な白髪の女人が座っていた。年齢を感じさせない面立ちで、媼《おうな》と思えない美しさを湛《たた》えていた。

光悦の母、妙秀は男勝りの気丈な性格だという。かつて織田信長《おだのぶなが》に謀反した伊丹《いたみ》城主の荒木《あらき》村重《むらしげ》が所持していた名刀が京の市中で売られていたことがあった。この刀を妙秀の夫である光二がたまたま手に入れた。

ところが、光二が村重の刀を秘蔵していることを信長に密告したものがいた。信長は刀剣家の名門本阿弥家の光二が謀反人の刀を所持していると知り、村重に通じていたのではないかと疑い、憤った。

かねて織田家に出入りしていた光二は、信長に疑われていると知って、

「身に曇りなきことは天道御存じなるべし」

と屋敷に引き籠《こも》った。信長が疑った相手を必ず殺すことは誰もが知っていた。

光二はこの時、死を覚悟した。妙秀はそんな夫の様子を見て、あることを行おうと決意した。

信長が賀茂《かも》山で鹿狩りをした際、妙秀は身を隠していた林の中から駆け出して信長の乗る馬の口にすがった。妙秀は必死に声を張り上げて、

「夫は咎《とが》なくしてお怒りをこうむっております」

と訴えた。突然、飛び出して来た女にすがられた信長は、腹立たしげに、

「憎き女じゃ」

と怒鳴り、鐙《あぶみ》で妙秀を蹴り倒した。信長はそのまま馬を走らせて去ったが、追っつけ近習《きんじゅ》に、
いまの女は何者じゃ、と訊《たず》ねた。近習のひとりが、

「本阿弥光二の妻女でございます」

と答えると、信長は苦笑して、

「さても、肝《きも》太き女子《おなご》よ」

と言った。ほどなく信長は光二への勘気を解き、織田家への出入りを許した。

妙秀の訴えが功を奏したのだ、と評判になった。だが、妙秀はそのことについて一切口にせず、ただ、

「織田様は慈悲深き御方にございます」

と言うだけだった。妙秀は光悦始め二男二女の四人の子を育てた。本阿弥家の家伝である『本阿弥行状記』には、

——妙秀が子共《ママ》をそだてけるは、少しにてもよき事あれば殊外《ことのほか》悦びほめけり。人の親の嗔恚《しんい》をおこして子を折檻するを見ては、あさましき事と申されける。いとけなきものをば、心のかぢ《ママ》けざるやうに、心のいさむやうにと申ける。

とある。子供が少しでもよい事をすれば、精一杯に褒め、一時の腹立ちで子を苛《さいな》む親を見ては、浅ましいことだ、と悲しんだ。幼い子を育てるには、心がいじけないように、勇み立つよ

うにしなければならないと常に言っていた。

まれに、わが子に大きな間違いがあったおりには、ひそかに蔵に連れて行き、戸を閉ざして

わが子を抱きかかえ、

「何とておとなしくはならざるぞ」

と、わがままや心無い振る舞いを穏やかにたしなめた。子供心にも、やさしい母の言葉は怒りわめくよその親よりも恐ろしく思えたという。

そんな妙秀が齢《よわい》九十となって茶を点てる所作は、清々《すがすが》しく澄んで貴いものに遠州には思えた。

光悦は妙秀の背後に恭《うやうや》しく控えている。

やがて妙秀が点てた赤楽《あからく》茶碗を押し頂くようにして光悦が遠州の膝前に運ぶ。遠州は畏れ多いと思いながら茶を喫《きっ》した。

「味わい深く頂戴《ちょうだい》いたしました」

遠州が茶碗を戻して頭を下げると、妙秀はにこりとした。

「それはようございました。ならば、もう一服、進ぜましょう」

妙秀は光悦を振り向いて、

「いかがであろう。光悦殿が先日、焼かれたあの茶碗にてお茶を差し上げたいが――」

と言った。光悦はかすかに眉《まゆ》をひそめた。

「あの茶碗とは、〈雨雲〉のことでございますか」

「それよ、歳を取ると、なかなか名を思い出せませぬ」

妙秀は童女のような笑みを浮かべた。

光悦は少し考えてから茶室を出て、しばらくすると茶碗を手に戻ってきた。

「これ、これ、これじゃ」

妙秀は嬉しげに茶碗を受け取り、茶を点てた。光悦が置いた茶碗を手に取り、遠州は茶を喫した後、ゆるりと茶碗に見入った。

茶碗の景色の見事さに遠州は目を瞠《みは》った。

〈雨雲〉の名の通り、黒々とした雲の流れが目に浮かび、さらに切り立った崖《がけ》や杉林さえ目に浮かんでくるような気がした。

（これほど、厳しい動きのある茶碗はなかなかあるものではない）

あるいは、世間から孤立した鷹ヶ峰での暮らしが光悦の心を鋭く研ぎ澄ましているのであろうか。

そんなことを考えつつも、光悦にはいまの暮らしを楽しみこそすれ、不満を抱いている様子などは微塵《みじん》も見えない、と遠州は思った。

遠州がなおもしげしげと見つめていると、妙秀が遠慮がちに口を開いた。

「お客に申し上げることではないのは承知いたしておりますが、よろしければわたくしにも、その〈雨雲〉を拝見させていただけませぬか」

遠州は驚いて妙秀を見つめた。

「母上様は、まだこの茶碗をじっくりご覧になられたことがないのでございますか」

妙秀はいたずらっぽく答えた。

「はい、焼き上がって窯《かま》から出したおりに、ちらりと目にしただけでございます。よいできだと思いましたが、光悦殿はなぜかその後、見せてくれませぬ。それゆえ、今日はお客が参られたのを幸いに、じっくり見させていただこうと思いまして」

光悦の表情に当惑の色が浮かんでいるのを遠州は見てとったが、妙秀の願いを断るわけにもいかないと思った。

遠州は光悦に軽く会釈し、膝行《しっこう》して〈雨雲〉を妙秀の膝前に置いた。妙秀は茶碗をゆっくりと手にとり、眺めていたが、懐かしげに、

「この茶碗の景色はなぜか懐かしい気がしておりましたが、ようよう得心が参りました。五十年も昔のあのおり、空を流れていた雲なのですね」

と言って小さくため息をついた。光悦が意を決したように、

「さようでございます。わたしも焼き上がったときに、あの日の空を思い出しました。それゆえ、〈雨雲〉と名づけました」

「あの日、あなたは激しく降る雨の中を、ずぶ濡《ぬ》れになりながらわたくしを迎えに来てくれましたね」

「行かなければ、母上が去ってしまわれると思ったのです」

わずかに力を込めて光悦は言った。

「そんなつもりはなかったのだけれど、光悦殿はそう思ったのでしょうね。昔のことは霧のか

なたにあるように、ぼんやりとしか思い出せないことも多うございますのに、あのおりの光悦殿の姿ははっきりと覚えております。それにしても、あのおり、わたくしは何を思っていたのやら」

妙秀は淡々と言うと、不意に何かを思い出したのか、おかしげにくっくっと笑った。

光悦は呆然《ぼうぜん》と妙秀を見つめている。


辞去する遠州を光悦は村のはずれまで見送った。佐助がふたりの供をしている。まわりの林が途切れて、見晴らしのよいところで足を止めた光悦は、青い山々を見遣《みや》りながら言った。

「先ほどは母が出し抜けに勝手な振る舞いをいたしたこと、お許しくだされ。何分にも年を召しておられるのでな」

「いえ、さほどに勝手なお振る舞いなどとは思うておりません。よほどに大切に心にしまっておられる思い出がおありかと存じ上げたしだいでございます」

「さよう、母にとりましては、まさしく、ただ一度、惑われたであろう道でありましたな」

光悦は、遠い山々を眺めつつ話し始めた。

「遠州殿は〈天文《てんぶん》法華の乱〉の話を聞かれたことがござるか」

「さて、はるか昔のことのように聞き及んでおりますが」

「さよう、わたしが生まれるずっと前、わが母上がまだ七、八歳のころに起きた恐ろしい戦《いくさ》でござった」

光悦は頭《かぶり》を振ってため息をついた。

天文五年（一五三六）に比叡山《ひえいざん》の僧兵と近江《おうみ》の六角《ろつかく》氏の軍勢が洛中に乱入して京の法華宗二十一本山を焼き討ちした。

応仁《おうにん》の乱の後、京では法華宗が広まって信者が増えていた。これが比叡山を中心とする勢力の反感を買い、法華宗を掃討することになったのだ。

このころは比叡山の僧兵と同じように、それぞれの宗派も武士や牢人《ろうにん》を集めて戦をするだけの備えがあった。

法華宗の町衆門徒も武装しており、京に侵入しようとする一向一揆《いっこういっき》や土一揆と戦って目覚ましい自衛の力を持つにいたっていた。

法華宗の力を侮り難いと見た比叡山は高野山《こうやさん》や三井寺《みいでら》、東大寺《とうだいじ》、興福寺《こうふくじ》、石山本願寺《いしやまほんがんじ》などに援兵を求めた。六角氏も出陣して、比叡山側は十五万、法華宗側は二、三万の軍勢を集めて七月に合戦となった。六角勢が洛中に火を放ち、その勢いにのって法華寺院を攻めた。この火攻めで法華宗二十一本山はことごとく炎上した。

法華宗側は、乱戦の中で多くの僧俗門徒が戦死した。その数は三、四千とも伝えられている。火は京の町をおおい、下京《しもぎょう》一帯の家屋を焼失した。炎を免れた内裏《だいり》に数千の民衆が避難したことから、群衆の中で女子供が押しつぶされて亡くなり、水に渇して死ぬ者もあいつぐなど凄惨《せいさん》な地獄絵図となった。

乱の際、本阿弥家は法華宗、本法寺の檀越《だんおつ》として手勢を率いて戦った。

光悦の曾祖父本阿弥清信《きよのぶ》は、将軍足利義教《よしのり》に仕えていたが、ある時、義教の怒りに触れて投獄された。たまたま日蓮《にちれん》宗の日親《にっしん》上人と同じ獄舎に過ごすことになった。

日親は、義教に法華信仰受持と他宗の信仰の喜捨とを勧めたことから投獄されたという。義教は日親の建言を受け入れずそれを禁じた。にもかかわらず、日親は『立正治国論《りっしょうちこくろん》』を著すなどして建言をやめなかったため、投獄されて拷問を受けた。

灼熱《しゃくねつ》の鍋《なべ》を日親の頭にかぶせて改宗を迫ったが、日親は頑として応じなかった。このため、〈鍋かぶり日親〉と呼ばれたという。

本阿弥清信は獄舎でひたむきな日親に接し、その信仰心に打たれて法華信者となったのだ。

だが、兵数で勝る比叡山側に、法華衆はしだいに追い詰められて、本阿弥一族も落ち延びた。

このおり、まだ幼かった妙秀は家族とはぐれ、猛火から逃げ惑うひとびとの群れに巻き込まれた。気づいた時には、三条河原《さんじょうがわら》に積まれた焼死体にまじって倒れていた。妙秀が立ち上がってあたりを見まわすと、河原は焼死体や逃げ遅れたひとびとでいっぱいだった。

京の町はなおも燃えており、黒煙が空をおおっている。妙秀が声も出せないほど呆然として立ちすくんでいたとき、河原にいるひとびとをかき分けるようにして、鎧具足《よろいぐそく》をつけたひとりの若い武士が近づいてきた。武士はしげしげと妙秀の顔をのぞきこみ、

「やはりそうだ。そなた本阿弥家の妙秀だな」

と声をかけた。妙秀が驚いて目を瞠ると、若い武士はにこりと笑った。

「わたしは進士左馬介《しんじさまのすけ》という者だ。本阿弥家には何度か訪ねたことがある。いましがた、本阿弥家の方々と行き逢《あ》えたのだが、そなたの行方がわからぬと必死で捜しておられたゆえ、わたしが三条河原を見に来たのだ」

進士家は足利将軍家の奉公衆である。このころ、将軍義晴《よしはる》は管領細川《かんれいほそかわ》家の圧迫を受けて京を逃れ、近江に逃げていた。ところが、この年、三月に嫡男、菊幢丸《きくどうまる》（後の義輝《よしてる》）が東山《ひがしやま》の南禅寺《なんぜんじ》で生まれていた。

進士家は、この度の乱では比叡山側、法華衆のどちら側にもついていなかったが、京の町に火が放たれたため、左馬介が菊幢丸の安否を気遣って出てきていたのだ。

南禅寺に赴いて菊幢丸が無事だとわかると、市中の様子をうかがいに出て本阿弥家のひとびとと出会えたという。

「さあ、参るぞ。わたしの背につかまれ」

と言って左馬介は妙秀に背を向けて片膝をついた。妙秀を背負って立ち上がった左馬介が河原を去ろうとしたとき、六角勢らしい武士たちがばらばら飛び出して前をふさいだ。

「待て、貴様らは法華の者か」

武士のひとりが刀を抜き放って誰何《すいか》した。

「いや違う。わたしは将軍家の奉公衆だ。此度《こたび》の争いには関わりがない」

左馬介は落ち着いて答える。

「ならば、なぜ子供を負っておる。その娘は法華の家の子であろう」

武士は左馬介に負われている妙秀を指差した。

「宗門争いに幼子を巻き込まずともよかろう」

言い捨てて左馬介が河原を立ち去ろうとすると、武士は、

「逃さぬ――」

とわめいて斬りかかった。

左馬介はとっさにかわすと、武士の腰を蹴《け》って倒した。武士がどうと転がったときには、他の武士たちが斬りつけてきた。

瞬時に左馬介は刀を抜き、斬り合いとなった。妙秀を振り落とさぬよう支えつつ、左馬介は余裕を持って数人が斬りかかるのをしのぎ、背中の妙秀に、

「走るぞ。しっかり、つかまっておれ」

と声をかけた。その瞬間、両脇から武士たちが斬りかかってくるのを身を沈めてかわした左馬介が刀を振るうと、うめき声があがって、どさっ、どさっと武士が二人倒れた。

一瞬でふたりを斬ったのだ、と妙秀は恐ろしさに目を閉じ、たくましい左馬介の肩にまわした手に力を込めてしがみついた。

左馬介は刀を手にしたまま駆け出した。武士たちは仲間を呼び集めて追いかけてきたが、左馬介は後ろも振り向かずに疾駆していく。延焼してくすぶる京の市中を、逃げ惑うひとびとを押し分けて左馬介は前に進む。やがて、追手のわめき声も聞こえなくなったころ、妙秀は富商の屋敷に避難していた家族と会うことができた。

左馬介は妙秀を届けるとすぐに、

「わたしは菊幢丸様をお守りせねばならぬゆえ」

と告げて去った。

妙秀は左馬介の凜々《りり》しい後ろ姿をいつまでも見送った。


本阿弥家は〈天文法華の乱〉により、いったん堺に落ち延びたが、間もなく一条堀川《いちじようほりかわ》に戻ることができた。さらに油小路通《あぶらのこうじどおり》五辻《いつつじ》下ルに屋敷を建てて移った。

京の貴人たちの信頼が厚い本阿弥家は騒ぎが収まってより後、以前にも増して繁栄するようになった。

このころより左馬介はしばしば本阿弥家に出入りするようになり、親しみが増していった。

左馬介はとりたてて妙秀に話しかけることはなかったが、変わらぬやさしげな笑顔を向けた。

左馬介が訪ねてきているおり、妙秀はいつも一座の話に加わりたそうな表情をして部屋の隅に控えていた。

そんな妙秀の様子をおかしがるように、父の光心は笑いながら、

「これはどうしたことであろう。乱のおり、助けていただいたゆえ、妙秀は進士様の嫁女になりたいとでも思うているのであろうか」

と言った。光心としては、たわむれに言った言葉だった。だが、妙秀は真剣な面持ちで父親の言葉を受け、

――さようでございます
と大きな声で答えて、まわりに居並ぶひとびとを驚かせた。

左馬介が微笑して、

「これはありがたし――」

と真面目な顔をして応じたので、一座の者たちは、とんだ戯《ざ》れ言《ごと》だと大笑いした。そんな中、戯《たわむ》れを言ったつもりはない妙秀は、頰をふくらませて黙って座っていた。

左馬介が辞去した後、光心は妙秀を居室に呼んで叱った。

「お客様の前でたわけたことを言いおって」

「思ったままを口にしてはいけなかったのでしょうか」

妙秀は光心を無心に見つめて言った。

「いかぬとも。なぜなら、そなたの婿はすでにわしが決めているのでな」

光心の言葉に妙秀は目を丸くした。光心は口からでまかせを言ったわけではなかった。このころから駿河《するが》の今川《いまがわ》家に仕える片岡《かたおか》家の息子との縁組話が進んでいた。片岡家の息子が光二である。

光二との婚姻が正式に決まったのは妙秀が十四歳のときだった。その際、妙秀はひとりで進士家を訪れた。

左馬介は妙秀が訪ねてきたことに驚きを隠さなかったが、咎める様子も見せず、茶室に招じ入れて茶を点てた。妙秀が緊張した面持ちで茶を飲み干すと、左馬介は茶の支度をするおりに

床にかけた軸を示した。そこには、

日暮風吹
落葉依枝
寸心丹意
愁君未知

と書かれていた。拝見を終えた妙秀はわずかに首をかしげて問う。

「どのように読むのでございましょうか」

左馬介はゆっくりと口を開いた。

日暮れ風吹き
落葉枝に依る
寸心丹意
君の未だ知らざるを愁う

「これは堺の商人が持ってきてくれた掛物だが、千年も昔の唐土《もろこし》の青渓小姑《せいけいしょうこ》という女人の詩であるそうな。日が暮れて風が吹き、木の葉が舞い落ちる中に、なおも枝に残る葉がある。それは私の胸の中にある赤く燃えるような思いだ。だが、それをあなたが知らぬのは悲しいことだ、ということであろうか」

左馬介は漢詩の意について話した。

聞いているうちに妙秀の耳はしだいに赤く染まった。縁組が決まったことを伝えるために左馬介に会いに来たものの、どうして訪ねるまでしたのかと自らの胸に問えば、左馬介への思いを告げたかったからではないかと思い至った。

身分違いであることはわかっているが、自分がどのような思いを抱いているのかを知ってもらいたかった。

そして思いがけず左馬介はわかってくれたのではなかろうか。漢詩の中にある、

——丹意
とはまさしく、赤く燃える自分の思いではないか。

「ありがたく存じます」

妙秀が手をつかえて頭を下げると、左馬介はぽつりと言った。

「そなたとは乱のおりに出会った。幼い娘が大きくなるのを見るにつれ、何やら縁があるのではないかという気もしていたが、なかったようだ」

淡々と口にする言葉に、はっとして妙秀は左馬介を見つめた。だが、どう応じたらいいのかわからないまま、何も言えずに妙秀は辞去した。

ほどなく、妙秀は光二を婿に迎え、左馬介もまた妻を娶《めと》って、二十年余りが過ぎた。

その間、左馬介が仕える菊幢丸は天文十五年に元服し、十一歳にして将軍職について足利義輝と名のった。だが、権勢を振るっていた細川晴元《はるもと》との対立が続き、義輝は将軍でありながら京から近江へと逃れた。

左馬介は義輝に従って近江に行き、いく度も京に戻っては再び近江の山中に逃れるという転変の歳月を送った。

永禄《えいろく》元年（一五五八）になってようやく、このころ幕府の権力を握った三好長慶《みよしながよし》と和睦《わぼく》して京に帰還した義輝は、近衛稙家《たねいえ》の娘を娶った。左馬介は義輝の名代として諸国をまわり、力のある大名を義輝の側近とすべく画策した。

これに応じて長尾景虎《ながおかげとら》（上杉謙信《うえすぎけんしん》）が上洛して義輝に拝謁した。さらに豊後《ぶんご》の大友義鎮《おおともよししげ》（宗《そう》麟《りん》）を筑前《ちくぜん》、豊前《ぶぜん》守護に任じ、毛利元就《もうりもとなり》を相伴衆《しょうばん》にするなどして将軍としての権威を保持することに努めた。左馬介に補佐された義輝は、

――天下を治むべき器用あり

と世間の評判を得るほどになっていた。

京に戻った左馬介は、時折、本阿弥家を訪れ、子供の話などをすることがあった。妻を迎えて一年後に、左馬介は娘を得ていた。美しく成長した娘は、かつての菊幢丸、将軍足利義輝の側室となり、小侍従《こじじゆう》と呼ばれるようになっているという。

左馬介は妙秀が点てる茶を喫し、小侍従のことなどを話して帰っていくのだった。

妙秀が光二と夫婦《めおと》になる前に、一瞬だけあふれ出た思いは、静かに胸底に沈んでいた。


永禄八年五月――

三十七歳になった妙秀は、色白で容色の衰えは見えず、四人の子の母とは思えぬほど瑞々《みずみず》しい肌をしていた。むしろ人妻の艶《つや》やかさが増したようにすら感じられた。

朝から篠《しの》突く雨が降っていた。

笠《かさ》をかぶった数人の武士が本阿弥家の門前に立った。ひとりの武士が笠を脱いで家僕に声をかけ、門を開けさせた。

左馬介だった。

家僕の報《しら》せで妙秀が玄関先に出てくると、左馬介は声をひそめた。

「すまぬが、貴い身分の御方を休ませたい。しばし部屋を貸してくれ」

とだけ言った。左馬介の背後には身分が高そうな三十過ぎの武士が立っている。左馬介がこれほどにして仕える相手は将軍義輝しかいない、と妙秀は思った。うなずいた妙秀はすぐさま左馬介たちを奥の広間に案内し、自ら茶を出して使用人を近づけないようにした。

間もなく雨に濡れそぼった武士があわただしく門をくぐり、駆け込んできた。使いの者だと察した妙秀はすぐに武士を広間に案内した。

縁側に控えている妙秀の耳に広間で使いの武士が何事かを報告し、それに応じて武士たちが話し合う声が聞こえてきた。

その声が途絶えて広間が静まりかえると、左馬介が愁い顔をして出てきた。妙秀に気づいた左馬介はそばに寄り、片膝をついた。

「せっかく休ませてもらったが、どうやら御所に戻らねばならぬようだ」

左馬介が案内してきた武士はやはり将軍義輝で、三好義継《よしつぐ》と三好三人衆が謀反を企てているという噂を耳にして急ぎ、御所を脱《ぬ》け出てきたが、奉公衆の間にはやっと戻った京から逃げることに反対する者も多く、やむなく引き返すことになった、と左馬介は話した。

「さようでございますか。どうかご無事で」

しばし口をつぐんでいた妙秀が声を振り絞るようにして言うと、左馬介は黙ってうなずいた。

雨が降りしきる中、義輝一行が出ていくのを妙秀はひとりだけで見送った。しばらくその場に佇み、一行が去った方に目を遣っていると、左馬介がただひとりで戻ってきた。姿を認めて駆け寄った妙秀を見つめて、左馬介は情のこもった声音で言った。

「妙秀殿、三好勢は必ず襲ってくる。おそらく今度ばかりは助かりそうもないゆえ、これが今生の別れとなろう。そなたの姿をわが目に留めおく。そなたもわたしのことを胸に留めておいてくれるならば嬉しく思うぞ」

左馬介は笑顔で言うなり、背を向けて雨の中を走り去った。

妙秀は何も言えず、雨に霞《かす》んでいく左馬介の後ろ姿を見つめていたが、不意に嗚咽《おえつ》がこみあげてきた。それとともに、このまま左馬介と別れたくないという思いが突然、湧き上がった。

〈法華の乱〉のことが思い出された。左馬介の背にしがみついていなければ、自分は乱に巻き込まれて死んでいたに違いない。いま、取り残されれば、生きていく気力を失ってしまう。

それよりも、たとえわずかの間でも左馬介とともにいたい。永年、抑えてきた気持が胸の内で吹き荒れた。どうにも堪《こら》えきれない心持ちに突き動かされ、妙秀は雨の中へ走り出した。

ずぶ濡れになって走り、左馬介の姿を遠くとらえた妙秀は、

――左馬介様
と叫んだ。左馬介は振り向いた。しかし、首を横に振ると、すぐに背を向けて歩き出した。

妙秀がなおも追おうとしたとき、後ろから声がした。

「母上様――」

振り向くと、雨に濡れた頭から滴《しずく》をしたたらせながら、八歳の光悦が素足で立っていた。光悦は妙秀の様子がおかしいと思って追ってきたのだ。

駆け寄った光悦は妙秀にしがみついた。妙秀はぬかるんだ地面に膝をついて光悦を抱きしめ、とめどなく涙を流した。

上空では風が吹き荒れ、雨雲の動きが激しさを増していた。

この年、五月十九日辰《たつ》ノ刻、義輝の二条御所は三好義継、松永久秀《まつながひさひで》の軍勢二万に囲まれた。

義輝は左馬介たち近臣とともに奮戦した。かねて剣術の稽古《けいこ》を重ねていた義輝は板敷に刀を何本も刺し立てて、戦って切れ味が鈍ると取替え、取替えして斬り合うという凄《すさ》まじい戦いぶ

りを見せたが、追い詰められてついに討たれた。

左馬介は義輝の遺骸《いがい》の傍らで自刃して果てた。

光悦は長い話を終え、

「幼いわたしは懸命に母を追ったが、この年になると、あのおり、どうして呼び止めてしまったのだろう、行かせてさしあげればよかったのではなかろうか、などと思うこともある」

とつぶやいた。

「何を仰せられます。母上様が、ご長寿であられることこそが、なによりめでたいのではございませぬか」

遠州が慰めるように言うと、光悦はいやいや、と言うように頭を横に振った。

「ひとの心はそのときだけのものだ。過ぎ去ってしまえば、おのれの内に留めおくことはできぬ。だからこそ、われらは茶を一期《いちご》一会《いちえ》の心で喫し、たったいまの心を留めようと思って筆を運び、あるいは茶碗を焼くのであろう」

「書や茶碗は折々の心を留めるためだと言われますか」

「そうだ。〈雨雲〉の茶碗には、幼い日のわしの心が込められておる」

さりげなく話す光悦の言葉が遠州の身に染みた。

茶が移ろっていく心の今を大事にするように、形として作られるものには、そのおりの心が込められる。

(作庭もまた、心を庭に託すことなのかもしれない)

遠州は光悦と別れて京に向かいながら、何度となく光悦の言葉を思い返した。

妙秀が九十歳にして亡くなったのは間もなくのことである。

夢

中沼左京《なかぬまさきょう》が遠州《えんしゅう》のもとを訪れたのは初秋のころだった。

遠い山並みが色づき始めたのを眺めつつ、左京は遠州の屋敷の門をくぐった。供の下僕が細長い桐の箱を抱えている。

左京が訪《おとな》いを告げると玄関に村瀬佐助《むらせさすけ》が笑顔で出てきた。佐助は式台に膝《ひざ》をついて、

「これはようお出《い》でくださいました。主《あるじ》がお待ちいたしております」

と言って左京を奥へと案内した。

左京は遠州の作庭を手伝っていたこともあり、ともに働くおりも多くなっていた佐助と親しくなっていた。

下僕を玄関の脇にある供待ちの間に残した左京は、自ら桐の箱を手にして佐助の後を奥へ向

かった。奥の座敷では遠州と妻の栄《えい》が待っていた。

「ご無沙汰《ぶさた》いたしました」

左京が座って頭を下げると、遠州はにこやかに応じた。

「本復されたご様子、何よりじゃ」

かたわらの栄も笑顔で言葉を添えた。

「妹の香《こう》もさぞや安堵《あんど》いたしたことでございましょう」

左京は苦笑した。

「此度《こたび》の病は香だけでなく皆様にも随分とご心配をおかけしました。すまないことをいたしたと思っております」

「いや、いや、さように元気な顔を見せていただけたのが、何より。まずはようございました。この年になると、知った者が相次いで亡くなることほど寂しいものはありませんからな」

遠州が言うと、左京はうなずいて、

「まことにさようでございますな。いまは生きて親しきひとと会うのが何よりの楽しみでございます」

と言い、続けてしばらく知人の消息をあれこれ話した。次から次に話は広がり、遠州がこれまで手掛けた普請《ふしん》や作庭に及んだ。

遠州は二代将軍秀忠《ひでただ》の娘、和子《かずこ》の入内に向けて京都御所の女御《にょうご》御殿の普請を行ったほか、寛《かん》永《えい》元年（一六二四）には二条城《にじょう》への帝《みかど》の行幸を前にして改修の惣奉行《そうぶぎょう》にも任じられ、将軍家の武力で朝廷を威圧するのではなく、朝廷に配慮し風雅にも気を配った普請を行った。

　諸大名が将軍に謁見する大広間の欄間《らんま》や飾り金具に気を遣い、狩野探幽《かのうたんゆう》ら名だたる絵師の襖《ふすま》絵《え》をふんだんに用いた。

　二の丸御殿では、大広間や黒書院、白書院を雁行《がんこう》形に並べた。さらに御殿の大広間と行幸御殿のいずれからでも眺められるように池水を造り、鶴《つる》島、亀《かめ》島、蓬莱《ほうらい》島を配して南向きに石を組んだ。また、池の中に御亭《おちん》を建てて帝と将軍の対面の場とする凝《こ》りようだった。

　遠州はさらに、寛永三年には後水尾《ごみずのお》天皇が譲位後に居所とされる仙洞《せんとう》御所の普請も行った。幕府の専横に不満を隠さず、度々、軋轢《あつれき》が生じていた後水尾天皇をなだめるため、遠州は作庭にことのほか心配りをした。

　仙洞御所の東北部に造られた庭はほとんどが池で、築山《つきやま》のある大きな中島が置かれた。池に突き出た出島の汀《みぎわ》には自然石と切石を積んで護岸が組まれ、御茶屋が造られた。

　御茶屋には上段と中段の二室があり、庭を眺めるための櫛形窓《くしがたまど》（火灯《かとう》窓）が開けられ、上段の部屋には床《とこ》と、違い棚が設《しつら》えられた。

　この御茶屋で開かれた口切《くちきり》の茶会に招かれた鹿苑寺《ろくおんじ》の住職、鳳林承章《ほうりんじょうしょう》は造作《ぞうさく》や庭の見事なことに目を瞠《みは》って、日記に、

　――御書院・御茶屋方々御飾り、凡《およ》そ眼を驚かす者也

と記した。

それぞれの普請や作庭にあたっての苦労話や工夫についての思い出は尽きることがなく、遠州は左京と佐助を前に時が過ぎるのを忘れて語り合った。とりわけ作庭では山水河原者《さんすいかわらもの》を使わねばならず、その中心となった賢庭《けんてい》は名人の評があるだけに気難しいところがあり、気に染まぬことがあれば、てこでも動かなかった。

「まことに苦労したものよ」

遠州がため息まじりに言うと、左京と佐助はそれぞれ思い当たるふしがあるらしく、肩をゆすって笑った。栄も興味深げに聞き入り、ときおり相槌《あいづち》を打った。

「それにしても茶人である遠州様が慣れぬ普請の奉行をようなされましたなあ」

左京が感心したように言うと、遠州は微笑んだ。

「初めは何もわからずに手こずったが、普請や作庭は茶の心で行うのがよい、とわかってからは、却《かえ》ってやりがいを覚えるようになった」

「茶の心でございますか」

栄が興味深げに訊《き》いた。

「そうだ。建物や庭の形を見るのではなく、それらを眺めるひとの心を見つめねばならぬと思った。それは、すなわち、茶の心だ」

遠州が言うと、皆、感慨深げにうなずいた。

話に夢中になっていた左京はふと思い出したように、傍らに置いた桐箱に目を遣《や》った。

「これはしたり、肝心な用事を忘れておりました」

「肝心なことですと?」

遠州は思わず声を高めた。

「さようです。まずは、これをご覧ください」

左京は桐の箱を遠州の前に置いてから蓋《ふた》を開け、中から掛け軸を取り出して広げて見せた。

そこには、見事な手跡で、

——夢
と一文字だけが書かれていた。

これは、と息を呑《の》んで掛け軸に見入った遠州は顔を上げて、

「もしや——」

と続けた。左京は荘重な顔でうなずく。

「沢庵《たくあん》様の辞世の偈《げ》でございます」

「そうか——」

遠州はあらためて「夢」の字をじっと見つめた。

沢庵宗彭《そうほう》と初めて会ったのは遠州が少年のころだった。その後、しばらく交流はなかったが、沢庵が京の大徳寺《だいとくじ》に入ってより言葉を交わすようになった。

茶の湯で沢庵が遠州の弟子となり、禅においては沢庵が師となって遠州に語った。遠州は沢庵を敬い、茶の道に禅を生かす工夫を沢庵に相談するまでになっていた。沢庵は、

「茶は好きだが、贅沢《ぜいたく》な茶事は嫌いだ」

と口癖のように言い、名物《めいぶつ》はいっさい持たなかった。茶室に凝《こ》り、名器をそろえ、さらに茶の点前《てまえ》を自慢する茶人を嫌った。それなのに遠州と深く交わったのは、遠州の茶を俗なるものではない、と見たからだろう。

一方で、沢庵は洒脱《しゃだつ》のひとでもあった。花魁《おいらん》の絵に賛をしてくれ、と頼まれるとあっさり引き受けて、

――仏は法を売り、祖師は仏を売り、末法の僧は祖師を売る。汝その身を売って衆生の煩悩を安ず、色即是空、空即是色。柳は緑花はくれない、池水の夜な夜な月は通へども心も留めず影も残さず
と書いた。さらに、恋の歌まで詠《よ》んだ。

五月雨にたまたま見えて日の光またかきくるる恋ぞ悲しき
五月雨が降り続く合間にふと差した日の光がまた雲に隠れるように、好きな相手と会えなくなる恋は悲しいものだ、という。

僧侶《そうりょ》とは思えぬ艶《つや》っぽさだ。

沢庵は幕府の強大な力にも屈しない硬骨のひとだったが、一方で物にとらわれない、闊達《かったつ》自在の僧だった。

そんな沢庵が亡くなったのは正保《しょうほう》二年（一六四五）十二月十一日で、間もなく一年がたとうとしていた。

「そうか、亡くなったのはつい先日のような気がするが、もう一周忌が近いのか。早いものだな」

遠州はため息をついた。

沢庵と初めて会ったのは大徳寺だった。足しげく通っているうちのあるとき、参禅に訪れていた石田《いしだ》三成《みつなり》と出会った。三成の背筋がのびた後ろ姿が心に残った。

関ヶ原《せきがはら》の合戦の後、ふらりと遠州の前に現われた沢庵は、三成が関ヶ原に出陣するに際して、茶の名器をひとに託し、

「ひとの命は限りがあるが、茶器は永らえれば数百年後の世までも伝わる。永《とこし》えのいのちは大事にいたしたい」

と言ったことを告げた。

それは太閤秀吉《たいこうひでよし》の佞臣《ねいしん》であり、同僚たちに傲岸不遜《ごうがんふそん》でついに徳川家康《とくがわいえやす》に敗北するにいたった狭量な男と世間で見られていた三成像とは違うものだった。沢庵の言葉で、遠州は三成に対する見方を改めたのだ。

「沢庵様には教えられることが多かった」

遠州は昔を懐かしむかのような口調で言った。

「さようでございますな」

左京もしんみりとうなずいてから、沢庵について話を始めた。

晩年の沢庵は、江戸に出て三代将軍徳川家光《いえみつ》の帰依を受けた。

家光は、二の丸で演じられる能見物に呼ぶおりなど、登城した沢庵に、松平信綱《まつだいらのぶつな》の案内で名物の掛け軸や茶の道具を見せたりした。

これらの厚遇は脱俗をもってよしとする沢庵にとっては迷惑で、京に帰ることを望んだ。

だが、家光はその願いに耳を貸さずに、沢庵を江戸に留《とど》めるため品川《しながわ》に東海寺《とうかいじ》を建てるなどした。やむなく沢庵は東海寺の住職となった。だが、沢庵は窮屈な暮らしを嫌い、親しい出石《いずし》領主、小出吉英《こいでよしひさ》への手紙に、

「かたじけなさに病が出る。病が出るとまた懇切にされる。しかし、そうされればされるほど病気が出る。かたじけなさがないと病気も出ないであろうに」

と書き送った。七十三歳で亡くなった沢庵は東海寺に葬られた。

「墓碑は建ててはならぬ」

との遺言が残されていたため、東海寺の墓は玉垣をめぐらせた盛土の上に大きな自然石が置かれただけで、戒名一つ刻まれなかった。

「葬式をするな、墓をつくるな、香典はもらうな、朝廷から禅師号を受けるな、法事をするな」

などと遺言をした沢庵は、臨終の床でただ一字、
——夢
と大書し、筆を投げ捨てて入寂《にゅうじゃく》した。
左京の話を聞きつつ、遠州はしみじみとした思いで掛け軸を眺めた。見入るうちに、沢庵とは対照的な生き方をしたひとりの僧の名が思い浮かんだ。
——金地院崇伝《こんちいんすうでん》
である。家康の側近として仕え、その権謀術数の凄《すさ》まじさから、
——黒衣《こくい》の宰相
とまで呼ばれた崇伝は時に沢庵とも対立した。沢庵が世俗に背を向け、おのれを貫いて生きたのに比べ、崇伝は世塵《せじん》に塗《まみ》れ、政争の真っただ中を生きた。そんな崇伝は、
——大欲山気根院僭上寺悪国師《だいよくざんきこんいんせんじょうじあくこくし》
と悪口されたこともあった。欲のかたまりのような山師であり、僭上の振る舞いをする悪坊主だというのである。
およそ、沢庵と崇伝ほど真逆に評された僧はいなかった。因縁のように、ふたりは同時代を生き、敵として対峙《たいじ》することもあった。
そんなふたりと遠州はそれぞれに交流があった。崇伝は、寛永十年正月二十日、江戸芝《しば》の金地院で逝った。享年六十五だった。
「夢」の掛け軸を眺めながら、崇伝と沢庵はそれぞれ違う夢を見たのだ、と遠州は思った。

◇

南禅寺《なんぜんじ》の塔頭《たっちゅう》、金地院の作事を崇伝から依頼されたのは、遠州が仙洞御所の作事を行っていた寛永四年八月である。

このころ、崇伝は江戸の金地院で起居しており、遠州への依頼は書状によるものだった。遠州は京の屋敷で書状を読んだ際、思わず、

「崇伝様は焦っておられるような」

とつぶやいた。崇伝は、足利義輝《あしかがよしてる》の家臣の中でも名門とされる一色《いっしき》氏の子で、足利氏が滅亡したのち、京都、南禅寺で仏門に入った。

他寺の住職を務めた後、慶長《けいちょう》十年（一六〇五）三月、南禅寺に赴いて同寺の復興を成しとげ、金地院に住んだ。かねて徳川家康の側近となっていた僧侶、西笑承兌《さいしょうじょうたい》と親しかったことから、家康の招きをうけて駿府《すんぷ》に行き、外交文書をつかさどるようになった。

その後、幕府の外交事務は崇伝の手によって行われるようになり、大坂冬の陣においては、家康の側近にあって参謀を務めた。

豊臣家が開眼法要を行おうとした方広寺《ほうこうじ》の鐘銘問題では、五山のひとつ東福寺《とうふくじ》の出身である

学僧、文英清韓《ぶんえいせいかん》の銘文に目を通して、

国家安康

君臣豊楽

という八文字を拾い出した。国家安康は、家康の名を途中で切っており、言わば首を断っているのに等しい、さらに君臣豊楽は豊臣を主君として楽しむとの意が込められており、いずれも徳川家への呪詛《じゅそ》であると断じた。

たしかに家康の文字が銘文に入っているのは、主君の名を文章の中には用いないという礼儀に反している。これは諱《いみな》を犯す、と呼ばれ、決して文章作法ではしてはならないことだった。漢籍に通じている清韓が、なぜこのような銘文を草したのか意図を疑わせるものがある。しかし、言ってみればそれは豊臣家の失策に過ぎない。呪詛であるとの断定は強引だった。

この銘文を見せられた五山の僧たちも、諱を犯していることは指摘しつつも、呪詛であるかどうかはわからないとした。だが、崇伝は強引に、この八文字が幕府への謀反《むほん》の証《あかし》であると主張した。

徳川家の安泰を図るには大坂城を攻めて豊臣家を亡ぼすしかないと考えていた家康の意に迎合するためだったことは言うまでもない。そして大坂の陣で豊臣家は亡びた。その功績は計り知れず、この時期、崇伝はまさに黒衣の宰相だった。

しかし、元和《げんな》二年（一六一六）、家康が亡くなると、崇伝は幕府内で競争相手だった南光坊《なんこうぼう》天海《てんかい》との争いで一敗地に塗《まみ》れる。

天海は、その出自によくわからないところがある。陸奥《むつ》国高田《たかだ》の生まれで仏門に入ってから随風《ずいふう》と称した。比叡山《ひえいざん》の実全《じつぜん》に天台学を学び、三井寺《みいでら》や南都（奈良）で諸教学はじめ禅や密教を修したという。関ヶ原の合戦の後、徳川家康の知遇を得て内外の政務に参画していた。

崇伝は亡き家康を足利将軍家の伝統にのっとり、吉田《よしだ》神道で祀《まつ》ろうとした。ところが、天海はこれに対して山王一実《さんのういちじつ》神道で祀るべきだ、と言い出した。

本来ならば、崇伝の主張に分があるはずだったが、したたかな天海は、吉田神道で祀れば家康の神号は明神となると指摘した。

これは秀吉の神号豊国《ほうこく》大明神と同じであり、豊臣家が二代で亡んだことを考えると不吉である、山王一実神道ならば神号は権現《ごんげん》となり、不吉を免れると述べた。

家康の神号が秀吉と同様になるのを嫌った秀忠は、天海が推す山王一実神道を選んだ。これにより、家康は東照《とうしょう》大権現として祀られることになった。

以後、家康の祭祀《さいし》について天海の発言が強まり、併せて幕府内での存在も大きくなった。それまで天海と並び立ち、時にしのいでいた崇伝は一気に水を開けられたのだ。

遠州は崇伝の茶会に招かれるなど親しく交際してきた。

崇伝は茶を好み、自ら点《た》てることもあった。崇伝の没後、遠州には崇伝が集めた名物の内から、青地茶碗《ちゃわん》が贈られている。それほどの間柄だったのだ。

それだけに、この時期の崇伝の意気消沈ぶりをつぶさに見てきた。

崇伝が金地院の作事を思い立ったのは、寛永三年に国師《こくし》号を授かってからのことである。崇伝は、これを機会に再び権勢の座に着こうと思い立ったのではないか、と遠州は推測した。金地院に将軍家の霊屋《れいおく》と祈禱《きとう》所を設け、失地回復を図ろうとしたのだろう。

このため、崇伝は遠州に、

――南禅寺金地、数寄屋、くさりの間の指図（設計図）

を描いてくれ、としきりに頼んでいた。だが、遠州は仙洞御所の作事にかかりきっており、なかなか金地院の造作を進めることができなかった。それに苛立《いらだ》った崇伝は、書状を度々、遠州に送ってきていた。

書状を巻き戻した遠州は、佐助を呼んだ。すぐに佐助が縁側に跪《ひざまず》くと遠州は、

「崇伝様から督促の手紙が来た。すまぬが、そなたが金地院に出向き、茶室のまわりの露地の作事だけでも始めてはくれぬか」

と言いつけた。佐助は手をつかえて、

「承りましてございます」

と応じて頭を下げた。いつもなら、すぐに出かけるのだが、このときはなぜか立とうとせず、頭を下げたままだった。

遠州は訝《いぶか》しげに、どうしたのだ、何か言いたいことでもあるのか、と訊いた。佐助はようやく顔を上げた。

「伝《でん》長老（崇伝）様のことでございますが――」

佐助は言い難《にく》そうに口に出したものの、すぐに言葉を呑んだ。

「崇伝様について、何か聞いたことがあるのなら申せ」

遠州にうながされて、佐助はやむなく口を開いた。

「旦那《だんな》様は、紫衣《しえ》にまつわる一件をご存じかと思います」

「ふむ、聞いている」

遠州は目を鋭くして応じた。

紫衣にまつわる一件とは、この年七月、僧侶にとって地位を表す紫色の法衣や袈裟《けさ》について元和元年以後に勅許を受けた者に対し、幕府がこれを取り消すなど禁制を強めたもので、俗に、

――紫衣事件
と呼ばれる。

幕府はこれまで紫衣については勅許を得る前にまず幕府に申し出るようにとの法度《はっと》を定めていた。朝廷の権威を弱め、幕府の威信を高めるのが狙いだった。〈禁中並《きんちゅうならびに》公家《くげ》諸法度〉でも朝廷の勅許は慎重に行われるべきだ、としていた。しかし、実際にはこの後も幕府に告知することなく勅許される者が続いた。

業を煮やした幕府はこの年四月に大徳寺正隠宗知《しょういんそうち》への紫衣勅許があったのを知ると、土井利《どいとし》勝《かつ》や京都所司代板倉重宗《いたくらしげむね》、金地院崇伝が会して、元和以後、五山十刹《じっさつ》に出世入院した者の綸旨《りんじ》を無効とし、各寺院の伝奏《てんそう》が元和の令に反する者を執奏することを禁じたのである。このため

大徳寺はじめ京の寺院では蜂の巣をつついたような騒ぎになっていることは遠州も聞いていた。

紫衣の勅許を無効とされた後水尾天皇も、綸旨が七、八十枚も破られる事態になったことに憤激しているという。

「紫衣事件と、金地院での作事に関わりがあるというのか」

遠州が佐助の顔を見つめると、佐助は当惑した表情で重い口を開いた。

「市中のひとびとは、勅許で認められた紫衣を取り消すのは、あまりに横暴だと取沙汰しております。しかも、今回のことを企《たくら》んだのは崇伝様だと悪口しておりまして」

「そうであろうな」

幕府が紫衣の勅許を取り消すという暴挙に出たのは、崇伝の差し金だということは京に住む者なら誰にでも察しがつくことだった。

このころ、崇伝は、

——僧録司《そうろくし》
に任じられている。

南禅寺はじめ五山十刹の住持の任免をつかさどる立場である。五山の中でも天龍寺《てんりゅうじ》と南禅寺の住持は紫衣を許されており、これが権威となっていた。ところが近年、五山と対立する大徳寺や妙心寺《みょうしんじ》の僧に紫衣が許されることが多くなっていた。

言うなれば崇伝は幕府の権威をかさに着て、大徳寺や妙心寺の勢力を抑え込もうとしているのだと見られていた。

「しかし、崇伝様がさようなことをしたからといって、わたしが金地院の作事を行うこととは関わりがあるまい」

「いえ、そうではないと存じます。此度のことでは、言わば勅許をないがしろにされたと思い、帝が軽んじられたような心持ちがして腹を立てている者が大勢おります。その中には山水河原者もおりましょう。特に賢庭などは憤《いきどお》っているのではないでしょうか」

「賢庭がな――」

遠州は天下一とも評される山水河原者の賢庭の顔を思い浮かべた。山水河原者は帝への尊崇の気持が厚いことは遠州も知っている。

山水河原者に限らず、河原で暮らす者たちは世人の侮りを受ける。彼らの唯一の拠《よ》り所は禁裏の御用を務めているという一点であった。身分によって河原者を蔑《さげす》まないのは、この世でただひとり、身分を超えている帝だけである。

賢庭は、後陽成《ごようぜい》天皇から、

――賢庭ト云天下一ノ上手也
との言葉を頂戴《ちょうだい》したことを何よりの誇りとしているであろう。そんな賢庭にとって、紫衣の勅許を取り消すなどという、帝をないがしろにしたやり方は許せないに違いない。

すべてを策したとみられる崇伝が住む金地院の作庭に賢庭は関わろうとはしないだろう。賢庭が動かねば腕の立つ山水河原者はことごとく動かない。あとは素人同然の河原者たちをかきあつめて石を組むしかないが、それではよい庭が仕上がらないことは目に見えていた。

「これは困ったことになったたな」

遠州は腕を組んで考え込んだ。縁側に膝をついてかしこまっている佐助も思案投げ首の体《てい》である。

初秋の風が庭を吹き抜けていた。


金地院の作事は進まぬまま、年が明けた。

寛永五年三月——

仙洞御所の作事がほぼ終った。遠州がほっとする間もなく、崇伝からは金地院作事について矢の催促があった。

この間、遠州は山水河原者を使わずにすむ、東照宮社殿と拝殿の作事を佐助にまかせて行っていた。東照宮社殿は家康の霊を祀るもので、家康の祭祀で天海に苦杯をなめさせられた崇伝は金地院に東照宮社殿を建てることで鬱憤《うっぷん》を晴らしているかのようだった。

この社殿について、崇伝は日記に、

——御宮のさしづ、くさりすきやさしづ遠州このミ一だんとよく候

と記している。御宮とは東照宮社殿と拝殿のことで、鎖の間や数寄屋で遠州が示した指図〈設計図〉の〈遠州好み〉が気にいったことを素直に書いている。

遠州が多忙を極めているのをわかりつつも、崇伝はなおも作庭を急いでくれ、と言ってくる。さらに、方丈などの襖絵を幕府御用絵師の狩野探幽に描かせたい、ついては遠州に探幽への仲介を頼みたい、という依頼も繰り返し書いて送ってきていた。

六月に入ってから遠州は、江戸より南禅寺の金地院に戻っていた崇伝を訪ねた。

今後の打合せとともに、山水河原者が集まらないことについても断っておこう、と思っていた。遠州が佐助を供に金地院を訪れると、この日も東照宮社殿の作事は行われており、槌音《つちおと》が響いていた。

すぐさま遠州は茶室に通された。作事の催促を重ねていることから、茶でもてなそうと崇伝は思ったようだ。待つほどに崇伝が現われて、茶を点て始めた。佐助は隣室に控える。

崇伝はこの年、六十歳。面長のととのった顔立ちをしており、眉《まゆ》は白くなっているものの、若いころはさぞや美男だったのではないかと思わせる。

茶を点てる挙措《きょそ》も典雅であり、どこにも、

——悪国師
などと誇《そし》られるようなところは見受けられない。

「今日はご足労をかけましたな」

崇伝は黒楽《くろらく》茶碗を遠州の膝前に置きながら気遣う言葉をかける。遠州は茶碗を手にして、

「作事が遅れ、申し訳ないことでございます」

と頭を下げた。崇伝はゆっくりと頭《かぶり》を振った。

「何の、小堀《こぼり》殿は、仙洞御所はじめ御公儀の作事で御用繁多じゃ。金地院まで手がまわらないのは、もっともなことだとわかっております」

崇伝の言葉には力がなかった。何か鬱するところがあるのだろうか、と思いながら遠州は言葉を継いだ。

「伝長老様にさようにおっしゃられては痛みいります」

崇伝はしばらく黙っていたが、二服目の茶を点てるかたわら、低い声で問いかける。

「作事が進まぬのは山水河原者が集まらぬからだと聞いたが、まことですかな」

「さて、それは――」

遠州は言葉を濁して、隣室に控える佐助をちらりと見た。佐助は眉をひそめて、うなずき返した。

崇伝は佐助の表情が目に入らぬ様子で、

「山水河原者は拙僧が紫衣の勅許をひっくり返したことが気にいらずに出てこぬそうな。まことに笑止な者どもですな」

とひややかに言ってのけた。

遠州が崇伝から目をそらして、

「彼《か》の者たちが何を考えているのか、わたしにはわかりかねます」

淡々と答えると、崇伝は不意に激しい言葉を発した。

「わしには、わかっておる」

遠州は驚いて崇伝の顔を見つめた。端整な崇伝の顔にわずかに赤みが差して、目が鋭く光り、白い眉が震えている。

「何がおわかりなのでしょうか」

落ち着いた声で遠州が訊くと、崇伝は大きく息を吐いた。

「すべては南光坊天海の企み。そして天海の手先となって動いている者がおる」

「それは、誰でございますか」

遠州は身を乗り出して崇伝の表情をうかがった。崇伝は目を閉じてから、絞り出すような声で、

「沢庵じゃ」

と言った。遠州は首をかしげた。沢庵には若いころ会ったことがあるが、ひとにそそのかされて何かをするような人柄ではなかった。

「沢庵様とは、大徳寺の住持であられた方でございましょうか」

声を低めて遠州は問うた。

「とっくに大徳寺の住持は辞めて、故郷の寺に隠退しておったのじゃが、何を思ったのか、紫衣の一件を耳にしてしゃしゃり出てきおった」

沢庵は俊秀であることを周囲に認められて、慶長十二年、大徳寺の首座となった。二年後、三十七歳の若さで大徳寺の第百五十三世住持になったが、名利《みょうり》を求めない沢庵は、

由来我是れ水雲の身、
叨《みだ》りに名藍《めいらん》に住す紫陌《しはく》の春
耐えず明朝南海の上、
白鷗は終《つい》に紅塵《こうじん》に走らず

という偈を残して三日で大徳寺を去った。もともと流れ歩く身だから、名刹にいるのは不似合だという意味だろうか。

沢庵はその後、郷里出石に帰り、出石藩主の小出吉英が再興した宗鏡寺《すきょうじ》に庵《いおり》を結んで隠棲《いんせい》していた。

「沢庵め、あろうことか、公儀の非を訴える文章を江戸に送りつけてきおったのだ」

崇伝は怒りで唇を震わせながら言った。

幕府は、紫衣の勅許を得る前に幕府に申し出なければならない理由として紫衣を得る資格を厳しくした。

曰《いわ》く、三十年の修行を行っていること、公案千七百則の工夫をしていることなどだ。たとえ、すでに紫衣を許されている僧でも、この資格がなければ紫衣を取り上げるとする厳しさだった。

これに対し、沢庵はじめ玉室宗珀《ぎょくしつそうはく》、江月宗玩《こうげつそうかん》らいずれも大徳寺の住持だった高僧たちが連名で抗議した。抗議文は沢庵が書いたと言われる。

幕府が決めた資格について、もし三十年の修行が必要というのであれば、自分の修行で三十年、弟子の修行が三十年で合わせて六十年かかり、とても法脈を伝えることはできかねると理路整然と反論した。

しかし、幕府はこれを認めようとせず、却って沢庵たちを処罰する機会をうかがう流れになった。

崇伝は目を据えて言葉を続ける。

「沢庵めは高僧ぶって異を唱えおるが、これは仏の教えの類《たぐい》ではない。政《まつりごと》なのだ。法は一ところから発しなければならぬ。たとえ勅許といえども、幕府の法にのっとって出されるべきなのだ」

「それでは、朝廷よりも幕府が上位であるということになりはしませぬか」

遠州が訝しげに問いかけると、崇伝は大きく首を縦に振った。

「政はそれでよいのだ。帝がこの国の御柱《みはしら》であることはまぎれもない。そうであるからこそ、政で帝を煩《わずら》わせるべきではないのだ。政はうまくゆくこともあるが、やりそこなうこともある。帝にはいつ何時も常に正しくあっていただかねばならぬ。それゆえに、幕府は政を担い、失政の誹《そし》りを甘んじて受けるのだ」

遠州は崇伝の言葉を聞きながら考えをめぐらせた。政を論じて正しいと思えるが、此度の紫衣事件のようなおりの道理としてはいかがなものであろう。

何もかも幕府が担うという考えには、やはり傲慢の臭いがするのではないか。そう感じつつも、自分もまた幕臣のひとりであるからには口に出すわけにはいかない、と思う。

遠州は庭に目を遣った。

「沢庵様も、そのことをおわかりくださるとよろしいのですが」

遠州がつぶやくように言うと崇伝の目が光った。

「小堀殿は沢庵めをご存じなのか」

「昔、何度かお会いしたことがございます」

崇伝は急に真顔になって身を乗り出した。

「ならば、沢庵めに伝えてもらいたいことがある」

「何でございましょうか」

思わず応《こた》えながら、遠州は胸の内で、面倒なことになりそうだ、とつぶやいた。崇伝が沢庵に伝えたいこととは、所詮《しょせん》、自分に味方するようにということだろう。

沢庵が承諾するはずもなく、そんな返事を持ってくれば、今度は自分が崇伝から疎《うと》まれることになる。天海に押されているとはいっても、黒衣の宰相と呼ばれた崇伝の力はいまも幕府内にあって強い。崇伝に憎まれれば、幕臣としては困った立場になる。

遠州がそんなことを考えている間に、崇伝は遠慮なく言った。

「沢庵は、かつて関ヶ原の敗将となった石田三成の遺骸《いがい》を大徳寺の三玄院《さんげんいん》に葬ったであろう。徳川家に弓引いた者をかばい立てした者が法度を難じるのは、何かの魂胆があると疑われる。あるいは沢庵は石田三成に同情して、徳川家を憎んだがゆえに、紫衣の一件で騒ぎ立てているのではないか、と拙僧が申していたと伝えてくだされ」

それは脅しではございませんか、と言いかけて遠州は口をつぐんだ。崇伝は昔のことを持ち出して沢庵を脅し、味方につけねばならぬほど追い詰められ、焦っているのだ。

石田三成を葬った話を持ち出したところで、あの沢庵が節を曲げることなどありえないだろう。

怜悧《れいり》な崇伝にそれがわからないはずはないが、と思うかたわら、あらためて崇伝の顔を見つめると、いつの間にか顔色が悪くなり、ひどく疲れた様子をしていた。

「わかりました。どんなご返事があるかわかりませんが、沢庵様にお伝えするだけはしてみましょう」

遠州が答えると、崇伝はほっとした顔になった。

「さて、これで、沢庵がどう出るかじゃ」

崇伝の強がりが痛ましい気がして、遠州は目をそむけた。


翌日——

遠州は沢庵が仮寓《かぐう》している大徳寺へと赴いた。

山門をくぐる際、大徳寺とは昔から縁がある、とふと思った。

茶の先達《せんだつ》である千利休《せんのりきゅう》は大徳寺山門に自らの木像を置いたことから、秀吉の怒りにふれて切腹に追い込まれた。

沢庵が同じような運命をたどらねばよいが、と念じつつ、遠州は役僧に案内を請うた。

塔頭のひとつに案内されて、中に入るとほどなく沢庵が出てきた。

「遠州殿、ひさしいな」

親しみやすい笑みを浮かべて、沢庵は遠州を奥へと招じ入れた。沢庵はこの年、五十六歳。英気があるだけに、隠退したといっても枯れた様子には見えなかった。

奥座敷に座ると、間なしに二人の小坊主が茶を運んできた。遠州と沢庵の前にそれぞれ茶碗を置く。

「茶人の遠州殿にかような茶ですまぬな」

遠州と向かい合って座った沢庵はさりげなく言った。遠州は茶碗を手にしてひと口、茶を飲み、

「結構な味です」

とわずかに頭を下げた。さようか、と応えた沢庵は茶碗を手にとり、ひと口啜《すす》ってから顔をしかめた。

「ぬるい上に、ほとんど味がせぬ。白湯《さゆ》と同じじゃ」

「それが、沢庵様の味かと存じました」

遠州は微笑んだ。

沢庵はちらりと遠州の顔を見た。

「ほう、無味がわしの味だと言われるか」

沢庵は面白そうにつぶやいてから、あらためて茶を飲み、にこりとして、

「なるほど、わしの味だ」

と言葉を続けた。沢庵は茶碗を置くと、

「さて、仙洞御所の作事で忙しかったであろう遠州殿がひさかたぶりに、わしを訪ねてくる気になったのはなぜであろうかな」

「おわかりだと存じますが」

遠州は含みのある眼差《まなざ》しでじっと沢庵を見つめた。沢庵は鋭い目で遠州を見返す。

「近頃、遠州殿は金地院の作事もしておられると耳にした。しかも崇伝の評判の悪さから、山水河原者が集まらずに苦労しているとも聞きましたぞ。さては崇伝から何ぞ頼まれましたかな」

遠州は軽くうなずいた。

「いかにもご賢察の通りです。崇伝様から伝言を頼まれましてございます」

「どのような話であろう」

沢庵は斬りつけるような口調で言う。

「崇伝様は、沢庵様が石田三成様を三玄院に葬られたことをご存じでございます。されば紫衣の一件で異議を唱えられるのは、石田三成様に同情され、徳川家を憎まれるゆえのことではないかと仰せでございます」

「なるほど、関ヶ原の意趣返しか。面白いのう」

からりと笑う沢庵に、遠州は黙して言葉を発しない。しばらくして笑いを収めた沢庵は、

「坊主がひとを弔うのは当たり前だ。石田様であれ大御所様であれ、誰であろうがわしは弔う。坊主はひとには誰にでも同情するものだ」

「それがお答えでございますね」

遠州が確かめるように訊くと、沢庵はにやりと笑った。

「ああ、そうだ」

「さようにお伝えいたします」

「しかし、わしがかように答えることは崇伝とてもわかっておろうに、なぜ遠州殿を煩わせたのであろうかな」

沢庵は首をひねった。

「わたしもそのことは考えました。崇伝様から聞いたときはわからなかったのですが、こちらに参ります途次に思いついたことがございます」

「何であろう。聞かせてもらおうか」

沢庵は遠州を見据えた。

「崇伝様は、石田三成様のことを思い出してもらいたいと思われたのではないでしょうか」

「石田様のこととな」

「さようです。石田様は豊臣家に忠節を尽くされたがゆえに、ひとに憎まれました。崇伝様も同じなのではありますまいか」

「なるほど、崇伝は、自分も徳川家に忠節を尽くしているだけだ、と言いたいのかもしれぬな」

　黙ってうなずく遠州に沢庵は大きな声をあげて笑い、

「だが、石田様とは違うな」

　と言い切った。

「違いましょうか」

　遠州はうかがうような目で沢庵を見つめた。

「違うとも。崇伝は名利を求めておる。おのれの忠節が認められ、地位が与えられることを願《ね》うておる。石田様は心中に欲を買わず、何もない無であった」

「無とは――」

「忠義の果てにおのれが何もかも失うであろうことを覚悟しておられた。褒めそやされることを求めず、ただひたすらおのれのなすべきことをされた。それゆえ、わたしは葬ったのだ。われら禅僧も及ばぬ境地だと思ったゆえな」

　遠州は一度だけ見た石田三成の背中を脳裏に浮かべた。たしかに、大徳寺の三玄院に端然と座っていた三成は何事も求めぬ諦念《ていねん》の中にいたように思える。

　沢庵はしばらく考えてから口を開いた。

「だが、崇伝の気持も満更、嘘ではあるまい。あの男におのれの心を形にして見せてやらねばならぬな」

「さようなことができまするか」

遠州は膝を乗り出した。沢庵は深々とうなずいた。

「これから山水河原者を集める際に、沢庵がこう申したと言えばよい。金地院に造る庭は崇伝を満足させるための庭ではない。崇伝におのれの心の在り様を悟らせる庭である、とな。さすれば山水河原者たちは働くであろう」

沢庵の言葉は遠州の胸に響いた。そのような庭を作ることができるのであろうか、と惑いつつ、遠州はすでに工夫を始めていた。


翌寛永六年になって沢庵と玉室、江月の三人は江戸に召喚された。

幕府の評議により、沢庵は出羽上山《でわかみのやま》、玉室は陸奥棚倉《たなぐら》への流罪が決まり、江月は大徳寺の相続のため許された。

このおり、崇伝は厳罰を、天海は軽い処罰を主張したという。

出羽国上山の藩主土岐《とき》山城守頼行《やましろのかみよりゆき》は沢庵を歓迎した。山城守は沢庵が上山に到着するとさっそく城外の松山《まつやま》に庵を結んで沢庵に住まわせた。

沢庵はこの庵を気に入って、

——春雨庵《はるさめあん》
と名づけた。沢庵にとって出羽国での暮らしは思い出深いものとなった。

しかし、この事件の余波は思いがけぬ方面に飛び火した。

突然、後水尾天皇が十一月になってから興子《おきこ》内親王《ないしんのう》（明正《めいしょう》天皇）に譲位したのだ。後水尾天皇は紫衣事件の当初から憤りを露《あら》わにしており、幕府に反省の色がないのを見てとり、抗議のため強硬手段に出たのだった。

このことは幕府を震撼《しんかん》させた。

紫衣事件で幕府の威信を示したとされていた崇伝の評判は地に落ちた。名声の衰えに鬱屈した思いを抱えるようになっていた崇伝はそれが節を曲げない沢庵の評判の良さの裏返しのように思い、しばしば、

「名僧気取りの田舎坊主め」

と罵《ののし》った。


三年後——

寛永九年五月、金地院の普請や作庭が終わったと聞いた崇伝は京の南禅寺に戻った。丁重に出迎えた遠州は、下げた頭を上げて崇伝に顔を向けた。

崇伝は幕府内での勢威が衰えたゆえなのか、顔に精彩がなく、痩《や》せていた。

「伝長老様、お待たせいたしましたが、ようやく出来上がりました」

遠州の挨拶《あいさつ》をぼんやりと聞き流していた崇伝は、金地院に入るなり足を止めた。見事な襖絵が続いている。

「おお、立派なものじゃ。やはり御用絵師の狩野派だけのことはある」

満足そうにうなずく崇伝を、遠州は茶室に導いた。茶室に入ったとたん、崇伝は立ちすくん

だ。

「明るいの――」

崇伝は驚いたように目を見開いて茶室の中を眺めまわした。

茶室そのものは四年前、すでに出来上がっていたが、紫衣事件に関わっていたころで御用が忙しく、ゆっくり茶を楽しむ暇もなかったのだ。

三畳台目《だいめ》の茶室で、床と点前座《ざ》が並んで配置され、これと向かい合って正面ににじり口が設けられている。二方の壁に大きい窓があり、床《とこ》と点前座の境に墨跡窓、中柱脇の袖壁《そでかべ》に下地窓《したじまど》が開いていた。合わせて六つの窓があり、二方の明かり窓から淡々《あわあわ》しい光が差している。

「勝手ながら、八の窓の〈八窓席《はっそうのせき》〉と名づけております」

崇伝は窓を目で数えてみながら首をかしげる。

「窓は六つしかないようだが」

遠州はにこりとした。

「あとの二つは亭主と客が胸襟《きょうきん》を開いて話し合うための心の窓でございましょうか」

目を細めた遠州はにじり口とは別に設けた貴人口《きにんぐち》に顔を向けた。

「にじり口はかがんで入ることによって身分を忘れるために造られたものでございます。伝長老様には、金地院に上様の御成りを仰ぎたいとのお考えだと耳にいたしまして、天下人であられる上様ににじり口からお入りいただくのは恐れ多いことだと存じ、貴人口を設けました。伝長老様に、上様とかように光差す茶室において、明るい話を交わしていただければと願わしゅう存じまして設えたのでございます」

さようか、とうなずいた崇伝は、満足げに頬を緩めた。遠州はさらに崇伝を庭が見える広縁《ひろえん》へと案内した。

広縁に立って庭先を見ると、山水河原者らしい男が跪いている。

遠州は目で示しながら、

「賢庭でございます」

と告げた。崇伝の顔に喜びの色が浮かんだ。

「そうか、名人と呼ばれるそなたが、作庭をいたしてくれたか」

崇伝に声をかけられた賢庭は何も答えず、黙って頭を下げた。

崇伝はうなずきながら庭に目を遣った。

前方には白砂が広がる枯山水《かれさんすい》があり、その向こうに躑躅《つつじ》の小山が配されて、手前に石が組まれている。刈り込まれた躑躅が趣深い緑を湛《たた》えている。

「伝長老様のご長寿を寿《ことほ》いで、〈鶴亀の庭〉と名づけてございます」

「鶴亀の庭とな――」

崇伝は庭を見つめて考え込んでいたが、やがて笑みを浮かべた。

「わかったぞ、向かって右の大きな石組みを鶴、左側の石組みと柏槇《びゃくしん》の木を亀に見立てているのであろう」

「さようにございます。さらに中央の小山は蓬萊山に見立てております。その手前にあります三つの石が三尊石、手前にある平たい大きな石が遥拝《ようはい》石なのでございます」

「遥拝石とは？」

崇伝は怪訝《けげん》な顔をして訊ねる。

「金地院には神君《しんくん》家康公を祀る東照宮社殿がございます。あの遥拝石の上でぬかずき、東照宮を拝むのでございます」

「わしが遥拝いたすのか」

崇伝は息を吞んだ。

「さようでございます。わたしは伝長老様のお働きをつぶさに見て参りました。世に伝長老は謀《はかりごと》を好み、名利、出世を望む悪僧であるなどと申す者がおりますが、わたしはさようには思いません。伝長老様は忠義の心厚く、ひたすら徳川家による、天下泰平の世が開かれることを望んでおられます。ただ、その御心をひとに伝えるのを好まれぬのだと存じまして、茶室も庭もそのような伝長老様の心の有り様を表したつもりでございます。いかがでございましょうか」

遠州の言葉を聞いて崇伝はしばらく黙った。そして、ゆっくりと話し始めた。

「わしは僧侶となったが、もともとは足利将軍家に仕えた一色家の出だ。一色家は足利幕府の四職《ししき》に任ぜられた名門のひとつじゃ。だが、将軍義輝様が三好慶長《みよしやすなが》、松永弾正《まつながだんじょう》に討たれて後は牢人《ろうにん》となった。わしは何とかして足利家を再興いたし、天下泰平の世をつくりたいと願うてきた。神君家康公にお目通りがかなって後は徳川将軍家のために尽くしてきたが、胸中、足利将軍家の遺臣であるという思いが常にあったゆえ、おのれの心を表には出さずにきた」

崇伝はしみじみとした口調で述懐する。

「ならば、もはや、よろしいのではございませぬか。おのれの心のままに振る舞われるべき時が参っておると存じます」

遠州にうながされた崇伝は裸足《はだし》で庭に下りた。白砂を踏んでゆっくりと遥拝石に近づく。

崇伝はやおら平たい石に座って手をつかえ、深々と頭を下げて額《ひたい》を石につけた。

その姿は悪国師などという悪口からは想像もつかない清雅なものであった。


沢庵は寛永九年七月、天海の請《こ》いで赦《ゆる》されて江戸に帰った。こののち沢庵は徳川家光の信任を得て毎年江戸に参上する。寛永十八年、沢庵の願いにより紫衣勅許は京都所司代の承認を経て勅許する形となり、事実上緩和された。

崇伝が没したのはこの間のことだった。

泪

正保《しょうほう》三年（一六四六）十二月十五日——

遠州《えんしゅう》は伏見《ふしみ》屋敷で弟子の五十嵐宗林《いがらしそうりん》を亭主とする茶会を開いた。客は遠州と松屋《まつや》久重《ひさしげ》、伏見の医者の宗由《そうゆう》、絵師の狩野采女《かのううねめ》である。

茶会が始まってほどなく、亡きひとに話が及んだのは、高齢の遠州がいたためであったろうか。ともあれ、話は一年前の十二月二日に八十三歳で亡くなった、

——細川三斎《ほそかわさんさい》

に及んだ。三斎は諱《いみな》を忠興《ただおき》という。山城国《やましろ》勝竜寺《しょうりゅうじ》城主、細川藤孝《ふじたか》の長子として生まれ、父とともに織田信長《おだのぶなが》に仕えて、丹後《たんご》十二万石余りをあたえられた。妻は明智光秀《あけちみつひで》の娘でキリシタンとして高名なガラシャだった。

〈本能寺《ほんのうじ》の変〉の後は豊臣秀吉《とよとみひでよし》の政権下に入ったが、秀吉の没後は武将派の一人として石田三《いしだみつ》成《なり》と対立し、慶長《けいちょう》五年（一六〇〇）九月に関ヶ原《せきがはら》の合戦が起きると東軍に属して武功をあげたものの、大坂屋敷にいた妻のガラシャが大坂方の人質になることを拒んで命を落とすなどの犠牲を払った。戦後の論功行賞では豊前《ぶぜん》一国ほか三十九万九千石が与えられた。その後、嗣子《しし》の忠利《ただとし》に家督を譲り、剃髪《ていはつ》して三斎と号した。

寛永《かんえい》九年（一六三二）には加藤忠広《かとうただひろ》改易のあとをうけて忠利が肥後《ひご》熊本《くまもと》に国替えになると、八代《やつしろ》城を隠居城とした。

忠興は武勇に優れるとともに、政略にも長《た》け、信長から秀吉、家康《いえやす》と天下人が転変する激動の時代を巧みに生き延びた。

一面では当時屈指の素養を備え、能や和歌、連歌などを好んだが、中でも茶の湯においては千利休《せんのりきゅう》の高弟で、

――利休七哲

の一人にも数えられた。茶会であればおのずと茶人としての三斎の話になる。

久重は遠州に向かって穏やかな口調で、

「細川様は、すぐれた茶人ではおわしましたが、やはり武家にて、根のところに武士の心を据え置かれたうえで茶を点《た》てておられたようでございますな」

と話しかけた。

「さようだな」

遠州は微笑んだ。

三斎については、こんな逸話がある。

あるとき、老中の堀田《ほった》正盛《まさもり》から、

「お道具を拝見したい」

と頼まれた。当然、茶人の三斎が名だたる茶道具を持っていると思ってのことだった。ところが、三斎は堀田を屋敷に招いたもののいっこうに茶道具を見せず、鎧《よろい》や兜《かぶと》、槍《やり》、刀などばかりを並べた。

堀田がたまりかねて、

「茶人として名高き細川様なれば、茶道具の名物《めいぶつ》をお持ちだと存じますが」

と言うと、三斎は目を怒らせた。

「何を言われる。それがしは武士でござるぞ。武士に道具を見せよと言われるのであれば、武具しかござらぬ」

三斎にきっぱり言われて、堀田は赤っ恥をかいて引き揚げるしかなかった。また、ある大名が三斎に茶の湯の指南を頼んだところ、

「ならば、茶の湯の心得をまずお聞かせ申そう」

と言って、大名を厳しい目で見据えた。

「いかなる異変が起きても、ひとに後れをとらず、敵が幾万騎であろうとも我一手にて突き崩さんと、日ごろより家中の者たちに武芸を鍛錬させ、武具や馬具も手入れを欠かさぬよう心が

けて、余力にて茶道の閑静幽雅を楽しむのが武士の茶道じゃ」

三斎は近頃の茶人がともすれば家職を忘れ、隠遁《いんとん》者の真似をすることを笑止に思っており、そのような風潮への不満を隠そうとはしなかったのだ。

「あらためて思うと、三斎様ほど懐かしきひとはないように思うのう」

遠州がしみじみと述べると、久重は少し驚いた顔になった。

「さようなお言葉をお聞きして安堵《あんど》いたしました。世間では細川様と遠州様は仲がお悪いと邪推しておりますゆえ」

「あのことか」

遠州はくすりと笑った。

「はい、あのことでございます」

久重がにこりとして言うと宗由と采女は何のことかわからず、顔を見合わせた。

ため息をついた遠州は、しばしの間、三斎とのゆく立てに思いを馳《は》せた。

三斎が遠州を嫌っているようだ、と世間に伝わったのは、寛永二年二月、二条城の行幸御殿の作事を将軍家光《いえみつ》から命じられたときのことだった。

ある日、二条城に赴いて造作の指図をしている遠州のもとに、豊前小倉《こくら》藩主の細川忠利が挨《あい》拶《さつ》に訪れた。ふと見ると、忠利の後ろに三斎がいる。

利休七哲のひとりとして古田織部《ふるたおりべ》とも並ぶ三斎は遠州にとって茶の道の先達でもある。あわてて挨拶しようとかたわらに身を控えたが、三斎はあたかも遠州の姿が目に入らぬかのように黙って通り過ぎていく。

やむなく遠州は三斎の後に従って声をかけられるのを待った。だが、三斎は何も言わないまま大廊下を歩いていく。

忠利がたまりかねて、

「父上、遠州殿が——」

と声をかけるが、三斎は振り向こうともしない。三斎は遠州をあくまで無視するつもりのようだ。そのことをようやく悟った遠州は、忠利に向かって小声で、

「これにて——」

と挨拶するなり細川父子《おやこ》のそばから離れた。遠州が去った後、忠利が難じるように、

「父上、遠州殿をお忘れですか」

と言うと、三斎はとぼけた顔で、

「ああ、あの袴腰《はかまごし》が大きい男か」

と答えた。袴腰とは男袴の後ろ腰にある薄板の芯《しん》が入った、背に出っ張る部分をいう。三斎は言いながら意地悪げに背に手を当ててみせた。

三斎は遠州に目もくれなかったはずだが、去っていく後ろ姿はちゃんと見ていたらしい。

忠利はあきれて応じる言葉もなく黙った。

遠州は小大名とはいえ、幕府の作事奉行や伏見奉行を務めて将軍家光の覚えもめでたく、また当代随一の茶人として名声も高い。そのような遠州をあたかも子供のようにあつかう振る舞

いではないか。

三斎は、忠利が黙っているのを見て、

「あれでよいのだ。少しはわかったであろう」

と言い足して歩き出した。城中のことでもあり、まわりに茶坊主などもいたことから、三斎が遠州をつめたくあしらった一件はたちまち世間に伝わった。

遠州の盛名を妬《ねた》む者は、古参茶人である三斎が示した態度を、

「利休様譲りの厳しさである」

と称《たた》えた。一方で、侮《あなど》られた遠州に同情する者たちは、

「三斎様もお歳ゆえ、頑固になられた。老耄《ろうもう》の兆しではないか」

などと噂《うわさ》したのである。

「世間の者は、あのおり三斎様が、わたしに何を言いたかったのか、とんとわかっておらぬようだな」

遠州は久重に向かってつぶやくように言いながら、宗林が点てた茶を喫した。

「まことにさようでございますな」

宗林がにこりとして応じた。

宗林は六十を過ぎているが、顔立ちが若々しくて色つやもいい。

五十嵐家は京都の町役人、四座雑色《しざのぞうしき》である。京都町奉行所の指示により禁裏、摂関家などの供奉《ぐぶ》や将軍、所司代の警固、牢《ろう》屋敷の管理、洛中《らくちゅう》、洛外の検使、追捕《ついぶ》、刑場の立会から触れの

伝達まで行う。

久重は目を丸くした。

「ほう、五十嵐殿は細川様と遠州様の因縁を何かご存じなのか」

宗林はちらりと遠州を見た。

遠州がわずかにうなずくのを目にして、宗林は口を開いた。

「さようです。細川様は利休様の茶杓《ちゃしゃく》のことで遠州様を悪く思われていたのでございましょう」

「利休様の茶杓――」

久重は息を呑《の》んで目を瞠《みは》り、宗由と采女も耳をそばだてた。

遠州が語り始めた。

「利休様が切腹されるにあたり、堺《さかい》に向かわれるおり、弟子の中でわが師である古田織部様と細川三斎様のお二人だけが見送られた。利休様は茶杓を削って織部様にお与えになった。その茶杓が〈泪《なみだ》〉という銘であり、織部様がその後、窓のある筒に入れて位牌《いはい》のように拝まれたことは皆、知っておろう。実はそのおり、利休様は三斎様にも茶杓を与えられた。この茶杓の銘は〈ゆがみ〉という。いずれ劣らぬ名物だが、違っているところがあるとすれば、〈泪〉は真っ直ぐに削られ、〈ゆがみ〉は銘の通りに歪《ゆが》んでいる」

話を途切らせた遠州は遠くを見つめる目になった。

「三斎様は織部様が亡くなられた後、〈泪〉の茶杓を自らのものにしたいと思っておられた。

利休様を見送った者に与えられた茶杓ゆえ、織部様が亡くなられたからには自分が持つべきではないか、と思われたのであろう」

「しかし、織部様が亡くなられた後、茶道具は幕府に没収されたと聞いております」

久重が思い返す風に言葉をはさんだ。

「その通りだが、織部様は亡くなる前、〈泪〉をあるひとに預けられていた。わたしはそのひとから〈泪〉を奪って大御所《おおごしょ》様（家康）に差し出した。それゆえ、三斎様はわたしを憎く思っておられたのだ」

淡々と話す遠州に久重は首をかしげた。

「遠州様はなにゆえ、〈泪〉を大御所様に差し出されたのでございますか」

「そのときは、それが一番よいと思ったのだが、いまとなっては定かではない。そのおりの行いは間違っていたのではないか、と思い暮らしていたゆえ、三斎様から憎まれるのを理不尽だと思ったことはなかった」

遠州が言うと、宗林は遠慮がちに口を開いた。

「やむを得なかったのではございますまいか。〈泪〉を持っていた女人は京都所司代のお咎《とが》めを受けて牢に入れられておりましたから、救うには〈泪〉を差し出すしかなかったのでございましょう」

宗林の言葉を聞いても、遠州はゆっくりと頭《かぶり》を振った。

「いや、それでもわたしは間違っていたかもしれないと思う気持から今でも逃れられないでいるのだ」

大きく吐息をついた宗林は、

「もう一服、差し上げましょう」

と頭を下げた。

◇

慶長二十年（一六一五）六月――

古田織部が切腹した後、京都堀川四条《ほりかわしじょう》南の古田屋敷を接収したのは、遠州の岳父である藤堂《とうどう》高虎《たかとら》だった。

高虎は接収からしばらくたってから遠州を屋敷に呼んだ。遠州が赴くと、高虎は人払いしたうえで声を低めた。

「実はそなたに頼みたいことがある」

「何でございましょうか」

高虎の頼みとは珍しい、と思いながら遠州は訊《き》いた。

「茶人のそなたなら知っておるかもしれぬと思い、来てもらった。織部の屋敷をくまなく探してみたが、ある茶道具が出てこぬのだ」

「茶道具でございますか」

「そうだ。千利休の遺品だという、〈泪〉の茶杓だ」

「〈泪〉がございませんか」

遠州は目を瞠った。

「まさか、織部はあの茶杓を手放したりはしておるまいな」

腕を組んで問い質《ただ》す高虎に、遠州は首を横に振って答える。

「さようなことはないと存じます。〈泪〉は織部様にとりまして利休様のお位牌も同然でございます。肌身離さず持っておられたはずです」

「しかし見つからんのだ。あの茶杓のことは大御所様もよくご存じだ。見つからぬではすまん」

高虎はうなるようにして言い募る。

「それは困りました」

「それゆえ、そなたに頼みたいのだ。織部が茶杓をどこに隠したか、察しがつくのはそなたぐらいであろう」

「さて、そうは申されましても」

「なんじゃ。〈泪〉を探し出すのは気が進まぬとでもいうのか」

高虎はじろりと遠州を睨《にら》んだ。

「有体《ありてい》に申せば、さようです。織部様はわたしにとりましては茶の湯の師匠であり、利休様は大師匠でございます。わが師が大師匠の形見として大事にされていたものは、できるならばそっとしておきたいと存じます」

大仰《おおぎょう》に高虎は頭を振って見せた。

「何を甘いことを申しておる。千利休と古田織部という天下に名だたる茶人がいずれも切腹して果てたのだぞ。その因縁の深さをどう考えておるのだ。利休から織部に与えられた〈泪〉の茶杓を持つ者は、腹を切る宿命を背負うかもしれぬのだぞ。さような物はお上に差し出して厄を払うのがよいのだ」

高虎に言われて遠州は、あるいはそうかもしれない、と思った。もし、織部が〈泪〉を誰かに託していたとしたら、相手は茶道に縁《ゆかり》のある者に違いない。〈泪〉を持てば、利休とともに織部の怨《うら》みをも背負うことになるのではあるまいか。

「わかりました。手を尽くして探してみましょう」

遠州が答えると、高虎はほっとした表情になった。

翌日――

遠州は、そのころ弟子となっていた五十嵐宗林を屋敷に呼んだ。

四座雑色の宗林ならば、〈泪〉を探し出せるのではないかと思ったのだ。当時は三十を過ぎたばかりの宗林は目もとのすずしい美男だった。

遠州の話を聞いた宗林はこともなげに、

「わかりましてございます。早速に手配りをいたしましょう」

と答えた。

「見つかりそうか」

遠州は微笑を浮かべた。

「京の町衆は隣の家のこともわが家のように知っております。まして古田織部様ほどのお方のことでしたら、詳しく存じている者が必ずおります」

頼もしげに答えた宗林であったが、遠州のもとに〈泪〉の在《あ》り処《か》を伝えに来たのは、ひと月ほど後のことだった。

夏の盛りである。

遠州の屋敷の広間に座った宗林は、額の汗を懐紙でぬぐい、やや困惑した口調で告げた。

「どうも、〈泪〉を持っているのは、女人らしゅうございます」

「女人だと?」

はい、さようです、と宗林は声を低めた。

「織部様とどのような関わりがある女人なのだ」

「織部様の次女で、琴《こと》と申される方です」

「そのような娘御がおられたのか」

遠州は眉間《みけん》にしわを寄せて訊いた。

「はい、鈴木左馬之助《すずきさまのすけ》と申される方に嫁《か》しておられました」

「待て、鈴木左馬之助という名は聞いたことがある」

はっとして考え込む遠州を見た宗林はうなずいて、

「そのはずでございます。織部様の謀反《むほん》に加担したひとですから、耳にされたことがあると存じます」

と目を光らせて言った。

『徳川実紀《とくがわじつき》』によれば、織部の謀反に加わったのは、家老の木村宗喜《きむらむねよし》と浪人あがりで古田家の大津《おおつ》代官を務めるようになっていた鈴木左馬之助であったとされる。

大坂の陣で徳川方が京都から出撃した後の二条城《にじょう》に放火して蜂起《ほうき》し、大坂から寄せる兵と徳川方を挟撃するという計画を立てたが、密告により密謀は露見し、鈴木左馬之助以下二十数人が捕縛された。

その後、左馬之助は処刑されたはずだ。

「では、琴様はいまどこにおられるのだ」

遠州が訊くと、宗林はあたりをうかがってから答えた。

「京都所司代の牢屋敷でございます」

「なんと――」

二条城周辺の広大な敷地に京都所司代の屋敷はあり、さらに三条に牢屋敷があることは遠州も知っていた。宗林はなおも声を低めて話を続ける。

「鈴木左馬之助様が謀反の疑いで捕まったのは今年の四月でございましたが、そのおり、琴様も捕まって牢屋に入れられたようです」

「ならば、もう三月も牢に入っているのではないか。女人には耐え難かろう」

「さようでございます。大の男でも牢にひと月入れば、病を発します。琴様はおそらくかなり弱っておられると思われます」

遠州は顔をしかめた。

「たとえ、謀反人の妻女とは申せ、仮にも大名家の娘であったひとではないか。さほどに長く牢に入れておくのは、どうにも解せぬ話だ」

「わたくしもさように思いまして、所司代屋敷の役人にひそかに探りを入れてみましたところ、琴様は織部様の謀反について何事かご存じのようで、所司代の板倉《いたくら》様はそれを問い質そうとしておられるようです」

ううむ、と遠州はうなった。

京都所司代が三月もかけて取り調べながら、いまだに突き止められないとは、どういうことなのだろう。

鈴木左馬之助の妻であった琴は何を知っているというのだろうか。遠州は腕組みして考えながら、

「しかし、いまだに牢に入れられているのは、もはや〈泪〉は琴様の手元にはないということではないのか」

と訊いた。

「いえ、牢とはいえ、大名家の血筋の方の格式は守られておりますゆえ、衣服の改めなどさほど厳しくはございません。茶杓のような小さい物を襟元や帯の間に隠すのは造作ないことでございましょう」

「そうか——」

遠州がなおも思案していると、宗林は膝《ひざ》を乗り出した。

「いかがでございましょう。わたくしども四座雑色は牢屋敷の務めもいたしております。ひと目につかずに琴様とお会いになりたければ、さように手配りいたしますが」

「そんなことができるのか」

遠州が驚くと、宗林は微笑みながら黙ってうなずいた。


三日後——

遠州は宗林に案内されて、三条の牢屋敷に裏門から入った。屋敷内には牢役人や牢番が見張りに立っていたが、先導する宗林が入っていくと、すでに話がつけられているらしく誰もがわざと目をそむけて見ようとはしない。

薄暗い牢屋の間を進むうちに、女人だけの牢が続くあたりまで連れていかれた。

さらに奥へ歩んで日が入らない湿った場所の、格子で仕切られた牢に近づいた宗林は、六尺棒を持って控えていた牢番にうなずいて合図した。

牢番はかがんで牢の入り口錠を開けた。宗林にうながされて遠州は牢の中に入った。牢内の女たちがおびえたように後退《あとずさ》る。

遠州に続いて牢に入った宗林が、年かさの女に向かって、

「琴という女人に会いにきた。どこにいる」

と声をかけた。

女は黙って牢の隅を指差した。

板壁に体を寄せるようにしてひとりの女が横たわっている。

遠州は女のかたわらに近づいて膝をついた。

「わたしは小堀《こぼり》遠州と申す。古田織部様のご息女の琴様でございましょうか」

声をかけられ、それまで目を閉じていた女は薄く瞼《まぶた》を開けた。

薄暗い牢内でも女の肌が白く顔立ちに品があるのは見て取れた。

「はい、わたくしが琴でございます」

女はか細い声で応じてゆっくりと体を起こし、板壁に背をもたせかけた。痛々しいほどやせ細っている。

「琴様、かようなところにいては、お体に障《さわ》ります。わたしは〈泪〉の茶杓を探しておりますが、琴様がそれをお持ちで、お渡しいただけますなら、わたしの舅《しゆうと》である藤堂高虎様にお願いして、ここよりお出しいたしますぞ」

力を込めて遠州が言うと、琴はわずかに笑みを浮かべたが頭をゆっくりと横に振った。

「無用にございます」

「なんと。この牢屋にて死ぬおつもりでございますか」

遠州は語気を強めた。

「さようなつもりはありません。わたくしは自ら死ぬことを禁じられておりますゆえ」

かすれた弱々しい声で琴は答える。

遠州は息を吞んだ。自ら死を選ぶことを禁じられているというのは、琴がキリシタンであるからに違いないと思った。

「もしや、琴様はキリシタンでございますか」

声を低めて遠州が訊くと、琴はかすかにうなずいた。遠州はかたわらの宗林を振り向いた。

「所司代が琴様の取り調べを続けているのは、織部様の謀反にキリシタンが加担しているという証《あかし》を得たいためなのかもしれぬな」

「おそらくさようでございましょう。もともと織部様はキリシタンではないかと疑われておられましたから」

宗林がうなずくのを見つつ、遠州はつぶやいた。

「利休七哲のおひとりゆえな」

千利休にも、かつてキリシタンなのではないかという噂があった。

利休は貿易商人の自由都市である堺《さかい》の出身で、イエズス会による日本へのキリスト教布教が始まると、南蛮交易の利を得ようとする堺商人の中にもキリシタンとなる者が相次いだ。堺商人でもあった利休がキリシタンに関心を抱いても不思議ではない。南蛮寺《なんばんじ》で行われるミサの儀式を見て、茶の湯に取り入れるということもあったのではないか。

利休の考案したにじり口は、キリシタンの教えにある「狭き門より入れ」という言葉に合わせたものではないか。茶室という狭い空間で、世俗の欲を捨て去って茶を喫するのは、宣教師が行うミサに似ていなくもない。

茶の湯の亭主は、司祭のごとく儀式を司《つかさど》って客を聖なる境地に導く役割を果たしているとも見える。

実際、利休七哲と呼ばれる高弟にはキリシタンが多かった。

利休七哲とは、

蒲生氏郷《がもううじさと》
高山右近《たかやまうこん》
細川忠興（三斎）
芝山宗綱《しばやまむねつな》
瀬田掃部《せたかもん》
牧村利貞《まきむらとしさだ》
古田織部

である。

このうち、蒲生氏郷と高山右近はキリシタン大名として名高い。

また、細川忠興の妻が熱心なキリシタン信者のガラシャであることはよく知られている。当初、ガラシャにキリシタンの教えについて話したのは、高山右近と交流があった忠興自身だった。

織部が指導して作った織部焼の茶碗《ちゃわん》や鉢には、しばしば十字のクルス文、へら彫りの十字文が施された。

さらに織部の考案によるとされる〈織部灯籠《どうろう》〉は、地面に埋め込んで立てられ、上部が十字架様に張りだしていることから、十字灯籠または切支丹《キリシタン》灯籠などともひそかに呼ばれていた。

幕府は二年前の慶長十八年に、禁教令を全国に発布して取締りを厳しくしていた。翌年には高山右近ら高名なキリシタンはマニラへと追放される。だからこそ京都所司代は織部の謀反にキリシタンが関わっているとの証《あかし》を得ようと躍起になっていたのだ。

「わたくしと夫の鈴木左馬之助はともにキリシタンとして知り合い、夫婦《めおと》になりました。夫は決して謀反を企《たくら》むようなひとではありませんでした。此度《こたび》、左馬之助が捕らわれて処刑されたのは、お上がキリシタンによる謀反だということにしたかったからだと思います」

あえぎながら言う琴に、遠州はうなずきながら声をかけた。

「それゆえ、どのように厳しいお調べがあっても耐え抜いて何も話されなかったのですね」

「はい、所司代様の望まれていることを話せば、わたくしは神と夫を裏切ることになってしまいます」

遠州はしばらく目を閉じて考えてから話し始めた。

「お心はよくわかりました。されど、キリシタンの神が自ら死ぬことを禁ずるからには、生きよと命じておられるのでございましょう。されば生きる道は示されておるのですから、どんなに辛《つら》くともその道を歩まれるべきだと思われませんか」

諭《さと》すように言う遠州の言葉を聞いて、琴は力なく微笑んだ。

「そのために、〈泪〉の茶杓を差し出せとおっしゃるのでございますね」

「そうしてくだされば、琴様をこの牢獄から出すことができるのです」

遠州は断言した。〈泪〉を持っていきさえすれば、藤堂高虎は願いを聞いてくれるはずだ、と思った。

琴は懐《ふところ》に手を入れると細長い筒を取り出し、蓋《ふた》を開けて、中から茶杓を抜き出した。白竹で薄造りにできている。

「〈泪〉ですな。渡していただけますか」

遠州が言うと、琴はいいえ、というように頭を振った。

「亡き父はこの茶杓を千利休様の御位牌だと思い、毎日、手を合わせて拝んでおりました。〈泪〉の銘は利休様を偲《しの》んで泣く父の胸の内を表したのだと思います。力を持つ者によって理不尽に殺されねばならなかった利休様の無念の思いを、引き継いでいくのだという考えもあったのではないかと存じます。父は、自分に何が起きるかわからないと、この茶杓をわたくしに預けました。決して力強き者に渡してはならぬと、父が言っている気がいたします」

琴の声はかすれながらも断固とした響きがあった。

「しかし、織部様もわが娘の命と茶杓を引き換えにはできぬと思っておられたと存じますが」

遠州がなおも説くと、琴は紐《ひも》を懐から出すなり茶杓を筒に交差させて結び付けた。

「父にとりましては、利休様の御位牌でしたでしょうが、わたくしはかようにいたしておりま);す。これを手放すことは神を捨てるのと同じですから、どうあってもできないことなのです」

言い終えて琴は筒を手に持ち、差し出した。

茶杓が筒に結び付けられて、十文字の形となっていた。琴は茶杓と筒を使って手製の十字架としていたのだ。

遠州は茶杓の十字架を見て何も言えずにうなだれた。


琴を説得できないまま屋敷に戻った遠州のもとに、十日後、宗林から使いが訪れた。至急、牢屋敷に来ていただきたいとのことだった。

遠州があわてて行くと、牢番は黙って女牢へと案内した。すでに牢の中に宗林は入り、かたわらに琴が横たわっている。

先頃、会った時よりもさらにやつれが目立っていた。

「いかがいたしたのだ」

遠州が訊くと、宗林は難しい顔をして頭を横に振った。

「お取り調べを受けていたときに、気を失われたのです。このまま息を引き取られるような気がいたします」

「それはいかん」

遠州は琴の顔をのぞきこんだ。蒼白《そうはく》な琴の顔はこわばったままで死相が浮かんでいるように思える。

見ると、琴は胸の上で両手を組んでおり、懐から茶杓の十字架がのぞいていた。

遠州は手を伸ばして茶杓の十字架を琴の懐から取り出した。

「遠州様――」

宗林が悲しげな声を出した。その声音を聞いて、遠州は、

「そうか。そなたもキリシタンだったのだな。それで、琴様が〈泪〉の茶杓を持っていることを知ることができたのだな」

と言った。宗林はうなだれた。

「申し訳ございませぬ。琴様をお助けしたいと思いつつ、わたくしは四座雑色でございますゆえ、どうすることもできず、遠州様におすがりいたしました」

「そうであったか」

遠州はあらためて琴の顔を見つめた。そして、茶杓の十字架を握りしめて宗林の顔に向けた。

「わたしはいまからこの茶杓を藤堂高虎様に差し出し、琴様を牢から出していただこうと思う。これは、善であろうか、悪であろうか」

遠州が問いかけても宗林は顔を上げない。

「わたくしには何とも申し上げようがございません」

「そうか」

遠州は紐をほどいて茶杓を筒に納めた。筒を懐に収めながら、

「しっかり看病していてくれ、間もなく琴様を牢から助け出すゆえな」

と言い置いて牢を出た。

牢の中の女たちがすすり泣く声を背に聞きながら遠州は表へと急いだ。

〈泪〉の茶杓を届けた遠州が琴のことを話すと、高虎は、

「そうか。やはり、この茶杓で命を落としそうになった者がいたのだな」

とつぶやいた。

高虎がさっそく京都所司代の板倉勝重《かつしげ》に掛け合ったところ、琴の病は重く余命いくばくもないと見られ、牢を出されて藤堂家の京屋敷に運び込まれた。すぐさま高虎は京の名医と称される医者を呼び寄せて琴の体を診てもらい、薬を与えた。

琴は間もなく意識を取り戻したが、自分が気づかぬうちに牢を出て藤堂屋敷に運びこまれ、しかも〈泪〉の茶杓がないことを知って、ただ茫然《ぼうぜん》とするばかりだった。

遠州は毎日のように見舞いに訪れたが、琴は天井を見つめるばかりで何も話そうとはしなかった。

遠州はしばらく部屋にいて、

「また、見舞いに参る」

とだけ言い残して辞去する日が続いた。

三月ほどたち、寒気が厳しい冬となったある日、遠州が藤堂屋敷を訪れると、藤堂家の家臣から高虎の居室に案内された。

珍しく屋敷にいた高虎は遠州が広縁から挨拶すると、

「ちと話がある」

と言い、目で入るよううながした。遠州は部屋の中に入って座った。

高虎は火桶《ひおけ》を手元に寄せて手を温めていたが、じろりと遠州を見るなり、苦虫を噛《か》み潰《つぶ》したような顔で言った。

「昨日のことだがな、二条城で細川忠興殿に散々、嫌みを言われたぞ」

「細川様より何を言われたのでございましょうか」

遠州は訝《いぶか》しく思いながら訊いた。

「あの〈泪〉のことじゃ。細川殿は何としても、あの茶杓をわが物にしたかったようだ。わしがどうやって〈泪〉を手に入れたのかとしつこく聞かれて、ほとほと困ったぞ」

「それはまた――」

細川忠興がそれほどまでに〈泪〉に執着しているとは知らなかっただけに、何とも言いようがなかった。

高虎はごほんと咳《せき》払いしてから、

「それで、困ったゆえ、娘婿のそなたが探し出してくれたのだ、と話してしもうた。どうやら細川殿はそなたに腹を立てたとみえる。用心することだな」

とぬけぬけと言った。さらに、高虎は言葉を継ぐ。

「用心と言えば、そなた、あの織部の娘をどうするつもりなのだ。見舞いを続けているところをみると、ただごととは思えんぞ。側室にでもするつもりか」

遠州は苦笑して答えた。

「さようなつもりはございません。ただ、亡き師、古田織部様のご息女ゆえ、できることはしなければならぬと思うているまででございます。それに——」

言いかけて遠州は口ごもった。

「それに、の次は何だ。遠慮せずに早く申せ」

高虎はぶっきらぼうに言った。遠州は思い直したように高虎を見つめて口を開いた。

「わたしは琴様を助けるためだと申して、琴様の許しも得ずに〈泪〉の茶杓を奪うように手に入れました。あたかも琴様のことを思っているかのように言いながら、実は自分の利を考えていただけで、琴様を傷つけてしまいました。そのことを後ろめたく思っております」

「つまりは、わしも同罪ゆえ、織部の娘の面倒を見るのは当たり前だというわけだな」

高虎はからからと笑った。

「滅相《めっそう》もございません」

遠州が頭を下げると、高虎は笑いを納めた。

「織部の娘はわしらのことを許しておらぬようだ。年が明けたらこの屋敷を出ていくそうだが、その前にそなたの茶の点前《てまえ》を見たいと言うておる。茶室に支度をさせておるゆえ、行ってやれ」

「では、琴様はもはや床を払われたのでございますか」

「ああ、いままで自分はどうするべきかを考えておったのであろう。あるいはそなたの茶の点前を見たうえで、思いのたけを言うつもりかもしれぬ。覚悟して参れ」

それだけ言うと、高虎は手を振って茶室に行くよう遠州をうながした。頭を下げて高虎の居室を出た遠州は、広縁を通って茶室へと向かった。

離れになっている茶室に入り、釜の前に座ってほどなく松籟《しょうらい》の音が響いてきた。間なしに琴がにじり口から入ってくる。

牢に入れられていたときとは違い、髪を美しくととのえ、藤堂家が用意したのであろう白絹に草花模様を散らした小袖《こそで》を着ている。顔色はよくなっているが、無表情だった。

遠州は軽く頭を下げただけで、言葉を発せずに茶を点て始めた。

いつものことながら、茶の点前を始めると同時に雑念が消え、ただひたすら客に茶を供したいという思いにのみ心を委《ゆだ》ねる。

遠州は茶を点てた高麗《こうらい》茶碗を琴の膝前に置いた。

さすがに織部の娘らしく、琴は落ち着いた所作《しょさ》で茶碗を手にして茶を喫した。茶碗を膝前にゆっくりと戻してから、おもむろに琴は口を開いた。

「わたくしの父は常日頃ひとを喜ばせようと茶を点てていたような気がいたします。ひとが喜ぶ姿を見て、自らも嬉《うれ》しくなる。それが父の茶ではなかったかと思います。小堀様はいかようなお心で茶を点てておられましょうか」

　穏やかな声で問う琴に、遠州は少し考えてから答えた。

「さほど、確たる思いがあるわけではございませんが、強《し》いて申せば、相手に生きて欲しいとの思いは込めているように思います」

「生きて欲しい、とはどのようなことでしょうか」

　琴は問い詰めるように訊く。

「さて、ひとがこの世にて何をなすべきかと問われれば、まず、生きることだとお答えいたします。茶を点てた相手に、生きておのれのなすべきことを全《まっと》うしてもらいたいと願い、それがかなうのであれば、わたしも生きてあることを喜ぶことができる。さような思いでおります」

　遠州は考えながら答えた。琴はそんな遠州をじっと見つめる。

「ひとが生きるということは、自分らしく生きられてこそだと存じますが、いかがでしょうか。おのれらしく生きられないのなら、生きてもしかたがないと思います」

　琴の声には暗い響きがあった。このひとはいまだに無明長夜《むみょうじょうや》の闇にいるのだ、と思った遠州は膝を正して琴に向かい合った。

「おのれらしく生きるとはさように狭苦しいものでしょうか。いかなることに出遭おうとも、自らの思いがかなわずとも、生きている限りは自分らしく生きているのではないかとわたしは思います。自らを自分らしくあらしめるということを、いかに捨てようと思っても、捨てることはできないのではありますまいか」

遠州は心を澄まして言い切った。口先だけの言葉を発しているつもりはなかった。いままで生きてきて思い至ったことを口にするだけだ、と自分に言い聞かせていた。

琴はため息をついた。

「わたくしは牢屋敷にて病に倒れ、知らないうちに、こちらのお屋敷で看病されていました。しかも、気がついたときには、茶杓の十字架は持ち去られておりました。わたくしは生きたいために神を捨てたのだと思いました」

「さようなことはありません。茶杓を持ち去るかわりに琴様を牢から出していただきましたが、それはすべて、わたしが藤堂様の覚えをめでたくしたいがための欲からしたことです。琴様は何もご存じなかったのですから、ご自分をさように責めずともよろしいのではありませんか」

慰めるように懸命に説く遠州を、琴は悲しそうに見返した。

「いいえ、わたくしの信仰が深ければ、茶杓の十字架を手放すことはなかったと思います。わたくしの心の内に、神を捨ててでも助かりたいという欲があったに違いありません」

うつむいた琴の膝に涙がぽとりと落ちた。その瞬間、遠州は茶杓に〈泪〉という銘がつけられた謂《いわ》れがわかったような気がした。

この世をよりよく生きたいと願うのは、それだけで罪なのかもしれない。

それゆえに、ひとは時折り、茶の席で世俗を離れ、おのれを取り戻すのだ。そのおりに喫する茶には、生きていくうえで味わった涙が込められているのだろう。

「琴様、いま、わたしは〈泪〉の茶杓を織部様が大切にされていたわけがわかったような気がいたします。ひとは生きていく限り、この世の悲しみを負わねばならぬようです。わたしたちにできるのは、悲しみのあまりにこぼれた涙の一滴を、飲み干すことだけなのではないでしょうか」

遠州はしみじみと口にした。

「悲しみの涙を飲むことでひとは救われましょうか」

琴は涙に濡《ぬ》れた顔を上げて訊いた。

「わかりません。ただ茶人にできることは涙を飲み続けることだけではないでしょうか」

遠州はつぶやくように言うと、もう一碗、茶を点て始めた。その所作を見つめる琴の頰にしだいに血の気がさしてきた。

それからふたりは互いに言葉を交わすこともなく、茶を点て、喫した。

屋根瓦《がわら》に霰《あられ》が降る音が響いてきた。

遠州と琴は再び会うこともないまま十五年が過ぎた。

幕府に仕え、能吏として順調な出世を遂げていた遠州は、五十歳を過ぎた寛永年間に思わぬ窮地に立った。

遠州が、五畿内《ごきない》の総代官を務めていたおり、急に勘定方があらためられて一万両に及ぶ使途不明金が明るみに出た。

お役目のために出費してきた金ではあったが、困窮した農民への救済金などは帳簿に載せられないまま、使途不明の扱いとなっていたのだ。

遠州が不正を働いたとはだれも思わなかったが、責任を問われれば、腹を切るしかない事態だった。

もはや、これまでかと遠州が自害を覚悟したとき、かねて親しくしていた酒井《さかい》忠勝《ただかつ》や井伊《いい》直《なお》孝《たか》が、

——遠州は当時名誉の数寄者《すきもの》なるに、かかる過失に依《より》て天下の名物を失はんこと残多し
遠州ほどの茶人をこのような過失で死なせるのは天下の損失であるとして、大名たちがそれぞれ千両を出して遠州の罪を許すよう幕府に願い出てくれた。

しかも、この際、ひとびとが驚いたのは、これらの中にかつて二条城で遠州の挨拶を無視するなど嫌悪の情を示していた細川三斎がいたことだ。

三斎は、酒井忠勝から遠州を助けたいという話を聞くと、

——わかった
と二つ返事で引き受け、千両を出したという。こうして大名たちからの義援金は一万両に達した。

大名たちの助けによって窮地を脱した遠州は、各大名家にお礼の挨拶にまわった。だが、三

斎だけは相変わらず会おうとはしない。

その後、江戸城でたまたま三斎と出会った遠州は半ば強引に礼を述べた。三斎はそっぽを向いていたが、中庭に目を遣《や》ったまま、

「〈泪〉の礼ゆえ、さほど恩義に思うことは無用」

とぽつりと言った。

「〈泪〉の礼とはいかなることでございましょうや」

遠州は怪訝《けげん》な顔をして訊ねた。

「昨年、わしは京の大徳寺で古田織部殿の娘と出会《でお》うた」

三斎は声を低めて言う。

大徳寺はかつて千利休が山門を寄進し、その山門に利休像が置かれたことで秀吉の怒りをかった因縁の寺である。

「わしは利休様を偲ぶつもりで参ったのだが、そこに女人がおった。なんぞ曰《いわ》くがありそうな女人だと思い、家来に素性を訊《たず》ねさせると、古田織部の娘だという。いまは京の薬屋の妻に納まっておるそうだ。それでそばに招じて詳しい話を聞いた。すると、〈泪〉の茶杓を十字架にいたして肌身離さず持っていたのを、その方《ほう》に取り上げられ、そのかわり牢屋から出してもらって命拾いをいたしたと申しておった」

三斎は遠州に顔を向けた。

「わしは、そなたが〈泪〉の茶杓を将軍家に差し出したと聞いて腹を立てておったが、あのま

ま織部の娘のもとにあれば、キリシタンの十字架として焼かれておったに相違ない。そなたは、〈泪〉の茶杓と織部の娘を救ってくれた。此度のことはその礼ゆえ、恩に着ることはない」

「されど、琴様はわたしを恨んでおられましたろう」

遠州が言うと、三斎は不思議そうに首をかしげた。

「そなたは、茶人として、そこそこの名があるが、女人の心はわからぬようだな」

「はて、どういうことでございましょうか」

「女人と申すは、自分を大切に思うてくれた男の思いに支えられて生きるものだ。織部の娘は死ぬまでそなたのことを忘れぬであろうよ」

三斎はにこりと笑った。

「まさか、そのようなことが」

うろたえる遠州の肩を、三斎はぽんと叩いた。

「孤掌《こしょう》、鳴らし難しというではないか。女人に思いが宿るとき、男にも思いはあるものだ。大事にいたすがよい」

言い捨てて、三斎は背を向けるなり歩み去った。

遠ざかる三斎の背を見つめながら遠州は立ち尽くすばかりであったが、脳裏には藤堂屋敷で一度だけ茶を点てた琴の面影が浮かんでいた。

埋火

年が明けて正保《しょうほう》四年（一六四七）一月二十九日——

京の鹿苑寺《ろくおんじ》（金閣寺《きんかくじ》）住持を務める鳳林和尚《ほうりんおしょう》が、年頭の挨拶《あいさつ》に京から輿《こし》で伏見《ふしみ》奉行所屋敷を訪れた。

鳳林和尚は文禄《ぶんろく》二年（一五九三）に公家《くげ》の勧修寺《かじゅうじ》晴豊《はれとよ》の六男として生まれた。幼くして仏門に入り、法号は鳳林承章《じょうしょう》という。

後陽成《ごようぜい》天皇の母方の従兄弟《いとこ》にあたり、後陽成天皇の子、後水尾《ごみずのお》上皇とは三歳しか違わないことから、とりわけ親しくしている。

新春らしい清々《すがすが》しく晴れた日だったが、昨日まで降り続いた雪が路肩に残っている。

鳳林和尚の供の僧が訪《おとな》いを告げると、奉行所の下役が困惑した顔で出てきて、あいにくきょうは年賀の客があいついでおり、控えの間で待っているひともおられます、と告げた。

鳳林和尚はにこりとして、

「さようか。年賀客が多いのは結構なことや」

と応じて遠州《えんしゅう》の家臣、村瀬《むらせ》佐助《さすけ》の屋敷に足を向けた。佐助と昔話などして面会の順番を待つつもりだった。

佐助の屋敷は奉行所敷地内の西南の隅にあり、櫓《やぐら》に接している。

鳳林和尚は、佐助が南禅寺《なんぜんじ》金地院《こんちいん》の庭園を造作する際、露地を造ったころからの顔なじみで、伏見奉行所を訪れたとき、遠州に先客があるおりにはいつも佐助の屋敷で待つことにしていた。

訪れを喜んだ佐助は鳳林和尚を茶室に誘《いざな》って茶を点《た》てた。鳳林和尚は茶を喫しながら佐助と世間話に時を過ごした。そのうち、話柄《わへい》は遠州が病勝ちであることに移った。

「ところで、遠州様のお加減はどうや」

鳳林和尚に問われて、佐助は少し考えてから、

「近頃はご気分もよろしいようですが、去年の暮れには何度か立ちくらみをされまして、案じております」

と正直に答えた。

「そうか、それは困ったなあ」

眉《まゆ》を曇らす鳳林和尚に佐助はうかがうような視線を向けた。

「いかがされました。何か急なお頼み事でもございましたか」

佐助の問いに、鳳林和尚はゆっくりと頭《かぶり》を振った。

「いや、頼み事があるわけではないのやが、上皇様より、もし遠州様に会うおりがあるなら訊《き》いて欲しいと言われたことがあるのや」

「上皇様から――」

佐助は目を瞠《みは》った。

後水尾天皇は十八年前の寛永《かんえい》六年（一六二九）、二女の興子内親王《おきこないしんのう》（明正天皇《めいしょう》）に譲位した。後光明天皇《ごこうみょう》に代替わりした今も、変わらず院政を敷いている。

今年、五十二歳のはずだが、いまだに精気が横溢《おういつ》しているという。譲位したのも紫衣《しえ》事件や将軍家光《いえみつ》の乳母である福《ふく》（春日局《かすがのつぼね》）が朝廷に参内するなど、幕府が朝廷の権威を軽んじたことに憤ってのことだった。

上皇となってより、公家や僧侶《そうりょ》、文人墨客《ぼっかく》などとはなやかに交際して、宮廷文化を盛り上げているが、その中で中心となっているのが鳳林承章だった。鳳林承章は、茶の湯を通じて公家や武士はもちろん、町人に至るまで幅広く交際している。

永年にわたって記された鳳林承章の日記、『隔蓂記《かくめいき》』には、後水尾上皇をはじめ、小堀《こぼり》遠州、千宗旦《せんのそうたん》、金森宗和《かなもりそうわ》、野々村仁清《ののむらにんせい》、池坊専好《いけのぼうせんこう》、狩野守信《かのうもりのぶ》、林羅山《はやしらざん》、本阿弥光甫《ほんあみこうほ》など錚々《そうそう》たる人々の名が出てくる。

「上皇様は藤堂高虎《とうどうたかとら》様のことで遠州様に訊きたいことがあると仰せなのや」

鳳林和尚は眉をひそめて言った。

「藤堂様のことでございますか」

遠州にとって義父にあたる藤堂高虎は十七年前の寛永七年に亡くなっている。いまさら何を訊くことがあるのだろうか。

佐助が訝《いぶか》しげな顔をすると鳳林和尚は苦笑した。

「昔のことではないかと思うておるのやろうが、遠州様が病勝ちやと噂《うわさ》に聞かれて、どうしても訊いておきたいと思われたのや」

顔をしかめた佐助はため息をついた。

「わが主人が生きている間に訊いておきたいと思われたのでございますな」

「まあ、そういうことやが、気を悪くせんで欲しい。上皇様は思い立ったことはしないではおられぬご気性やからな」

「それは存じておりますが、上皇様は、藤堂高虎様についてどのようなことをお訊きになりたいと思っておられるのでございましょうか」

佐助があらためて訊《たず》ねると、鳳林和尚は声をひそめた。

「それが、東福門院《とうふくもんいん》様の入内《じゆだい》のおりに関わることなのやが」

「それは、また――」

佐助は息を呑《の》んだ。

東福門院は後水尾上皇の中宮である。父は二代将軍徳川秀忠《とくがわひでただ》で、諱《いみな》は和子《かずこ》という。

元和《げんな》六年（一六二〇）に十四歳で入内した。

和子の入内は、家康《いえやす》が徳川を朝廷の外戚《がいせき》とするために仕組んだことだった。

後水尾天皇はこのことを不快に思い、一時は譲位を言い出すなどしたが、このおり、朝廷に乗り込み、脅迫まがいに入内の話をまとめたのが高虎だった。

「上皇様はいまも藤堂様のことを恨みに思っておられるのでしょうか」

事の経緯を聞き及んでいる佐助が恐る恐る訊ねると、鳳林和尚は昔に思いをめぐらせているのかしばらく黙り込み、遠くに目を遣《や》った。

元和六年、幕府と朝廷の間で和子入内の話がこじれたとき、高虎は仮に大納言の資格をもらって参内し、御簾《みす》をへだてて後水尾天皇に入内のお許しを願った。

しかし、後水尾天皇は何も答えず、時ばかりが過ぎていった。すると、業を煮やした高虎はあろうことか玉座ににじり寄り、御簾をかかげて直《じか》に後水尾天皇にひと言、二言、申し上げた。

廷臣たちが、

——不敬でありますぞ
と騒ぎ立てる中を高虎は悠々と退出した。

その後、高虎は五摂家以下の公家を集めて、

「朝廷では先例を盾にとって入内を認められないそうだが、それならば、幕府もかつて〈承久《じようきゆう》の変〉のおり、三上皇を島流しにした古例にのっとるまでだ。それがしはいまより関東に立ち帰り、さように進言いたしたうえで、腹を切る。さすれば、必ずや幕府は天皇を島流しにするであろう」

と言い放った。これを聞いて、公家たちは仰天し、朝廷では和子入内を受け入れることになった。

家康の遺命を奉じた高虎の獅子《しし》奮迅の働きだったが、朝廷の権威を貶《おとし》められたことを後水尾上皇はいまも忘れていないのだろう。

「上皇様の仰せでは、藤堂様は御簾をかかげたとき、あることを言われたそうな」

鳳林和尚は視線を佐助に戻して淡々と言った。

「あることとは何でございましょうか」

佐助は膝《ひざ》を乗り出して訊いた。

「藤堂様は声をひそめて、埋火《うずみび》にございます、ご辛抱くださいませ、と言われたそうじゃ」

「埋火、と言われたのでございますか」

佐助は首をかしげながら、思わず声を高めた。埋火とは炉や火鉢の灰の中によく熾《おこ》った炭火を埋め、火種を長持ちさせることをいう。

「そうや、上皇様も言われたときは何のことかわからず、藤堂様が脅すためにわけのわからんことを口にしたと思われたそうや。しかし、時がたつにつれて思いつかれたのが藤堂様の娘婿が遠州様や、ということや。埋火とは茶道具の銘ではないかとのお考えが心に浮かんでこられたと仰せられた」

鳳林和尚の言葉を聞いて佐助は目を丸くした。

「それで、わが殿にお訊ねになりたいと思われたのですか」

「いや、一度、すでに訊ねられたそうや」

入内した徳川和子は、親王、内親王を次々に産んで、幕府に対する反感を募らせていた内裏の空気を一変させた。

また、それまでの禁裏御料《きんりごりょう》は一万石だったが、和子は入内の際に化粧料一万石を持参し、その後、元和九年には禁裏御料として一万石が増やされ、譲位された後水尾上皇には寛永七年に仙洞《せんとう》御料三千石、同十一年には七千石が加増された。

御所に学者、文人墨客を集めて宮廷文化を花開かせることができたのは、和子入内にともない禁裏御料が増えたためでもあった。

それにつれて、朝廷と幕府の間にも関係修復の機運が生まれ、寛永三年九月、後水尾天皇は、中宮和子とともに二条城《にじょうじょう》へ行幸した。

この二条城行幸に先立って、天皇と中宮を迎えるための殿舎の建設を普請《ふしん》奉行として遠州が行った。行幸御殿や中宮御殿、御次の間、女御御殿《にょうごごてん》、権大納言局室、台所、牛舎などの造作が、遠州の指図のもと行われた。

九月六日に始まった行幸を大御所となった徳川秀忠と三代将軍家光が迎えた。御所から二条城までの行列のはなやかな様子は洛中洛外図屏風《らくちゅうらくがいずびょうぶ》にも描き残されている。

後水尾天皇の饗応《きょうおう》役には井伊直孝《いいなおたか》と板倉重宗《いたくらしげむね》が当たり、代官として小堀遠州がついた。舞楽や能楽、蹴鞠《けまり》、和歌の会などの催しがあり、なかでも膳部《ぜんぶ》のととのえは遠州が取りしきった。茶人として名を馳《は》せる遠州の役割は大きいものがあったと言える。

城内で五日間にわたってもてなされた後水尾天皇は、この間、天守閣に登るなどして、京の都の眺めを楽しんだ。

このおり、後水尾天皇は遠州に目を留めて、さりげなく、

「そなたは、藤堂高虎の女婿であったな」

と声をかけた。遠州は恐懼《きょうく》して、左様でございます、と頭を低くした。

「藤堂は宮中に参内し、これなる和子の入内を強談判《こわだんぱん》したおりに、埋火ゆえ辛抱せよ、と申した。あれはいかなる意であったのか、いまも気になっておる。そなた、藤堂の申したかったことがわかるか」

問いながら、後水尾天皇は和子を振り向いてにこりと笑った。和子も微笑み返す。後水尾天皇と和子は琴瑟相和《きんしつあいわ》して、夫婦仲は睦《むつ》まじかった。

後水尾天皇に問われて、遠州はわずかに首をかしげた。

このころ、遠州の京都屋敷は六角越後町《ろっかくえちごちょう》にあった。かつて高虎の屋敷だったものを譲り受けたのだ。高虎の屋敷は隣にあり、日ごろから行き来をしている。遠州が行幸の供奉《ぐぶ》を申しつけられると高虎は馬を貸してくれ、さらに鞍《くら》や道具類をととのえてくれたりもした。だが、高虎から宮中に参内したおりの話などは聞いたことがない。

答えにつまった遠州は、やむを得ず、頭に浮かんだことを口にした。

「藤堂様が申し上げた埋火にどのような意があるのかはわかりかねますが、それがしが作りました茶杓《ちゃしゃく》に〈埋火〉という銘のものがございます。この茶杓を収める筒には和歌が添えられて

おります」

後水尾天皇は、和歌と聞いて興味ぶかげに目を光らせた。

「ほう、どないな和歌や」

問われた遠州は静かに和歌を詠じた。


年暮るる有明の空の月影にほのかにのこる夜半《よわ》の埋み火

年の暮れ、明け方の空の月はあたかも夜半の埋火のごとくだ、という意であろうか。

「なるほどのう。藤堂は、朝廷はもはや、ほのかに残る埋火のごときものであるから、辛抱せよと言いたかったのであろうか」

後水尾天皇は和歌を口ずさんでから、

——さて、わからぬ
とつぶやき、歩みを進めた。そして天守閣に登って京の町並みの眺めに興じてより後、埋火のことは口にしなかった。

「上皇様はときおり、このことを思い出され、あらためて遠州様に訊きたいと思っておられたのや」

淡々とした口調で告げる鳳林和尚に佐助はうなずいた。

「わかりましてございます。さように上皇様が気にしておられるのでございますなら、何としても主人に答えてもらわねばなりません。わたしから申し添えましょう」

「そうしてくれると助かるのう」

鳳林和尚がにこりとしたとき、佐助の家僕があわただしい足取りで茶室の外に来て声をかけた。

「申し上げます。ただいま、お奉行様がお倒れになったそうでございます」

「なに、殿が――」

あわてて腰を浮かす佐助の向いで、鳳林和尚は、どうしたことであろう、と心配げにつぶやいた。


この日、遠州は立ちくらみを起こしたが、寝付くほどのことではなかった。床をとって横になっている間に鳳林和尚は見舞いの言葉を残して帰っていった。

翌日、遠州はまだ床から離れられなかったものの、起き上がって薬湯《やくとう》を飲むなどして、顔色も良くなっていた。朝のあいさつに訪れた佐助はその様子を見て、ためらいがちに、昨日、鳳林和尚が口にしたことを話した。

遠州はしばらく考えてから、膝を叩《たた》いた。

「そうであったか、さようなことがあったな。二条城行幸のおり、わたしが言上したことは間違いであった。まことのことをお伝えしなければ、と思いつつ、時が過ぎてしまったのだ」

「では、茶杓のことではなかったのでございますか」

佐助はうかがうように遠州を見た。

「そなた、わたしが持つ茶道具のうち、茶杓だけでなく、もうひとつ埋火の銘があるものを覚えておらぬか」

「はて――」

困惑したように考え込んだ佐助は、やがて大きく目を見開いた。

「灰被天目茶碗《はいかつぎてんもくぢやわん》――」

「そうだ。あの茶碗にちなむ埋火の話こそが、義父《ちち》上がお伝えしたかったことに違いないのだ」

遠州はため息まじりに言った。いまは亡き義父、藤堂高虎のいかつい顔が脳裏に浮かんだ。

何度も仕える主人を替えて大名に伸《の》し上がり、家康の信頼も厚かったことから、世間では高虎を世渡り上手と誹り疎《そし》んじた。だが、実際はそんなひとではなかった。

そのことを後水尾上皇に伝えなければと遠州は思った。

だが、そう考えると同時にまた目眩《めまい》におそわれた遠州はたまらず床に臥《ふ》せった。

寒気が厳しくなり、薄曇りの空から霰《あられ》が降り出した。

◇

元和六年二月――

遠州は藤堂高虎に呼ばれて、京の自邸から隣の藤堂屋敷に赴いた。

高虎は奥座敷で遠州の訪れを待っていた。

しかし、遠州が座敷に入っても腕を組んで物思いにふけっており、何も言わずに黙ったままだった。

高虎はこの年、六十五歳になる歴戦の古豪であり、加藤清正《かとうきよまさ》と並ぶ築城の名人だった。主君を七度替えたと言われ、

――裏切者

である、などと世間で陰口されるが、高虎自身は仕えた主人を一度も裏切ったことはない。

ただ、仕えた主君の浅井長政《あざいながまさ》、豊臣秀長《とよとみひでなが》、秀保《ひでやす》が戦に敗れて亡んだり、病で亡くなったりしたため転々と主君を替えざるを得なかっただけだ。

武士としては主人運が悪かったとも言えるが、それでも大名にまで伸しあがってきたのは、実力があればこそだ。

家康は高虎を信頼し、臨終の床に召した際、

「そなたのおかげで天下の泰平を迎えられた」

と手をとって感謝した。さらに家康は枕頭《ちんとう》に控える側近たちに、

「国家の一大事あらば、一の先手は高虎、二の先手は井伊直孝と定めよ」

と言い遺《のこ》した。譜代筆頭の井伊直孝よりも高虎を重んじたのである。

高虎は六尺二寸（約百九十センチ）の大男で、しかも体中に戦で受けた弾傷や槍傷《やりきず》が隙間なくあった。さすがに白髪になり、顔のしわも深いが、壮気は衰えていない。

それほどの猛者《もさ》である高虎は黙っているだけで、重々しく威圧してくるものがあった。

遠州は堪《こら》えきれずに、

「義父上、いかがなさいましたか」

と声をかけた。高虎はふと気づいたように腕をほどき、遠州に顔を向けた。

「ちと、厄介なことで頭を悩ませておる」

苦い顔で高虎は言った。

「義父上様ほどのお方が思い悩まれるとは、いかなることでございましょうか」

「お与津御寮人《よつごりようにん》のことだ」

高虎は顔をしかめた。

「それは難儀な話でございますな」

遠州は眉をひそめた。

お与津御寮人は、後水尾天皇の典侍《ないしのすけ》、すなわち側近くに仕えている女官だが、帝《みかど》の寵愛《ちょうあい》を受けていることは朝廷で知らぬ者はない。

徳川家康は後水尾天皇の即位にともない、和子の入内を申し入れて、慶長《けいちょう》十九年四月、正式に決まりはしたものの、その後、大坂の陣が起き、元和二年には家康が亡くなったため延期された。

元和四年に女御御殿の造営が開始されたが、この年、朝廷と幕府の間にはわだかまりができた。

十月にお与津御寮人が後水尾天皇の第一子である皇子を産んだのである。皇子は賀茂宮《かものみや》と称された。

徳川秀忠はこれを怒って和子の入内を延期させた。

そしてようやく翌年になって和子の入内が進められようとしたとき、お与津御寮人が身籠《みご》っていることが発覚した。

後水尾天皇が和子入内を快しとせず、お与津御寮人を寵愛することで、少しでも入内を遅らせようとしているのは明らかだった。

このことに憤った秀忠は五月に上洛するや、皇妃ではなく女官に過ぎないお与津御寮人の懐妊を宮中の風紀の乱れであるとして糾弾した。

お与津御寮人と第二子の皇女梅宮《うめのみや》を宮中から追放し、お与津御寮人の実兄である四辻季継《よつつじすえつぐ》と高倉嗣良《たかくらつぐよし》を九州の豊後《ぶんご》に、さらに宮中取締りの責任者として万里小路充房《までのこうじあつふさ》を丹波篠山《たんばささやま》にそれぞれ配流した。

秀忠の怒りはそれでも収まらず、後水尾天皇の側近である中御門宣衡《なかみかどのぶひら》、堀河康胤《ほりかわやすたね》、土御門久脩《つちみかどひさなが》の朝廷への出仕を停止にした。

これらの処罰に対して後水尾天皇もまた憤りを募らせ、譲位すると言い出した。

後水尾天皇が譲位すれば、たとえ和子が入内して男子を産んでも東宮になるとは限らず、帝の外戚になろうと目論《もくろ》んだ家康の遺志は果たせないことになる。

後水尾天皇があくまで抗《あらが》う姿勢を見せたことで秀忠は困惑していた。

「わしは上様より、譲位を思い止まるよう帝を説得せよと命じられた。しかし、どのようにすればよいのか。皆目、見当がつかぬ」

珍しく高虎はため息をついた。

「それは困りました。何分にも帝はお与津御寮人をいとおしんでおられたようでございますから、お怒りはとけそうにもございません」

「そのことよ。帝といえども女人をいつくしむ気持はわれらと変わらぬであろう。それだけに無理やりに事を進めれば、さらにこじらせて、せっかくの和子様入内の話が立ち消えになってしまうかもしれぬ。そんなことになろうものなら、わしは亡き大御所様にあの世で顔向けができんのだ」

「まことにさようでございますな」

もっともであるとばかりに深くうなずく遠州を見据えて、

「どうじゃ、何か知恵はないか」

と高虎はいかつい顔で問いかける。困って首をひねるうちに遠州はふと、思いついた。

「帝のお怒りは、すぐにはとけぬかと存じます。されば帝に近しい方にお願いをしてみてはいかがでしょうか」

「帝に近しい方だと。どなただ」

目を光らせて高虎は遠州の顔を覗《のぞ》き込んだ。

「左大臣近衛《このえ》信尋《のぶひろ》様でございます」

「近衛様か――」

と感じ入ったように言った高虎は、なるほどな、と言葉を継いだ。

信尋は後陽成天皇の第四皇子だったが、公家筆頭の近衛家に嫡子がいなかったため、母方の伯父《おじ》である近衛信尹《のぶただ》の養子となった。

養父信尹は能書家で三藐院《さんみやくいん》流の祖となったが、信尋もまた書に長《た》けており、文事の素養が深いことで知られていた。

実兄である後水尾天皇とは風雅を通じて親しく交わり、兄弟仲がよかった。この年、二十二歳である。

十一年後の寛永八年には、六条三筋《みすじ》町一の名妓《めいぎ》、吉野《よしの》太夫《だゆう》を京の富商、灰屋紹益《はいやしょうえき》と競った。太夫が紹益に身請けされた際には大いに落胆したと伝えられる。風雅を好む洒脱《しゃだつ》な人柄の貴公子だった。

「そなた、近衛様に伝手《つて》はあるのか」

乗り気になった高虎は声を低めて訊いた。

「信尋様は、古田織部《ふるたおりべ》師匠の茶の弟子ですから、いわばわたしとは同門でございます」

「ほう、そうか。それなら話の持っていきようがあるな」

目を輝かせた高虎は大きくうなずいた。

「はい、それに以前、少し気になる噂を耳にしたことがございます」

「なんだ。もったいぶらずに早く言え」

遠州はあたりをうかがいつつ、声をひそめた。

「信尋様は、帝のご寵愛を受ける前、お与津御寮人に思し召しがあった、というのです。ですが、帝がご寵愛になられたゆえ、諦《あきら》められたという話でございます」

遠州の話を聞いて高虎は膝をぴしゃりと叩いた。

「それはよい。さようなことであれば、いまお与津御寮人がどのような心持ちでいるかも知っておられよう。そこが攻め口になるぞ」

高虎は武将らしい破《わ》れ鐘《がね》のような声で言ってのけると、また腕を組んで考え始めた。しばらく沈思黙考していた高虎は、やがて大きく頭を縦に振り、遠州に顔を向けた。

「そなた、近衛様を茶会に呼ぶことはできようか」

「おそらく大丈夫だと存じますが、いかがなさるおつもりでございましょうか」

「わしも茶会に出て、近衛様と話す。いかに帝を説いたらよいか、教えを請おうと思うのじや」

「わかりましてございます」

遠州が応じると、高虎はにやりと笑った。

「どうやら、また一番槍の手柄をあげられそうだ」

からからと笑う高虎を遠州は不安げに見つめた。

幕府の命によって切腹して果てた織部の弟子であっただけに、信尋は徳川家を快く思っていないだろう。後水尾天皇と同じように敵意を抱いているのではなかろうか。

決して楽観はできないと遠州は思った。


三日後――

遠州の招きに応じて信尋が小堀屋敷を訪れた。

相客がいるのを知らされずに離れの茶室で高虎と顔を合わせたのだが、信尋は顔色も変えなかった。公家らしい、色白で品のある顔立ちをした信尋は、高虎に臆《おく》することなく、悠然と茶を喫した。

信尋に続いて遠州が点てた茶を飲み干した高虎は、茶碗をゆるりと置いて、武骨な言葉つきでさりげなく切り出した。

「左大臣様、それがし、ちとお願いの儀がございます」

「何でしょうか」

信尋は前を向いたまま、ひややかに応じた。高虎は、信尋をじろりと見てから口を開いた。

「腹の切りようでござる」

思いがけない言葉に信尋はぎょっとして息を呑んだが、すぐに、

「これやから、武家は嫌や。死ぬと言えば、何でも思い通りになると勘違いしておる」

とつめたく言った。

「ほう、武士が切腹する覚悟で申すことは勘違いでござるか」

高虎が低い声で言うと、信尋はちらりと高虎を見て皮肉な笑みを浮かべた。

「脅してもわたしには通用せぬ。わたしに何か頼みたいことがあったのやろうけど、頼み方を間違えましたな」

高虎はゆっくりと頭を横に振った。

「いや、さようではございません。それがしの脅しに震え上がるような方なら、お頼みしても何事もできぬでしょう。近衛様のように肝が据わっておられる方でなければならぬと思い、無礼を申し上げました。お許しくだされ」

手をつかえた高虎は深々と頭を下げた。

信尋はその姿を見て苦笑した。

「脅したり、すかしたり忙しいことやな。頼みというのは徳川和子の入内のことやろ。わたしも幕府と朝廷の間が抜き差しならんことになってはいかんと思うてはいるのや」

「おお、それではお手を貸してくださいますか」

大声で言いながら高虎は素早く身を起こした。

「そうしてもよいが、わたしが何を言おうと、主上《おかみ》はお考えをあらためることはないやろな」

信尋があっさりと言ってのけるのを、高虎は意に介する様子も見せずに言葉を継ぐ。

「されど、何かやり方はあると思うておられましょう」

「ほう、なぜ、そう思うのや」

信尋は面白そうに高虎の顔を見つめた。

「近衛様は、できぬと思われる話には無駄に時を費やしはなさらず、黙って帰られるお方かと存じます」

高虎は嚙《か》んで含めるように言った。

「なるほど、武家も齢《とし》を重ねれば少しは賢くなるのやなあ」

嘲弄《ちようろう》するような口調で信尋は言い返す。高虎は眉一つ動かさず、粘り腰で信尋の次の言葉を待った。

不承不承の面持ちで信尋はおもむろに口を開いた。

「この件で主上のお考えを変えられるのは、お与津御寮人だけや。わたしの邸《やしき》なら、呼べばお与津御寮人は来るやろうから、天下の茶道名人、小堀遠州が茶を点てるからおいでと誘うたらええやろ。そのうえで、お与津御寮人に主上に文《ふみ》を書いてもらうよう頼むのや。言うまでもないことやけど、ただというわけにはいかんから、金も用意してや。お与津御寮人はいま親戚筋の公家の邸におるのやが、肩身が狭かろうし、これからの暮らしも大変やろからな」

明るく言い放った信尋は、にやりとして付け加えた。

「公家はいつも生きる算段をしてるのや。そこが死にたがりの武家との大きな違いやなあ」

仏頂面になった高虎をよそに、遠州は素知らぬ顔をして、茶を点て始めた。


三日後——

信尋から使いが来たのを受けて、高虎と遠州は近衛邸に赴いた。茶道具は先に家僕に届けさせている。

柔らかな薄日が差して春めいた日だった。

訪いを告げると、応対に出てきた家司《けいし》が、すぐに遠州ら二人を奥座敷に案内した。

台子《だいす》に茶の支度がしてあり、信尋と草花模様の唐織《からおり》の雅《みやび》な搔取《かいどり》を身にまとった垂髪《すべらかし》の女人がすでに座って待っていた。

二人が座ると、信尋はにこりとして、

「お与津御寮人や、今日は無理を言うて来てもろうた」

と言った。

「藤堂和泉守《いずみのかみ》にございます」

高虎はかしこまった顔で両手をつかえて名のり、神妙に頭を下げた。

高虎に続いて名のった遠州は落ち着いた物腰で釜の前に座った。すでにほどよく炭は熾り、湯が沸いて松籟《しょうらい》の音が響いてきた。

お与津御寮人は練絹《ねりぎぬ》のようななめらかに白い肌に細筆で描いたような繊細な顔立ちをしている。高虎と遠州の挨拶に目もくれず、身じろぎもせずに端然と座っている。

遠州が茶を点て始めると、お与津御寮人は信尋に話しかけた。

「信尋様、きょうは遠州殿の茶を楽しみにして参りましたが、それだけのご用事ではなかったのでございますね」

信尋は面目無げに笑った。

「このひとたちにぜひに、と頼まれてな。何かあなたに訊きたいことがあるそうや」

信尋の取りなしにもお与津御寮人は応じる気配は見せなかった。

やがて茶を点て終えた遠州は、お与津御寮人の前に赤楽《あからく》茶碗を置いた。お与津御寮人はゆったりとした所作で茶碗を手に取り、静かに茶を喫した。

頃合いを見計らい、高虎は、えへん、と咳《せき》払いしてから、

「それがしの頼みとは帝へ文を認《したた》めていただきたいということでございます。どうかお願い申し上げます」

と言って、また深々と頭を下げた。袖《そで》で口をおおい、ほほ、とお与津御寮人は笑った。

「何の文を書けと言わしゃりますのか。まさか、わらわを宮中より追い出した徳川様のために、決して譲位などされてはなりませぬ、と文に認めよと申しておるのではございますまいから、そもじの言わしゃることが、とんとわかりませぬ」

お与津御寮人の口調の強さにも高虎はたじろがない。

「いや、さように伝えていただきたいのでござる。幕府がいかに暴慢であろうとも譲位をされてはならぬ、と」

お与津御寮人は振り向いて高虎を見据えた。

「なぜ、わらわがさようなことをいたさねばなりませぬのか」

「さればでござる――」

高虎はお与津御寮人ににじり寄ると、いきなり左手をとった。しなやかな白い手が、日に焼けて農夫のようにごつごつとした高虎の手に握りしめられた。

とっさに信尋は表情を強張《こわば》らせた。

「藤堂、何の真似や。無礼にもほどがあるぞ」

信尋の叱責《しっせき》が耳に入らぬかのように高虎はお与津御寮人の手を握ったまま涼しい顔をして言った。

「まことに美しく、えも言われぬほどにやわらかき手でございまするな。それがしなどとは大違いじゃ」

言うなり高虎はお与津御寮人の手を放したうえで、両手をお与津御寮人の前に突き出した。何本かの指が欠けている。爪が失《な》くなっている指もあった。

「戦場働きの名残でござる。それがしの体は隙間もないほど鉄砲傷や槍傷だらけでございます」

お与津御寮人は引眉《ひきまゆ》をひそめた。

「女子《おなご》に武功誇りをして何が嬉《うれ》しいのでございましょう。見苦しゅうありませぬか」

「いや、誇っておるのではなく、恥じておるのでござる。公家衆に比べれば、われら武家は虎《こ》狼《ろう》にござる。生きるか死ぬか、殺すか殺されるかで世を渡って参りました。それゆえ、戦は飯の種でござった」

「何を言っておられるのか、とんとわかりませぬ」

お与津御寮人はそっぽを向いた。しかし、高虎は構わずに話を続ける。

「戦国の世はわれらにとってはまさしく飯の種でござった。されど、神君家康公が天下を鎮められ、戦の根を絶たれた。それゆえ、われらは飯の種を絶たれたことになります。されど、われらは辛抱いたします。何のためかおわかりか」

「武家の心などわかりとうもありませぬ」

「さよう、虎狼の心などわかりたくもないのはもっともでござる。されど、いま虎狼どもが天下静謐《せいひつ》を求めて戦を望んでおらぬことはおわかりになられましょう。されば天下泰平のため、武家は辛抱をいたします。帝にも辛抱をしていただきとうござる。皆が辛抱してこそ天下は泰平となるのでござる」

お与津御寮人はきっとなって高虎を見据えた。

「わらわにも天下泰平のための生贄《いけにえ》になれと言わしゃりますのか。それによって徳川だけがわが世の春を楽しもうというのであらしゃいますか」

逆らう素振りも見せず、高虎は大きく頷《うなず》いた。

「さような者もおりましょう。されど、それゆえにこそ、わが身を泰平の礎《いしずえ》とすることを厭《いと》うならば、この世から戦は無くなりますまい。大事なのは、おのれがいかに生きるかでござる。埒《らち》もない者のことは忘れて生きるしかないと、それがしは思い定めております」

真摯《しんし》な高虎の言葉を黙って聞いていたお与津御寮人は、しばらくして、

「おっしゃることはわかりました。されど、女子ひとりの身にさように大層な荷を背負わせるのは、やはり、酷《むご》い所業やと思います」

と低い声で告げてから、信尋に顔を向けて言葉を継いだ。

「きょうはもう帰らしてもらいます。藤堂様から言われたことへのお返事はあらためていたします」

信尋はうなずいて答えた。

「何も無理なさることはない。われらの手の及ばぬところで起きていることや。手の届くところにおる者が何とかしたらええだけの話や。われらが気に病むことはない」

そうどすな、と言ってお与津御寮人は微笑み、立ち上がって、辞去していった。

高虎は陶然とした表情で、

「なんともかぐわしき匂いじゃ。お与津御寮人の残り香であろうか」

とつぶやいた。

翌日にはお与津御寮人から信尋に文が届いた。信尋はその文を黒漆塗りの文箱《ふばこ》に入れて高虎のもとへ送った。

文に何が書かれていたか遠州は知らされなかった。

それから間もなく高虎は宮中に参内して不敬とも言える暴言を吐き、朝廷を震え上がらせて一気に和子入内を進めた。このとき、後水尾天皇は譲位をせず、幕府と朝廷の間は一応の静まりを見せたのである。


徳川和子の入内から六年後――

寛永三年九月、後水尾天皇が二条城に行幸した。

九月二十二日、遠州は京の六角越後町の邸に近衛信尋と藤堂高虎、そして儒学者の三宅亡羊《みやけぼうよう》を招いて茶会を開いた。

遠州はこの時期、尾張《おわり》大納言徳川義直《よしなお》ら二条城行幸をお膳立てしたひとびとを慰労する茶会を催しており、信尋と高虎を招いての茶会も同様だった。

正客《しょうきゃく》が信尋、次客《じきゃく》が亡羊、詰《つめ》が高虎だった。

遠州が釜に向い、作法通りに茶を点て始めると、高虎が無遠慮な声で、

「よい匂いがするな。香を薫《た》いたのか」

と訊いた。遠州は茶筅《ちゃせん》を動かす手を止めずに答える。

「さようにございます。今日は何とのう、さような心持ちになりました」

遠州は席入りの前に古銅《こどう》獅子形の香炉で茶室に香を薫きこめていた。

「香炉を拝見いたしたいな」

信尋に所望されて、遠州は茶を点てた後、棚に置いていた獅子香炉を盆に置いて信尋の前に置いた。信尋は香炉には手をふれず、盆ごと持ち上げて香を聞いた。

「伽羅《きやら》か――」

信尋が嘆声を発した。

「行幸のおり、帝より下賜されたものでございます」

遠州は手を膝に置き、低頭して言った。

行幸にあたって遠州や細川三斎《ほそかわさんさい》ら十三人が後水尾天皇から名香の伽羅を拝領していた。遠州は頂戴《ちょうだい》した伽羅に、

――初音《はつね》
という銘をつけていた。この茶会で初音の一部を薫いたのである。

香炉の盆は信尋から亡羊へとまわって、高虎に渡された。

高虎は盆を持ち、香を聞くなり、

「これはお与津御寮人の匂いに似ている」

とつぶやいた。それを聞いた遠州は行幸のおり、後水尾天皇から下問があったことを思い出して、

「義父上、元和六年の参内のおりに、義父上が埋火と言ったのは何のことであったかと帝より、お訊ねがありました。そのときはわからないまま、わたしが作りました、〈埋火〉の銘がある茶杓に添えた和歌について申し上げましたが。違いましたでしょうか」

と問うた。すると高虎はむっつりとして答える。

「違うな」

にべもない高虎の言葉に遠州は苦笑した。

「では、埋火とは何のことなのでございましょうか」

「そなたの持つ茶碗の中に埋火という銘のものがあったであろう」

高虎のそっけない答えに、遠州は、

「なるほど、灰被天目茶碗でございますか」

と目を瞠ってうなずいた。

天目茶碗とは鎌倉時代に中国から渡ってきた唐物《からもの》である。浙江《せっこう》省天目山で使われていた茶碗とされ、「天目」と呼ばれた。

茶碗の景色から曜変《ようへん》天目、油滴《ゆてき》天目など七種類の「天目」があるが、侘《わ》び茶を唱えた村田珠光《じゅこう》ははなやかな曜変天目などより、侘びた風情がある灰被天目を好んだという。

「灰を被《かぶ》るとは埋火のことかもしれぬ、とそなたは申した。さらに、埋火のせつなさを歌った和歌をわしに教えてくれたではないか」

高虎が言うと、遠州は首をひねった。

「さようなことがございましたか」

「そうだ、かような歌であった」

高虎は膝に手を置いて、野太い声で詠じた。

なかなかに消えは消えなで埋み火のいきてかひなき世にもあるかな

『新古今和歌集』にある権僧正永縁《ごんのそうじょうようえん》の和歌だ。

消えかけて、なお消えずにいる埋火のようにこの世に留《とど》まっていることが虚《むな》しいという歌意であろう。

「お与津御寮人は帝に譲位されぬよう女官を通じて奏上することを文でわしに伝えてきた。その文には、すでに世の中から隠れたつもりであったが、かようなことで表立つところに出されるのは虚しいという嘆きが認められておった。わしはそれを読んで、そなたから聞いた埋火の和歌を思い出した。お与津御寮人は埋火のごとき思いを胸に納めた、まことに清々《すがすが》しき女人であった」

高虎はため息まじりに嘆じた。

「それゆえ、参内されたおり、帝に、埋火にございますと言われたのでしょうか」

遠州は高虎の顔を見つめた。豪胆で、どのような敵にも打ち勝ってきた高虎にこれほどやさしい情があったのか、と驚いた。

高虎は苦笑した。

「お与津御寮人の奏上があったからには、帝はもはや譲位されぬであろうと思った。それゆえ、参内して無理を押し通した。わしが憎まれ役になって幕府と朝廷の間が収まればよいと考えたのだ。しかし、それだけに帝にお与津御寮人の心を覚えていていただきたいと思ったのだが、わしは言葉を知らぬ。舌足らずな物言いになってしまった」

「おそらく、帝の胸に届いたのではありますまいか。だからこそ、わたしにご下問があったのだと存じます」

「そうであればよいが。お与津御寮人は、いまはいかがされているのであろうか」

高虎はつぶやいて目を閉じた。信尋もお与津御寮人の消息は知らないらしく、何も言わない。するとそれまで黙して話を聞いていた亡羊が身じろぎして口を開いた。

「お与津御寮人は落飾して嵯峨野《さがの》に隠棲《いんせい》しておられます」

亡羊の言葉に高虎ははっと目を見開いた。

「尼になられたのか」

「さようでございます。わたくしはお与津御寮人の実家である四辻家とはかねて親しくしておりましたので、禁裏を出られた御寮人のことも存じ上げております。御寮人様の御子、梅宮様は四辻家でお育てになっており、間もなく公家に嫁がれるそうです。御寮人様は明鏡院《めいきょういん》という法号を受けておられ、おそらく一切の曇りがない、澄み切った鏡のような心境でおられるのではございますまいか」

「そうであったか」

高虎はほっとした表情になって静かに息を吐いた。

亡羊は微笑を浮かべた。

「いつぞや、明鏡院様をお訪ねしたときに不思議なお話をうかごうたことがございましたが、藤堂様のことでございましたか」

「わしのことをお与津御寮人が話されていたと言われるのか」

高虎は怪訝《けげん》な顔をした。

「さようでございます」

亡羊はうなずいて話し始めた。


お与津御寮人がひそかに暮らす明鏡院は嵯峨野の一角にあった。亡羊が訪ねたおりは、すでに紅葉が始まっていて、近くに見える山の木々の彩りが美しい。

亡羊が訪いを告げたとき、お与津御寮人は竹箒《たけぼうき》を手に庭を掃いていた。亡羊が挨拶をすると、

「世俗の方と話をするのはひさしぶりです」

と笑みを浮かべて会釈を返した。

「もはや、俗世への未練はございませんか」

亡羊がたしかめるように訊くと、お与津御寮人はうなずいて、

「あるおひとが未練を断ち切ってくださいましたゆえ」

としみじみとした口調で言った。

「ほう、さような方がおられましたか」

「はい、わたくしは帝のご寵愛を受けましたが、それは徳川様に抗いたいという帝のお気持が

あってのこと。入内されてより、帝は和子様をいとおしむ心があらしゃいましたのかと、憂き身をやつす思いをいたすこともございました」

「さて、それはいかがでしょうか」

亡羊が慰めの言葉を挟もうとすると、お与津御寮人は微笑んでわずかに頭を振った。

「いいえ、よいのです。そのお方はわたくしを叱り、諫《いさ》めてくださいました。大事なのはおのれがいかに生きるかだと。あのようなことをひとから言われたのは、初めてでございました」

「その言葉が胸に響かれたのですな」

「さようでございます。生まれて初めて、ひととしてあつかわれたような気がいたしました」

お与津御寮人は静かに告げた。

ひとの縁の交わりにふれて、亡羊は心を動かされたように声を高めて言葉を継いだ。

「出会うべきひとに出会われたということでございましょう」

「ひとは会うべきひとには、いつか巡り合えるものなのですね」

お与津御寮人が答えたとき、庭先の色づき始めた紅葉が風に揺れてひとひら舞った。


亡羊が話し終えると高虎はううむ、と顔を赤らめてうなった。

信尋がはは、と笑った。

「なるほど、ひとの心というのは届くものなのやなあ」

遠州はうなずいた。

「さようでございます。相手のためによかれ、と思う心は身分も齢の差も超えて伝わり、この世を生きて行く縁《よすが》となるようです」

高虎は茫然《ぼうぜん》としていた。

「わしは生涯を戦場で生きてきた。かような心持ちになったのは初めてじゃ」

遠州は高虎を見つめた。

「どのような心持ちでございますか」

恥ずかしげに高虎は答えた。

「お与津御寮人にすこやかに生きていただきたい。そうであれば、わしも真っ直ぐに生きることができるであろう、という心持ちじゃ」

「義父上とお与津御寮人の心に通じ合うものがあったのです。それが茶の湯の心であろうか、と存じます」

遠州が言うと、信尋が手を叩いて、

「なるほど、茶の湯の心とは男と女子の恋に似ているのやなあ」

と感心したように言った。

遠州は、もう一服進ぜましょう、とつぶやいて茶杓に手を伸ばした。

〈埋火〉の茶杓である。

桜ちるの文

――正保《しょうほう》四年（一六四七）一月

遠州《えんしゅう》は寝たり起きたりの日々が続いていた。そんな中、枕元に詰めるのは、妻の栄《えい》だった。

ある日、遠州は病床に身を起こし、薬湯《やくとう》を飲みながら栄と取りとめのない話をしていて、ふと、

「今年の桜を見ることができるかどうかじゃな」

とつぶやいた。このまま世を去り、桜を見ることはないのではないか。そんな気がしたのだ。

栄は微笑《ほほえ》んで、

「さようにお気の弱いことでいかがされます。去年、見ることができた桜ならば、今年も見ることはできましょう」

と言った。遠州はうなずく。

「去年、見たものは、今年も見ることができるであろう、とはよき言葉だな」

「さようでございますか」

栄は遠州が飲み終えた薬湯の茶碗《ちゃわん》を受け取りながら言い添えた。

「お気晴らしに、桜にちなむものをご覧になられてはいかがでしょうか」

「桜にちなむもの？」

「はい、今年の桜を見ようという気持の張りになるものでございます」

「はて、何であろうか」

遠州が首をかしげると、栄は微笑んで、ただいま村瀬《むらせ》殿に持ってきてもらいます、と口にして立ち上がった。廊下に出て女中に何事かを言いつけてから戻ってきた栄は、にこりとして、

「懐かしきものであろうと存じます」

と目を細めた。そうか、とつぶやいて遠州は穏やかな笑みを返した。

間もなく村瀬佐《さ》助《すけ》が桐箱を抱えて部屋にやってきた。

桐箱に目を遣《や》りつつ栄はうなずいた。

「床の間にかけてください」

かしこまりました、と答えて佐助は桐箱の蓋《ふた》を取り、掛け軸を床の間にかけた。それを見て、遠州はため息をついた。

「〈桜ちるの文《ふみ》〉か――」

さようでございます、と栄が答えると、佐助が口を開いた。

「将軍家に献茶されたおりの様が昨日のことのように思い出されますな」

感無量の面持ちで口にする佐助に遠州は大きく頭を縦に振った。

〈桜ちるの文〉とは藤原定家《ふじわらのていか》筆の掛物である。

紀貫之《きのつらゆき》の和歌、

桜散る木《こ》の下風《したかぜ》は寒からで空に知られぬ雪ぞ降りける

と凡河内躬恒《おおしこうちのみつね》の和歌、

我がやどの花見がてらに来る人は散りなむのちぞ恋しかるべき

の二首の上の句が書かれていることから〈桜ちるの文〉と呼ばれるようになったという。

遠州は定家を尊敬しており、定家様《よう》の書をよくするほどだった。それだけに〈桜ちるの文〉を茶席の掛物にすることを遠州は好んだ。

寛永《かんえい》十三年（一六三六）五月二十一日、遠州は品川《しながわ》御殿で催された茶会で三代将軍徳川家光《とくがわいえみつ》に茶を献じた。家光は品川の海や丘の景色を好み、鷹狩《たかがり》などの際にたびたび訪れて、品川御殿の茶屋で茶会を行った。

このおりの茶会記には、

一、御床　定家　桜散之文
前ニ二本足ノ棚　上堆朱《ついしゆ》之布袋香合《ほていこうごう》、鳥之堀物盆《ママ》ニノル
下ニ金ノ獅子之香炉
一、利休金風呂　驢馬《ろば》之釜
一、水指《みずさし》棚　上　茶入鶴首、ユテキ天目、
フヤウノダイニ乗、茶杓《ちやしやく》、茶巾《ちやきん》、茶筅《ちやせん》、
　　　　下　からかねの水さし

と記されており、床の間の掛物は、

定家　桜散之文

である。茶会はさらに遠州好みで設《しつら》えた数寄屋《すきや》でも行われた。こちらの床には小堀《こぼり》家の重宝である、石渓心月《せっけいしんげつ》の墨跡を掛け、古銅《こどう》四方花入《はないれ》に徳川家の紋でもある葵《あおい》と姫百合《ゆり》を活《い》けた。茶碗は本阿弥光悦《ほんあみこうえつ》に依頼して作った〈膳所《ぜぜ》光悦〉、水指は遠州が自らの屋敷で高取八山《たかとりはちざん》を指示して作った〈焼物瓢簞《ひょうたん》〉を用いて、遠州の茶道を表した。

さらに〈御涼所《おすずみどころ》〉に移って紫陽花《あじさい》三輪を家光の前に置いた。家光に花を活けてもらい、将軍の雅《みやび》を世に伝えようとしたのである。

遠州は品川で家光へ献茶した際のことを思い出して、

「まこと、はなやかな茶席であった。わたしの茶人としての盛りはあのおりであったかもしれぬな」

と懐かしげに言った。事実、遠州が将軍家茶道指南役として天下に知られたのは、この献茶からだった。

「あのような茶をまた点《た》てる日もございましょう」

栄が言葉を添えると、遠州は苦笑した。

「さて、そうありたいものだが、わたしのなすべきことは、すべて終わったようにも思える」

遠州の言葉を聞いて、佐助が膝《ひざ》を進めた。

「何を仰せられますか。茶は出会いのためにある、と旦那《だんな》様は教えてくだされたではありませんか。まだまだ、出会わねばならぬ方もおられましょう」

「それはそうだが、茶は出会いのためでもあり、別れを惜しむためのものでもある。そう言えば品川で将軍家へ献じたのも別れのための茶であった」

佐助は首をかしげた。

「はて、あのおり、上様とお別れする方があの場におられましたか」

「いや、あの場にはおられなかった。だからこそ、別れの茶であった」

遠州は感慨深げに言った。

「どなたとのお別れだったのでございましょうか」

栄が訊《き》くと、遠州はしみじみとした口調で答えた。

「仙台《せんだい》の伊達《だて》政宗《まさむね》公じゃ」

伊達政宗と聞いて栄と佐助は顔を見合わせた。

伊達政宗は戦国生き残りの古豪だが、千利休《せんのりきゆう》や古田《ふるた》織部《おりべ》を師として茶を稽古《けいこ》した。仙台に織部の弟子で遠州とは同年の清水道閑《しみずどうかん》を招いて茶頭《さどう》としていた。このため、仙台では茶の湯のことを〈どうかん〉と呼ぶという。

家光もまた茶の湯を好んだが、それとともに戦国の古豪で、

——独眼竜
とまで名を馳《は》せた政宗に好意を抱き、しばしば呼び出しては戦にまつわる話を聞いた。さらに、政宗の点前《てまえ》で茶を喫することを楽しんだ。

あるとき、家光が江戸の伊達屋敷を訪れた。いわゆる、

——御成り
である。将軍が訪れることは大名にとってこのうえない名誉であるだけに、接待には心を砕く。

政宗は自ら家光に茶を献じることにして、茶室の水屋で支度をしていた。そこへ、旗本で茶人でもある佐久間将監《さくましようげん》が桐の箱を持ってやってきた。将監は、遠州より九つ年上で幕府の作事

奉行を務めるなど経歴も似ていた。

なぜ、将監が水屋に来たのか、と政宗は訝《いぶか》しげな目を向けた。将監は桐の箱を置いて、

「上様より下されものの茶入れでございます。ありがたく拝領なされよ」

と重々しく言った。いまから臨《のぞ》む茶席で使うようにとの配慮によるのであろうと察したが、政宗はじろりと将監を見て、

「それには及びませぬ」

とあっさり答えた。将監は目を剝《む》いた。

「それには及ばぬとはいかなることでございましょうか。上様の下されものにございまするぞ」

将監はあわてて言い募った。しかし、政宗は口をへの字にして返事もしない。将監は重ねて頂戴《ちょうだい》するように言ったが、政宗の不機嫌そうな顔を見て、しだいに恐ろしくなって這《は》う這《ほ》うの体《てい》で水屋から出ていった。

家光のもとに戻った将監は、かくかくしかじかであると、政宗が茶入れを受け取らなかった次第を述べた。

家光が怒るのではないかと恐れ入った将監は、手をつかえて頭を下げた。だが、家光は、

「さようか」

と口にしただけで、さして気にした様子もなかった。

やがて献茶が始まり、政宗が茶を家光のもとに運んだ。すると家光は羽織《はおり》の袂《たもと》から先ほどの

茶入れを取り出して、

「これを遣《つか》わすぞ」

と言った。政宗がためらいもなく恭《うやうや》しく受け取り、

「ありがたく存じます。先ほど、佐久間将監が水屋に参って上様よりの下され物として渡そうとしましたが、かしこくも上様からのお品を水屋で頂戴するわけにもいかず、お返しいたした次第でございます」

と言うのを聞いた家光は大笑いして上機嫌になった。

政宗が水屋で茶入れを受け取らなかったのは、同じ下され物を受け取るにしても、家光から直《じか》にでなければ格が下がるという思いがあったからだろう。

豊臣秀吉《とよとみひでよし》、徳川家康《いえやす》ら天下人を相手に生き抜いてきた政宗らしい豪胆な機略だった。家光も祖父家康を崇拝し、戦国の気風に憧憬《しょうけい》の念を抱いているだけに、政宗の剛毅《ごうき》な振る舞いを好んでいた。

遠州がそんなことを話すと栄は首をかしげた。

「ですが、品川での茶席が上様と伊達様の別れの茶であったとはどういうことでございましょうか」

「あのころ、伊達様は重篤の病を得ておられた。上様は風光明媚《ふうこうめいび》な品川を楽しまれながらも、伊達様が間もなく旅立たれるであろうことを寂しく思われていた。それゆえ、〈桜ちるの文〉を床《とこ》に掛けられたのだ」

佐助は頭を大きく縦に振った。

「では、あの散る桜とは伊達様のことでございましたか」

「そうだ。わたしにとっても伊達様は忘れ難き御方であったゆえ、心をこめて茶を点てたのを覚えておる」

しみじみと語る遠州を、栄は微笑んで見つめた。

「伊達様は、さほどの御方でございましたか」

「さよう、あの方はわたしに、自分は血の水を飲んできた。だから、茶がうまいのだ、と言われた」

「血の水でございますか」

眉《まゆ》をひそめる栄に遠州はうなずいた。政宗はある茶会で遠州と同席したおり、

「われらは戦場を馳駆《ちく》してきたが、戦が長引いてのどが渇いたときに瓢箪の水などとうに飲み干してしまい、難渋することがあった。そんなおり、わしらは戦場の川や池、水たまりの水を飲む。傍らには味方や敵方の兵たちの死骸《しがい》がごろごろしておって、水は血で赤く染まっておる。それでも飲むしかないのだ」

と話した。政宗の言葉を遠州は息を呑《の》んで聞いた。政宗はなおも言葉を継いだ。

「それゆえ、茶の色を見るとほっとする。飲んでみて、血の味がせぬのが、何とも嬉《うれ》しい。それが、わしの茶だ」

遠州は政宗の言葉を思い出しながら言った。

「わたしは伊達様のお話をうかがううちに茶とは何かがわかってきた気がする。この世の見栄《みえ》や体裁、利欲の念を離れて、生きていることをただありがたしと思うのが茶だ。それゆえ、わたしはいささかも血が滲《にじ》まぬ白の茶碗を使ってきた」

「それが、旦那様の茶でございますね」

栄は得心したように声を弾ませた。

遠州は〈桜ちるの文〉に目を遣った。

（武人の茶では政宗公が随一であったかもしれぬ）

そう思うと同時に、政宗の胸に秘めていたものに思いを馳せた。

家光があれほど政宗を好んだのも、政宗の胸中にある哀切な嘆きを知っていたからではないだろうか。

政宗は品川での献茶があって、わずか三日後の寛永十三年五月二十四日、江戸藩邸で没した。

享年七十だった。

◇

遠州が品川で家光に献茶する一年前の寛永十二年正月——

江戸城二の丸の数寄屋で遠州は伊達政宗と向かい合っていた。ふたりとも烏帽子直垂《えぼしひたたれ》姿である。

この月の二十八日、政宗は家光に献茶することが決まっていた。それに向けて、稽古をして欲しいと政宗から遠州は頼まれていた。

遠州が話す、献茶の手順を政宗は熱心に聞いていたが、不意に、

「退屈だな」

とあくびをしそうな顔でつぶやいた。

「退屈でございますか。されど上様に献茶をなされるおりには覚えておかねばならぬことばかりでございますぞ」

遠州は苦笑した。政宗は大真面目な顔で、

「どうあっても退屈なものは、退屈だ。妙だな、わしはかつて千利休殿の茶を飲み、古田織部にも茶を教わったが、かように退屈した覚えはないぞ」

「それは、わたしの茶が退屈だということでしょうか」

遠州は微笑んだ。

「そういうことになるかもしれぬな。退屈だと言われて腹が立ったか」

「いいえ、さようなことはございません。退屈とは、すなわち心が満ちたということでございましょう。心満ちて茶を飲んでいただくのは、わたしの茶の湯の極意かと思っております」

政宗は呵々大笑《かかたいしょう》した。

「退屈とは心が満ちた証《あかし》とは面白いことを言う。利休殿も織部もさようなことは言わなかったぞ」

「利休様は利休様、織部様は織部様、そしてわたしはわたしでございます」

「大層な自信だな。それとも自惚《うぬぼ》れておるだけかな」

政宗はにやりと笑った。

「自惚れとは思いません。なぜなら、もし、今の世に利休様がおられたならば、わたしと同じ茶を点てられると思うからでございます」

「ほう、茶人はそのときの世に合わせて茶を点てるのか」

目を丸くして政宗は言った。

「驚かれるほどのことではございますまい。伊達様こそ、豊臣の世には豊臣に合わせ、徳川様の世には徳川様に合わせてこられたではありませぬか。茶も同じでございます」

「なるほどのう。どうやら、利休殿が言った、泰平の世の茶人とはそなたのことらしいな」

遠州ははっとした。

「利休様がさようなことを言われたのでございますか」

「ああ、あれはわしが、初めて太閤《たいこう》に会ったおりのことであったな」

政宗は昔を思い出すように話した。

伊達政宗が千利休の茶と出会ったのは、天正《てんしょう》十八年（一五九〇）六月、豊臣秀吉の小田原《おだわら》攻めに参陣したときのことである。

政宗は秀吉から度々参陣をうながされながらも、小田原攻めの成り行きを見定めようとして遅参した。

政宗が小田原に着いたときには、すでに北条氏《ほうじょう》の敗色は濃厚で戦は間もなく終わろうとしていた。政宗の参陣はあまりに遅かった。

政宗は、箱根《はこね》の底倉《そこくら》という地に押し込められた。そのとき政宗は、かねて誼《よしみ》を通じていた前《ま》田利家《だとしいえ》に、

「千利休に茶の湯を教えてもらいたい」

と言ってのけた。秀吉が利休の茶を好んでいることを知っての言葉だった。

政宗の本音を言えば、茶などどうでもよかった。ただ、生き延びるためには、何であれ、自分の利になるように使えばいいと思っていた。

案の定、この言葉は秀吉に気に入られた。

政宗は石垣山《いしがきやま》城の普請《ふしん》場に呼び出され、秀吉に謁見した。そのおり、政宗は髪を水引で結び、白麻の死に装束で秀吉の前に出た。

いつでも死ぬという覚悟を見せたのだが、いかにもあくの強い振る舞いだった。だが、これもまた秀吉に気に入られた。秀吉は政宗を許し、日を改めて利休を政宗の宿舎に遣わした。利休がゆったりとした中にも切れ味のいい所作で茶を点てるのを見た政宗は、ふと、

「何と、上方の茶とはさほどに殺気だっているものなのか」

とつぶやいた。利休はゆっくりと頭を横に振った。

「これは、伊達様の真似《まね》でございます」

「わしの真似だと?」

政宗は利休を睨《にら》み据えた。

「さようでございます。伊達様はまるで抜き身の刀同然、いつでも相手に斬りかかろうと焦っておられます。それゆえ、相手も決して油断せず、隙あらば伊達様を倒そうと気を張ります。とても、茶を楽しむゆとりはございますまい」

政宗は苦笑した。

「それでは、茶を楽しむためには相手に斬られるのを厭《いと》わぬと申すのか」

「さようにございます。相手に殺されてもよい覚悟のうえで飲むのが、茶でございます」

利休は政宗の前に赤楽《あからく》茶碗を出しながら口にした。

政宗は利休を見据えて言葉を継いだ。

「馬鹿な。わしは武家だぞ。相手に殺されることほどの恥辱はない」

「では、茶を飲むおりは、武家であることをお捨てください」

平然として利休は言う。政宗は頭を横に振った。

「わしの領国のまわりにおるのは虎狼《ころう》のごとき者たちじゃ。武家であることを捨てれば、たちまち食われよう」

「伊達様はひとであるよりも虎狼であることがお好みでございましょうか」

利休に問われて政宗は考え込んだ。そして、しばらくしてから、

「なろうことなら、ひとでありたいものだな」

とぽつりと答えた。

利休は口辺に微笑を浮かべた。

「それでこそ、東北の地を統《す》べる伊達様でございます。虎狼はどれほど戦に強かろうとも、いずれひとに敗れます。おのれを見失わず、ひとであり続ける者こそが最後に勝つのではありますまいか」

「面白いことを申す」

政宗は赤楽茶碗を手にしてぐいとひと息に茶を飲んだ。

「されど、利休殿、この世は虎狼が互いに争い、食い合っておる。食われたくなければ虎狼となるしかない。めったにひとには戻れぬぞ」

政宗は隻眼を光らせて言った。

政宗が十九歳のとき、父親の輝宗《てるむね》が敵に拉致《らち》されたことがあった。

政宗は家臣たちとともに輝宗を連れ去った敵を追い、見つけるや否や、家臣たちに鉄砲を撃たせた。

父親もろとも敵を屠《ほふ》ったのだ。たとえ、父親を殺してでも敵に屈することをよしとしない政宗の非情さは近隣の大名たちを震撼《しんかん》させた。

さらに政宗は小田原に参陣するにあたって弟の小次郎《こじろう》を自らの手にかけていた。

政宗の母は伊達と並ぶ東北の大名、最上義光《もがみよしあき》の妹で義姫《よしひめ》という名だった。幼いころ疱瘡《ほうそう》にかかって片方の眼を失い、醜い容貌《ようぼう》になった政宗を義姫は嫌い、弟の小次郎をかわいがった。

政宗が小田原に参陣するのが遅れると、このままでは伊達家は秀吉に亡ぼされる、弟の小次郎を立てて秀吉に詫《わ》びようという声が伊達家中に出てきた。その急先鋒《せんぽう》が実の母である義姫だった。

小田原参陣を前に義姫は自らの館《やかた》に政宗を招いて饗応《きようおう》した。政宗は義姫に勧められるままに膳《ぜん》のものを口にしたが、突然、腹痛に襲われた。

毒を盛られたと悟った政宗は急いで居館に戻り、毒消しの薬を服用した。これが功を奏して一命を取りとめた。

政宗は義姫が自分を毒殺しようとしたのだと知って、激怒した。しかし、

「子として母を殺すわけにはいかない」

として小次郎を自ら殺《あや》めた。

小田原に参陣したのは小次郎を死なせてから八日後である。

政宗は肉親の血を浴びて小田原に来ていた。

それだけに心は渇ききっていた。だからこそ、死ぬ前に利休の茶を学びたいと言ったのかもしれない。

利休は政宗を見つめた。政宗がどのように生きてきたかを見透かすような目だった。

「なればこその茶でございます」

政宗はからりと笑った。

「なるほど、千利休殿は天下の宗匠だな。茶の湯の気概においては関白様を超えているようだ」

「さようなことはございません」

利休はとんでもない、と言うようにゆっくりと頭《かぶり》を振った。

「いや、さようだ。利休殿の茶を味わえば、強き者に逆らい、死ぬことになるのではないか。わしは死を恐れぬが、ひとに殺されるのは嫌だ。それゆえ、利休殿には近づくまい」

「ならば、生き抜く茶をなさいませ」

淡々と利休は言った。

「さような茶があろうか」

政宗は首をかしげた。

「天下が鎮まり、泰平の世になれば、さような茶をなす者が出て参りましょう」

「それは、さぞや退屈な茶であろうな」

政宗は鼻で嗤《わら》った。

利休は何も答えず、もう一服、茶を点て始めた。

「つまるところ、泰平の世の茶とは生き抜く茶であろうな」

政宗はしみじみと言った。遠州はうなずく。

「されば、伊達様はとっくの昔に心得ておられることかと存じます」

政宗はふんと笑った。

「わしは命の瀬戸際を何度も切り抜けてきたからな」

つぶやくように言う政宗の顔は老いてなお猛禽《もうきん》の鋭さを秘めている。

政宗は豊臣秀吉から東北での一揆《いっき》の鎮圧を命じられ、蒲生氏郷《がもううじさと》とともにこれをはたした。

だが、実は政宗自身が一揆を扇動しており、これが露見しそうになったとき、一揆を扇動したとされる手紙は偽書であると巧みに言い抜けて命拾いした。

また、秀吉が甥《おい》の豊臣秀次《ひでつぐ》に謀反の疑いをかけた際、秀次と親しかった政宗は罪に問われそうになった。だが、家臣たちが連名で秀吉に嘆願してくれたおかげで危地を脱することができた。

関ヶ原《せきがはら》合戦のおりには、徳川家康につくという旗幟《きし》を鮮明にしていたが、領土欲にかられて一揆を扇動する謀《はかりごと》をめぐらしたことを理由に家康から恩賞を反故《ほご》にされた。

常に野心に満ち、不穏な政宗は秀吉、家康という天下人から警戒され続けたのだ。

(これほどの苛烈《かれつ》さを持つ茶人は利休様と織部様のほかには絶えてなかった)

あらためて遠州は感銘を受けた。政宗はにやりとして、

「さて、それでは退屈な茶の手ほどきをしてもらおうか。もはや、わしにできるのは、かような腰抜けの茶を点てることだけであろうからな」

政宗は憎まれ口を利《き》きながらも、それからは熱心に遠州に稽古をつけてもらった。

二十八日になった。

献茶の席には遠州も連なった。

政宗が献茶に先立って家光に供した料理は、

酒浸けての鯛となまこの向附《むこうづけ》
鶴の汁
石がれいの焼物、鮭のすしの二の膳
鱈の汁
鱒の焼物
かれいのかまぼこ

などだった。

懐石が終わると、政宗は家光から拝領した侘助《わびすけ》の茶入れで茶を点てた。政宗の作法は剛毅でありながら水際立った鮮やかさがあり、家光は上機嫌で茶を喫した。

茶の後は数寄屋から書院に移った。このとき、政宗は、

——柴舟《しばふね》
という銘の香木、伽羅《きやら》を家光に献じた。〈柴舟〉には、

世の業《わざ》の憂《う》きを身に積む柴舟や焚《た》かぬ前《さき》よりこがる覧《らん》

という謡曲『兼平《かねひら》』にちなむ歌が添えられていた。

大名の中でも政宗は細川三斎《ほそかわさんさい》とともに香の素養があることで知られていた。

政宗は上洛《じょうらく》するたびに、関白近衛信尋《このえのぶひろ》を主客に迎えて、香を聞く集まりである〈香筵《こうえん》〉を開いた。

〈柴舟〉は政宗がかねて、子息の忠宗《ただむね》に、ひとに譲ってはならぬ、と言いつけていた名香だった。それだけに家光は喜んで、

「伊達はまことに心利いたことをいたす」

と称賛し、政宗は面目を施した。

その後は能が行われた。酒を飲みつつ、中庭の能舞台で演じられる能を楽しんでいた家光は興がのったらしく、

「伊達に良き役をやろう。実盛《さねもり》の太鼓を打ってみよ」

と政宗に命じた。実盛とは源平合戦に出てくる平家方の老武者斎藤《さいとう》実盛である。実盛は戦場で老いを悟られるのを嫌い、髪を黒く染めて出陣したという。

「承《うけたまわ》って候」

政宗は即座に応じて能装束に着替えた。

装束の表は浅黄《あさぎ》の地に金の紋を浮かせた緞子《どんす》、その上に蔦唐草《つたからくさ》文の箔《はく》押しの肩衣《かたぎぬ》、金の縫箔《ぬいはく》を施した袴《はかま》姿というはなやかさで能舞台に政宗が現われると相伴の大名、旗本から、やんやの喝采《かっさい》が起きた。政宗は落ち着いた様子で、

どん

どん

どーん

と太鼓を打ち鳴らす。見る者に年齢を感じさせないたくましさで、まさに斎藤実盛そのままだった。

「ようできた」

家光は政宗の太鼓を褒め、能舞台から呼んで盃《さかずき》をとらせた。すると、政宗は、

「お目汚しかもしれませぬが、若い者の踊りをご覧に入れましょう」

と言って家臣に目で合図した。すると能舞台にははなやかな染小袖《そめこそで》の小姓達がそれぞれ金扇を持って出てきた。

いずれ劣らぬ美少年ぞろいで、家光は目を輝かせて見入った。家光には男色の趣味がある。そのことを知った政宗は家光を驚かせようと小姓たちの踊りを仕組んだのだ。

遠州は末席に控えて見物していたが、政宗の家光への豪胆な迎合ぶりに舌を巻く思いだった。

やがて余興が一段落したころ、家光は政宗と遠州を前に呼び寄せて、今日の茶事は楽しかったと褒めた。さらに、品川御殿での茶事を遠州に任せようと家光は言った。

「ありがたく存じます」

遠州が手をつかえて頭を下げると、家光はさらに言葉を継いだ。

「その茶事のときには、そなたが秘蔵しておる、定家の〈桜ちるの文〉を掛けよ」

かたわらに控えていた政宗が首をかしげた。

「〈桜ちるの文〉とは何でございましょうか」

と言った。

遠州が〈桜ちるの文〉の謂《いわ》れを説明して、さらに紀貫之と凡河内躬恒の二首の和歌を詠じた。

家光は能舞台に目を遣り、

「あのように美しき者たちも、いつかは散るのだと思えば、あまりにはかなく、哀れではないか」

と言った。その言葉を聞いて、政宗が突然、はらはらと涙を流した。あっけにとられた家光が、

「伊達、いかがいたした」

と訊くと、政宗は懐紙で涙を拭《ぬぐ》って笑った。

「御懸念なく。年を取りましたゆえ、ひとの哀れが身に染みます。ただいまの上様のお言葉にて思わず、昔を思い出してございます」

「昔をな――」

家光は眉をひそめた。政宗はそれ以上、何も語らず、家光もまた口を閉ざしたままだった。

三日後——

遠州は政宗から屋敷に来てもらえないだろうか、という招きを受けた。

すぐさま遠州が赴くと、伊達屋敷の茶室に招じ入れられた。

政宗は茶の袖無し羽織、黒錆《くろさび》色の着流し姿で釜の前に座っており、遠州が座るとゆっくりと茶を点て始めた。

「上様の献茶のおりには、稽古をつけてもらいながら、礼も言っておらなかったことを思い出したのでな」

遠州は黙って政宗の所作を見つめた。

「それだけではございますまい。わたしに何かお話があるのではありませぬか」

「ほう、なぜ、さように思うのだ」

政宗は眉ひとつ動かさずに言った。

「先日、伊達様は〈桜ちるの文〉の話を聞かれて落涙されました。上様も何かに思い当たられたご様子でした。そのことをお話しになりたいのではございませぬか」

政宗は微笑みながら黒楽《くろらく》茶碗を遠州の膝前に置いた。

「やはり、茶人は茶席でのことによく目が届くようだな。その通りだ。わしは老い先短い身ゆえ、このままでもよいが、上様はこれから苦しまれようほどにな」

遠州は目を瞠《みは》った。

「上様にお苦しみがあると仰せですか」

政宗はあっさりとうなずいた。

「ひとの上に立つ者には、おのずから苦しみがある。まして上様はわが国の武家を統べる将軍家におわす。苦しみをひとに話すことができぬゆえ、なおさら苦しかろうな」

首をかしげて遠州は訊いた。茶席で家光の苦しみを察知できなかったのだとしたら、茶人として恥ずかしいことだと思った。

「どのような苦しみがおありなのでしょうか」

政宗は少し黙ってから口を開いた。

「母に憎まれ、弟を殺した者の苦しみじゃ」

遠州はあっと思った。

政宗が小田原参陣の際、母親に毒を盛られ、そのために母親がいつくしんでいた弟を殺したことは知っていた。だが、言われてみれば、家光もまた、母親のお江《ごう》の方に疎まれたことは幕臣なら誰もが知っている。

家光の母は秀忠《ひでただ》の正室お江の方である。浅井《あざい》長政《ながまさ》の娘で豊臣秀吉の側室であった淀殿《よどどの》は姉にあたる。

お江は家光の弟忠長《ただなが》をかわいがり、家光を廃嫡して忠長を世継ぎにすることを考えていた。それを察知した家光の乳母、春日局《かすがのつぼね》が駿府《すんぷ》に大御所家康を訪ねて懇願し、これが奏功して家光は世継ぎとして正式に定まった。

将軍への途《みち》を断たれた忠長は、寛永元年（一六二四）に駿河《するが》、遠江《とおとうみ》二国を与えられ五十五万石を領し、駿府に居した。

従二位《じゆにい》権大納言に叙任されたため、世に駿河大納言と呼ばれた。だが、家光はかねて忠長を憎んでおり、領国経営において粗暴な振る舞いがあったとして寛永八年、忠長を改易にして甲《こう》府《ふ》に蟄居《ちつきよ》させ、さらに上州高崎《じようしゆうたかさき》に移した。

忠長は追い詰められ、寛永十年十二月に自刃《じじん》した。享年二十八だった。

わずか二年前のことであり、徳川家にとってはいまだ生々しい記憶だった。

「恐れ多いことでございます」

将軍である家光のしたことについて、何も言うわけにはいかず、遠州は口をつぐむしかなかった。黒楽茶碗を手にして、静かに喫した。

政宗は目を光らせて話を継ぐ。

「我がやどの花見がてらに来る人は散りなむのちぞ恋しかるべき、という和歌を聞いたときには、骨身に染みたぞ。わが屋敷の桜を見に来た者が目にするのは、散った桜、すなわち、わが弟、小次郎の亡骸《なきがら》だからな。わしが脇差にて胸を刺し貫いたときの小次郎はまさしく散る桜であった」

政宗は胸の奥底で慟哭《どうこく》しているのではないかと思える声で話し続ける。

「母に疎まれ、弟を殺した者はわしや上様だけではない。かの織田信長《おだのぶなが》公もまた弟の勘十郎信《かんじゆうろうのぶ》行《ゆき》殿を殺しておられる。してみると、天下に覇を唱えようとするほどの気概がある武人は皆、弟を殺すのかもしれぬな」

政宗はからからと笑った。

「伊達様、そのお話はおやめになられたほうがよろしゅうございます」

遠州は声を厳しくして言った。たとえ、真実であったにしても家臣が主君を誹《そし》るがごとき話はできない、と思った。

政宗は薄く笑った。

「そこが、お主の茶が退屈なところよ。わしはかつて、イスパニアの伴天連《バテレン》、ソテロなる者から話を聞いたことがある」

政宗は思いがけない名前を出した。ソテロはスペイン人でフランシスコ会の宣教師だった。慶長《けいちょう》八年（一六〇三）に来日して京都や大坂、江戸で布教活動を行った。

このころ海外への関心が高かった政宗はソテロを近づけ、慶長十八年に徳川秀忠が江戸のキリシタンを弾圧した際に、嘆願してソテロの命を助けた。

政宗はソテロを、遣欧使節として派遣した家臣支倉常長《はせくらつねなが》の案内役として同行させた。

常長はソテロとともに、メキシコを経由してスペインのマドリード、イタリアのローマへと赴いた。その後、ソテロはキリスト教が禁制となった日本へ戻り、薩摩《さつま》に潜伏したが捕えられて寛永元年（一六二四）、大村《おおむら》で殉教した。

「キリシタンの経典である『聖書』なるものには、カインとアベルという兄弟のことが書いてあるそうな。あるとき、ふたりはそれぞれ神へ供物《くもつ》を捧《ささ》げた。ところがなぜか、神はカインの供物には知らぬ顔をして、アベルの供物を愛《め》でた。カインは憤って野原にアベルを誘い出して殺したそうな」

　政宗の声には哀しみがこもっている。

「それからどこに行ってもカインの作る田畑からは何も穫《と》れなかったということだ。しかもこのとき、カインはアベルを殺したことで、自分も誰かに殺されるのではないかと恐れたが、神は、カインが誰にも殺されないという刻印を押した。つまるところ、カインは弟殺しの罪に怯《おび》えながら生き続けなければならなかったというわけだ」

　政宗は大きく吐息をついた。

「伊達様は、ご自分をその弟殺しのカインなる者と同じだと考えておられるのでございましょうか」

　遠州は恐る恐る訊いた。

「わしだけではない。上様もまたカインの末裔《まつえい》であろう」

　政宗はきっぱりと言ってのけた。

「恐ろしいお話でございます」

　つぶやくように遠州は言った。

「何も恐ろしがることはあるまい。ひとは誰でも罪業《ざいごう》のひとつやふたつは背負っておる。素知らぬ顔をして生きておるだけだ。利休殿は、罪業を背負った者が点てるのが茶なのだ、と思われていたのではないかな」

政宗の鋭い言葉が遠州の胸を刺した。

徳川家に仕え、天下一の茶の湯名人と見られるようになって慢心していたのかもしれない、とおのれを省みた。

政宗は自らのために点てた茶を飲んだ。

「利休殿と織部の茶にあって、お主に無いのは、罪業の深さだ。茶はおのれの罪の深さを知って許されることを願い、また、ひとを許すことを誓って飲むものだ。おのれに罪無しと悟り澄ました顔で飲むのは、茶ではない」

遠州は目を閉じ、しばらく考えてから手をついて、

「お教え、肝に銘じましてございます」

と言った。だが、政宗は静かに茶碗を見つめるばかりで、何も言わない。

茶室に松籟《しょうらい》の音が響いた。


翌年――

品川で献茶したおり、遠州は家光から賞賛されて、禅僧、清拙正澄《せいせつしょうちょう》の墨跡、

――平心
を賜った。

清拙正澄は禅宗修行の規範である〈大鑑清規《だいかんしんぎ》〉を制定した高僧で、平心とは落ち着いた心、穏やかな心という意味である。

遠州はさらに翌年の寛永十四年十二月十三日、永年、忠勤を励んでくれた家臣や家族に、〈平心〉の掛け軸を披露する茶会を行った。

思えば、幼少のころ豊臣秀長《ひでなが》に仕えて以来、刻苦勉励し、将軍家に献茶をするところまでたどりついたという感慨があった。

栄が感無量の表情で、

「まことに平心とは、旦那様にふさわしき御軸と存じます。おめでとうございます」

と寿《ことほ》いだ。うなずいた遠州は佐助たち、家臣に目を遣って、

「平心はわたしが目指した茶の心でもある。皆、これからもよろしく頼むぞ」

と言った。

言いながら遠州の脳裏には千利休、古田織部、後水尾《ごみずのお》天皇、安国寺恵瓊《あんこくじえけい》、沢庵《たくあん》、藤堂高虎《とうどうたかとら》、伊達政宗たちの顔が浮かんでいた。

多くのひとに教えられ、導かれてここまで来た、と思った。ようやく天下は定まり、将軍家と朝廷の和もなって、この世に平穏が訪れようとしている。そのことが何より、嬉しく、自分の茶はそのような世の中のための、

――泰平の茶

なのではないかと思った。遠州がそんな思いにひたりながら、盃を重ねていると、傍に来た佐助が、酌をしつつ、

「それにしても、島原《しまばら》の件では公儀も手こずっているようでございますな」

と言った。

「島原の件だと」

遠州は怪訝《けげん》な顔を佐助に向けた。佐助は首をかしげて答える。

「九州の島原というところで大掛かりな一揆が起きていることをご存じではありませんか」

「百姓一揆のことか。それならば聞いておる。島原藩では手こずったそうだが、近隣の諸藩が援軍として駆けつけるそうだから、間もなく鎮められよう」

何でもないことのように遠州は言った。しかし、佐助は頭《かぶり》を振った。

「それほど容易ではないのではないかと思います。百姓一揆と申しましても、その中にはかつて関ヶ原の戦で敗れた小西行長《こにしゆきなが》の家来であった者たちが加わっているようでございます。小西行長はキリシタン大名として有名でしたゆえ、家臣にもキリシタンが多く、これらの者がキリシタンを糾合しており、一揆の勢いはなかなか侮《あなど》り難《がた》いのだそうでございます」

「キリシタンか――」

眉をひそめて遠州はつぶやいた。

「さようでございます。島原藩主の松倉勝家《まつくらかついえ》様は随分と酷《むご》くキリシタンを取り締まられたそうで、年貢の厳しい取り立てとキリシタン狩りに追い詰められて、一揆は起きたのでございます」

肥前《ひぜん》国島原と肥後《ひご》国天草《あまくさ》の領民がキリシタンである少年の益田《ますだ》（天草《あまくさ》）四郎時貞《しろうときさだ》を盟主に蜂起《ほうき》したのは、この年、十月二十五日だった。二十七日には島原城を襲って城下に放火して一揆は全藩に広がった。

一揆は天草地方にも飛び火して富岡《とみおか》城代三宅藤兵衛重利《みやけとうべえしげとし》が一揆勢に敗死する事態にまでなっていた。

佐助から話を聞いて遠州は眉根を曇らせた。

(大坂の陣ですべての戦は終わったと思っていたが、かような火種があったのか)

暗澹《あんたん》たる思いだった。しかも、一揆の原因が、過酷な年貢の取り立てやキリシタン取締りにあるとするなら、それは領主や幕府の油断だと言える。

「このままでは天下の大きな乱れとなるかもしれぬな」

遠州はため息をついた。

その後も島原の乱の話は伝わってきた。

一揆勢は島原の原《はら》城に立て籠《こ》もっており、その人数はおよそ二万七千だという。そして年が明けた元旦、上使として派遣された板倉重昌《いたくらしげまさ》が佐賀《さが》、久留米《くるめ》、柳川《やながわ》、島原藩の兵を率いて原城に総攻撃をかけたが、大敗し、板倉自身、戦死した。

板倉に続いて上使として派遣され、正月四日に着陣した老中松平信綱《まつだいらのぶつな》は、総攻撃の方針を改めた。

兵糧攻めにするとともに、オランダ商館長に要請してオランダ船から原城を砲撃させるなどのゆさぶりを加えたうえで二月二十七日と二十八日の二日間の総攻撃で、原城を落とした。

このとき、幕府軍は手こずらせた一揆勢を皆殺しにした。その報《しら》せを聞いて遠州は幕府軍の残虐さに体が震えた。

（何ということだ。〈泰平の茶〉など夢幻であったのか）

遠州は無念の思いに包まれた。

――利休殿と織部の茶にあって、お主に無いのは、罪業の深さだ。

政宗の言葉が耳底に響いた。

忘　筌

正保《しょうほう》四年（一六四七）一月二十二日――

寝込んでいた遠州《えんしゅう》はこの日、珍しく床から身を起こした。そして栄《えい》に、

「今日あたり、中沼左京《なかぬまさきょう》殿が見えられるかもしれぬな」

と言った。だが、栄は首をひねった。

奈良《なら》にいる左京は訪ねてくる際、まずひとを遣わして、遠州の都合を問い合わせる。しかし、今のところ左京からは、今日、訪ねてくるなどとは言ってきていない。

遠州はどうして左京が来るなどと口にしたのだろうと、栄は訝《いぶか》しく思っていたが、この日の昼下がりになって、本当に左京が駕籠《かご》で訪ねてきた。

玄関で左京を迎えた栄は、

「左京様、突然のお越しで驚きました。実は旦那《だんな》様も今日あたり、左京様がお見えになられるのではないかと言われました」

「遠州殿がさように言われましたか」

左京はため息をついた。栄は眉《まゆ》をひそめて訊《き》いた。

「いかがなされましたか」

「いや、夢見が悪かったというだけのことです。それゆえ、あらかじめ使いを出すのを控えて、取りあえずやって参りました」

翳《かげ》りのある顔で左京は話した。栄は胸がさわいだ。

「どのような夢を見られたのでございましょうか。もしや、旦那様のお命に関わるような夢をご覧になられたのでは」

「さて――」

話したものかどうかと、左京は迷う風にしばらく黙っていたが、思い切ったように口を開いた。

「遠州殿が、わたしが訪れるのを察しておられたのであれば、話しておいたほうがよいかもしれぬ。夢見の話は村瀬《むらせ》佐助《さすけ》にも聞かせたいゆえ、呼んでいただけませぬか」

さりげなく左京は言ったが、口調からはただならぬものがうかがえた。栄は黙ってうなずき、左京を遠州の居室へ案内した。

左京が部屋に入ると、正座して茶を飲んでいた遠州はにこりとした。

「よう見えられた。今日はなにやら左京殿に会える気がしておりました」

さようでございますか、と言いながら左京は遠州と向かい合って座った。

「実は夢見が悪かったものですから、かようにいきなり参りました」

左京の言葉を聞いても遠州は驚いた顔をしなかった。

「そんなことではないかと思いました」

微笑《ほほえ》みながら口にする遠州に、左京は目を見開いた。

「わたしの夢見が悪かったのをご存じなのですか」

「わたしも夢を見たのですよ」

平然と遠州は答える。そのとき、佐助が部屋に入ってきて敷居の近くに座り、左京に頭を下げた。その後ろに栄が控えている。

すぐに女中が左京と佐助に茶を持ってきた。

遠州はふたりが茶を飲むのを待ってから話し始めた。

「ここ何日も続けて不思議な夢を見るのですが、その夢の中でわたしは死ぬのです」

遠州が死ぬという言葉を口にすると、栄はすがるような目をして言った。

「旦那様、さように不吉なことを口になされてはなりませぬ」

遠州は栄にやさしい眼差《まなざ》しを向けた。

「ひとは必ず死ぬものではないか。死ぬという言葉を口にしたからといって、不吉であるとは限らぬ」

「そうは申されましても」

栄は何か口添えして欲しいというような顔を左京に向けた。左京はうなずいてから言葉を発した。

「実を申しますと、わたしもさような夢を見たのです。遠州殿が亡くなられるという夢を。それであわてて奈良から出て参りました」

遠州は興味深そうに訊いた。

「わたしはどのようにして死にましたか」

左京はゆっくりと頭《かぶり》を振った。

「わかりません。ただ遠州殿のまわりには、鬼たちがいました」

「鬼ですと?」

遠州は目を輝かせた。

左京は深々とうなずく。そして口早に言ってのけた。

「鬼たちは遠州殿を殺して、肉を食らうのでございます」

栄が身震いすると、遠州は、ははは、と笑った。

「戦国の世ならば、兵糧攻めにあった城の兵たちが死んだ者の肉を食ったなどという話はあった。鬼とは戦国の世を生きた者のことを言うのかもしれぬ。千利休《せんのりきゅう》様以来の茶は、さように鬼になった者をひととして蘇《よみがえ》らせるものであった」

左京は遠州を見つめた。

「それゆえ、鬼は恐ろしくはないと言われますか」

「いや、恐ろしい。しかし、鬼よりも恐ろしいのは、力弱き者を鬼の境涯に落としながら、自らは栄耀《えいよう》栄華を楽しむひとという生き物ではあるまいか」

首をかしげて左京は言った。

「さような物言いをなされますと、大名、いえ上様までもが鬼ということになってしまうのではございますまいか」

遠州は穏やかに言葉を返した。

「だからこそ、われらは茶で鬼をひとに戻すのではないか」

「さようにございました」

左京が膝《ひざ》を叩《たた》くと、佐助が身じろぎして声を発した。

「旦那様は九州、島原《しまばら》の原《はら》城のことを仰せなのでございます」

はっとして左京は佐助に顔を向けた。

「島原のキリシタン一揆《いっき》か」

「あのおり、旦那様は、天下を鎮め、泰平といたす茶を目指してきたのは徒労であったかと、気を落とされました」

佐助の言葉に左京は深々とうなずいた。遠州は大きく息をついた。

「島原の乱に続いて寛永《かんえい》の大飢饉《だいききん》があった。いま思っても背筋が寒くなるような時世であった」

島原の乱が終息した寛永十五年（一六三八）ごろから、九州では牛の疫病が起きて、牛が大量に死んだ。さらに寛永十七年には蝦夷《えぞ》の駒ケ岳《こまがたけ》が噴火し、火山灰が遠く陸奥国津軽《むつつがる》まで及んで凶作となった。

翌寛永十八年に入ると、豊後臼杵《ぶんごうすき》で日照りによる被害が出たのを皮切りに四国、中国でも日照り、旱魃《かんばつ》が広がった。秋になると各地で大雨が続いて、北陸では長雨、冷風などによる大きな被害が出た。

そして寛永十九年には、正月から大雪に見舞われ、鍋釜《なべかま》が割れるほど凍《い》てついた。田畑には一尺ほど雪が降り積もった。

このため諸国で飢饉が続いた。『徳川実紀《とくがわじつき》』によると、

――すべてこの月より五月に至るまで、天下大《おおい》に飢饉し餓莩《がひょう》道路に相望む、また一衣覆ふこともなし得ず、古席《ふるむしろ》をまとひて倒れふすもの巷《ちまた》にみちたり

二月から飢饉が全国に及び、着物すら無く、古むしろをまとって倒れ伏すものが巷にあふれたという。翌寛永二十年にかけて餓死者は増大し、食物を求めて地方から逃散《ちょうさん》した百姓たちが無宿人となって江戸に入り込む事態になった。

幕府では飢人改《きにんあらため》を行い、身元が判明した者は各藩の代官に引渡したが焼石に水で、江戸に流入するひとびとは増えるばかりだった。

左京が慨嘆するように、

「まことに恐ろしいことでございましたなあ」

と言うと、遠州は大きく首を縦に振った。

「さよう、幕府は飢饉に応じて民を救うべく手立てを講じ、わたしも役人として懸命に努めたつもりだが、はたしてどれほどのことができたか。いまも心もとない気がする。その思いをもって造ったのが孤篷庵《こほうあん》の〈忘筌《ぼうせん》〉であった」

遠州は慶長《けいちょう》十七年（一六一二）に、京の龍光院《りゅうこういん》に建てていた孤篷庵を寛永二十年、大徳寺《だいとくじ》の敷地内に移設するとともに茶室を設えて、〈忘筌〉と名づけた。

忘筌とは荘子《そうし》の、

——魚《うお》ヲ得テ筌《うえ》ヲ忘ル
からとられている。

筌とは魚をとるための道具で、荘子の言葉は目的を達すれば道具の存在を忘れるという意味である。遠州は禅の境地を示す言葉として用いていた。

茶室は角柱に長押《なげし》つきの書院座敷でありながら、繊細な砂摺《すなず》り板の天井を低く作り、静かで落ち着いた趣を醸《かも》し出している。

縁先に広がる中庭の風景を生垣で遮《さえぎ》り、障子を立てた中敷居で手水鉢《ちょうずばち》と石灯籠《いしどうろう》がある露地だけが茶室から見えるように工夫した。中敷居は上半分が明かり障子、下半分を吹き放しとして、にじり口に代わる席入りの口とした。

舟屋の入り口のようでもある、この吹き放しは、露地を眺める際の額縁のような役目も果たしている。吹き放しから「露結《ろけつ》」と刻まれた蹲《つくばい》が見える。

「露結」とは「露結耳」、すなわち兎を意味し、「兎を捕えてワナを忘る」という言葉を暗に示して忘筌の対句としていた。

佐助がにこりとして口を開いた。

「あの茶室は旦那様のお心をそのまま映したかのようにて、静謐《せいひつ》で、しかも見るべきものは、すべて見ることができる心地がいたします」

遠州は首をかしげた。

「どれほどのことができたかはわからぬ。すべては忘の一字、この世にあってなしたことも、最期ともなれば、忘れ果ててしまうようだ」

遠州の言葉には、どこか逝くことを予感させるものがあった。

「旦那様、なにやらお話が悲しゅうに聞こえますするが」

栄が努めて明るさを装いながら言葉をはさんだ。

遠州は微笑する。

「もはや、わたしの年になれば、あの世へ参る話をいたすのは、近所に散策に出る話をするのとさほど変わらぬ。気軽に口にできるのも、なすべきことをなし終えたからにほかならぬと思えば、ただ嬉《うれ》しいばかりではないか」

左京が苦笑いしながら言った。

「話が湿っぽくなったのは、わたしの夢見が悪かったせいでございましょう、お許しください」

「何を言われる。左京殿にはどうしても言い遺《のこ》しておきたいことがあったゆえ、来ていただけたのを嬉しく思っておる。それが夢で導かれたのであるとするなら、神仏が左京殿をわたしに会わせるために見せた夢であろう」

淡々と言う遠州を、左京は真剣な眼差しで見つめた。

「遠州殿がさほどまで言い遺したいこととは何なのでございましょうか。これからも長生きしていただきたいと思いますゆえ、うかがいたく存じます」

佐助もうなずいて言い添えた。

「わたしもうかがっておいたほうがよいように思います」

遠州はふたりを見遣《みや》りながら、機嫌良さそうに何度もうなずいた。

「ふたりに話しておきたかったのは、八条《はちじょうのみやとしひと》宮智仁親王様が桂《かつら》に建てられた別業《べつぎょう》のことじゃ」

八条宮智仁親王の別業と聞いて左京と佐助は顔を見合わせた。

別業とは別荘のことである。

後に桂離宮として知られる山荘は京の西郊に位置し、元和《げんな》四年（一六一八）ごろ、月の名所として公家《くげ》たちが逍遥《しょうよう》してきた桂の里に建てられた。

桂川から水を引いた池の西岸に書院、御殿などがあり、園路に沿って茶屋や腰掛を配していた。

この山荘の造作《ぞうさく》を指図したのは左京で、実際に作庭を指揮したのは佐助だった。

このことに依《よ》ってなのか、桂離宮は後々にいたるまで、

――遠州好み
と言われた。

左京は昔を思い出す表情をしてつぶやくように言った。

「そう言えば、桂の別業は遠州殿が八条宮様から作事を頼まれましたのを、忙しくて行けぬからと、わたしと佐助が遣わされたのでしたな」

「実を申せば宮様がわたしに作事を頼まれたのは賢庭《けんてい》の願いを聞き届けられたゆえであった」

「賢庭の――」

左京は目を瞠《みは》った。

「そうなのだ。桂の別業は山水河原者《さんすいかわらもの》たちの願いを聞いて造られたものなのだ。そのことを左京殿と佐助には伝えておかねばならない、と思ってきた」

遠州は遠くを見る目をして語り始めた。

「八条宮智仁親王様は十八年前、寛永六年に五十一歳で亡くなられたが、わたしと同じ年のお生まれであった。奇縁だったといまも思っている」

遠州の脳裏に八条宮智仁親王の顔が浮かんでいた。

◇

八条宮智仁親王は正親町《おおぎまち》天皇の子、誠仁《さねひと》親王の六宮として生まれた。後陽成《ごようぜい》天皇の弟であり、天皇の信頼が最も厚かった。だが、八歳のとき、豊臣秀吉《とよとみひでよし》の猶子《ゆうし》となったことが智仁親王のその後の人生を大きく変えた。

智仁親王が秀吉の猶子となった期間は短い。三年後には秀吉の側室に男子ができたからだ。それでも秀吉は智仁親王に好意を寄せ、八条宮家を立てた親王になにくれとなく、よくした。

慶長三年、秀吉が没すると後陽成天皇は智仁親王に譲位したいと言い出した。秀吉が亡くなり朝廷の巨大な庇護《ひご》者がいなくなったと考えた後陽成天皇は、智仁親王に譲位して難局を乗り切ろうと考えたのだ。

だが、この譲位は朝廷内から反対の声が上がっただけでなく、秀吉亡き後の天下を握ろうとしていた徳川家康《とくがわいえやす》が異を唱えて実現しなかった。

後陽成天皇が譲位しようとした真意がどこにあったのかはわからないが、家康はこの時、智仁親王が皇位につけば、政治が混乱するという印象を持っていた。まして、智仁親王が秀吉から好意を持たれていたことは周知の事実だけに、家康は警戒心を強めた。

智仁親王は皇位につくことを望んではいなかった。政治の濁流に巻き込まれることなく静かで平穏な日々を送りたいと願っていただけだった。

慶長十五年、後陽成天皇がふたたび譲位を思い立ったとき、すでに家康の天下となっていただけに、朝廷と幕府の間に緊張が走った。

この事態を憂慮して、智仁親王は後陽成天皇に諫言《かんげん》し、三宮政仁《さんのみやことひと》親王が即位して後《ご》水尾《みずのお》天皇となった。だが、それに端を発して後陽成上皇と後水尾天皇は不和となった。

このころ智仁親王は、幕府から豊臣贔屓《びいき》と疑われ、朝廷では後陽成上皇と後水尾天皇の板挟みになるという辛《つら》さを味わった。

それでも大坂の陣で豊臣家が亡びると、ようやく智仁親王のまわりも落ちついてきた。遠州が茶の湯を通して智仁親王と親しく交際するようになったのは、元和年間に入ってからだった。

このころ、将軍秀忠《ひでただ》の娘和子《かずこ》が後水尾天皇の女御《にょうご》として入内《じゅだい》することになった。遠州は新造される女御御所のうちで御常《おつね》御殿や御化粧間《おけしょうのま》、ご休息所のほか御清所《おきよどころ》、御局などの普請《ふしん》奉行を命じられた。

遠州は山水河原者の賢庭とともに、作事に勤《いそ》しんでいた。そんなある日、賢庭が、遠州の前に膝をついた。

「小堀《こぼり》様、お願いがございます」

賢庭が地面に手をつかえ、頭を下げた。

「どうしたのだ」

遠州が訝しく思って訊くと、賢庭は、智仁親王様が桂に別業を建てようとしておられるので、山水河原者のうち何人かをそちらにまわしてよいか、と言った。

「ならぬ」

遠州は首を大きく横に振った。

「女御御所の作事は公儀の命によるものだ。たとえ親王様の命であったとしても、人手を割《さ》くなどもってのほかだ」

遠州が頑《かたく》なに認めないと、賢庭は肩を落として口をつぐんだ。賢庭がどうにか納得したのであろうと思って、遠州はひとまず安心した。

しかし、日がたつにつれて、女御御所の作事をする山水河原者の姿が目立たぬように少なくなっていることに遠州は気づいた。

(こっそり人手を桂にまわしているのではないか)

遠州は眉をひそめた。

女御御所の作事から人手が割かれているといっても、わずかな人数だし、事を荒立てるには及ばないとも思ったが、もし公儀の耳に入るようなことにでもなれば、ただではすまない。

(こうなったら、八条宮様に申し上げるほかない)

直《じか》に智仁親王に抗議して、山水河原者たちを近づけないようにしてもらうしかない、と思った。

数日後——

遠州は桂へ出向いた。まず、山水河原者たちがどれほど働いているのかを自分の目でたしかめてから智仁親王のもとへ赴こうと思った。

だが、桂に着いて、目を疑ったのは、別業を建てる場所で作事をしている者たちのほとんどが女や子供だということだった。

（これはどうしたことだ）

遠州は作事小屋に向かった。そこに作事を指図する者がいるはずだった。作事小屋に近づいた遠州ははっとした。小屋の近くに親王の供とみられる従者たちが控えていたからだ。

（まさか、親王様がお出ましなのであろうか）

遠州が恐る恐る作事小屋に近づくと、小屋のそばに控えていた従者たちが気づいて小屋に駆け込んだ。しばらくして小屋から出てきたのは賢庭だった。

賢庭は困ったような表情をして遠州の傍らに来ると片膝をついた。

遠州は厳しい声を発した。

「わたしは、桂の作事を手伝ってはならぬと命じたはずだな」

「申し訳ございませぬ」

賢庭はうなだれた。

「なぜわたしの命に背《そむ》いたのだ」

問われて、賢庭は苦しげに口を開いた。

「この作事で働いている者たちの多くが女や子供であることはおわかりでございましょう」

「それは見ればわかる」

「彼《か》の者たちは、大坂の陣で人足として駆り出されたあげくに戦に巻き込まれて死んだ山水河原者の家族でございます」

「なんだと――」

遠州は目を瞠った。

豊臣家は大坂城に籠《こも》って徳川方と戦ったが、巨大な城だけに戦に備えて石垣や堀をととのえるのに人手が必要だった。そのため京の山水河原者まで駆り出されたのだ。

さらに戦が始まってしまえば、砲撃によって破壊された城の修復などをせねばならず、大坂城から出ることを許されなかった。

そのため落城のおり、巻き添えになって多くの山水河原者たちが命を落としたという。

「八条宮様は戦で夫や父親を亡くした女子供が生きていけるようにと、お雇いくださっているのでございます。しかし、それだけでは遅々として進まず、しかも、十分な作事ができません」

「それで何人かが女御御所の作事から脱《ぬ》け出して手伝っているというわけか」

遠州は思わずうなった。賢庭は跪《ひざまず》くと両手をついた。

「すべては、わたしがいたしたことでございます。どうか、宮様にお咎《とが》めがございませんようにお願いいたします」

振り絞るような声で言いながら賢庭は頭を低くした。

遠州は当惑して黙り込んだ。

賢庭たちが女御御所の作事を脱け出していたことは、自分が目をつむればすむことだ。しかし智仁親王が、大坂の陣で死んだ者たちの妻子を別業の作事に使っているのは、厳しい見方をすれば、幕府への抗《あらが》いだとも言える。

(見過ごしにしてよいのだろうか)

遠州が迷って口ごもっていると、作事小屋から八条宮の従者と思《おぼ》しき者が出てきて遠州に近づき、賢庭のそばに控えて、

「宮様がお会いになるそうでございます」

と告げた。

「八条宮様が――」

遠州は困惑した。

智仁親王に会ってしまえば、抜き差しならないことになりはしないだろうか。このまま引き揚げて何も知らなかったことにしたほうがよいのではないか、と思った。

遠州が断りを言おうと口をひらきかけたとき、賢庭が膝を乗り出した。

「小堀様――、宮様のお話を聞いてはいただけませぬか」

賢庭の声には必死の思いが込められていた。

遠州はしばらく考えた後、うなずいてから作事小屋へ足を向けた。従者があわてた様子で先に作事小屋へと走った。

遠州が作事小屋に入ると、従者たちはあわただしく外へ出ていった。小屋の中には智仁親王がひとりで床几《しょうぎ》に腰をかけている。

ほっそりとして小柄で、目鼻立ちがととのった温和な顔をしている。遠州は智仁親王の前に跪きながら、何となく胸苦しい、不思議な思いに捕らわれた。

「そなたが遠州か」

やわらかな智仁親王の声を聞いた際に、なぜ胸苦しかったのかがわかった。智仁親王の体つきや風貌《ふうぼう》、さらに声までも自分によく似ているのだ。

このとき、ふたりはともに四十一歳だった。

智仁親王はつくづくと遠州を見て穏やかな笑みを浮かべた。

「なんと、そなたは、わたしによく似てはいないか。まるで鏡を見ているような心地がいたすぞ」

智仁親王に言われて遠州は両手をつかえた。

「恐れ入りまする」

遠州は身の内に惧《おそ》れを抱いて頭を下げた。智仁親王の顔を見ることが畏《おそ》れ多くてできなかった。

智仁親王は、ほほ、と笑った。

「何もさように硬くならずともよい。今日、そなたがせっかくここへ来てくれたゆえ、談合いたしたいのや」

「談合でございますか」

意外な言葉に遠州は思わず顔を上げた。

「そうや、天下のための談合や」

智仁親王はやわらかく包みこむような声音《こわね》で言った。

「おうかがいいたしまする」

遠州が控えると、智仁親王は口を開いた。

「そなたも知っておろうが、わたしはかつて豊太閤《ほうたいこう》の猶子であったゆえ、徳川の世では陽《ひ》の目を見ぬ定めなのや」

淡々とした智仁親王の話を遠州はうつむいて聞いた。

「それだけにわたしは、戦で負けたり、この世の片隅に追いやられたりしておる者の心持ちがわかる気がするのや。それで桂の別業はこの世で陽の目を見んと辛い思いで生きておる者たちの力で造ってみたいと思うた。そうすれば、この世で浮かばれん者たちの極楽浄土のような庭ができるやろと思うたのや」

遠州は顔を上げた。

「この世で浮かばれぬ者たちが造る極楽浄土の庭でございますか」

「そうや、そんな庭をそなたも見てみたいとは思わぬか。そなたが女御御所で造っておる庭は、徳川和子殿を閉じ込めて逃がさぬように見張るための庭に見える。庭はひとをもっと広いところに連れ出すものやないか」

諭すように言われて、遠州はしばらく考え込んだ。そして意を決した口調できっぱり言った。

「わかりましてございます。表立ってのお手伝いはできませぬが、わたしの義弟でありますす中沼左京と家来の村瀬佐助を遣わしますゆえ、お使いください」

「ほう、さようにしてくれるか、ありがたく思うぞ」

満足げに智仁親王はうなずいた。

智仁親王が腫瘍《しゆよう》を病んで没したのは、寛永六年四月だった。このころまでに、桂別業はかなりととのっていた。

『桂御別業之記』によれば、古書院御輿《おこし》寄せ前に向かう切石を組み合わせた延段《のべだん》は、遠州好みの
——真の飛び石
であり、松琴亭《しょうきんてい》は、

——八ツ窓囲ト云　遠州好第一ノ所也
とされている。同書では、作庭の事は小堀遠州政一《まさかず》としており、遠州が直に携わっていないにしても、遠州の指導によって桂別業ができたことを示している。

島原の乱が起き、寛永の飢饉となったおり、遠州はかつて智仁親王から言われた、

「庭はひとをもっと広いところに連れ出すものやないか」

という言葉を思い出した。

（庭がそうであるならば、茶もまたそうでなければならぬ）

遠州は自らの茶をあらためて見直した。

綺麗寂《きれいさ》びとは何か。

たとえ、表が綺麗に見えたとしても、裏に汚れを隠すならば、何にもならない。おのれを偽らず、向き合うことのほかに、綺麗寂びがあるはずもない。

遠州はあれこれ考えに沈んでいた。

寛永十九年（一六四二）五月――
遠州は江戸出府を命じられた。この時期、遠州は幕府の官僚としては、畿内《きない》以西の中国、四国、九州の民政を担当する、
――上方《かみがた》八人衆
のひとりだった。上方八人衆とは伏見《ふしみ》奉行の遠州のほか、
京都所司代　板倉重宗《いたくらしげむね》
淀《よど》城主　永井尚政《ながいなおまさ》
勝竜寺《しょうりゅうじ》城主　永井直清《ながいなおきよ》
大坂東町奉行　久貝正俊《くがいまさとし》
大坂西町奉行　曾我古祐《そがひさすけ》
堺《さかい》奉行　石河勝正《いしこかつまさ》

京都郡代　五味《ごみ》豊直《とよなお》

である。この八人は大坂城代、阿部正次《あべまさつぐ》と合議して緊急の場合は将軍の許可を得ずに軍を発することができるなど、大きな権限を持っていた。中でも遠州は農政において経験豊富であると見なされていた。

江戸城に召し出された遠州は評定所《ひょうじょうしょ》に詰めて、飢餓に苦しむ者たちに粥《かゆ》を配る、種もみを貸し出す、村内を見回って、堤や河川の壊れた箇所を直すことなどを、大名たちに文書で通達した。

無論、飢饉の対策としてこれだけで十分なはずもない。この年、夏になって上方八人衆が江戸に集まった。

明日、江戸城において将軍家光《いえみつ》が臨席して評定が行われるという日、遠州は江戸屋敷に〈知《ち》恵《え》伊《い》豆《ず》〉と呼ばれる幕府老中松平《まつだいら》伊豆守信綱《のぶつな》と上方八人衆の面々を集めて茶会を開いた。

正客《しょうきゃく》は松平信綱である。

信綱はもともと徳川家に仕える大河内《おおこうち》金兵衛《きんべえ》（久綱《ひさつな》）の息子だった。だが、六歳のときに大河内姓では将軍に近侍することができないからと、自ら望んで叔父《おじ》の松平正綱《まさつな》の養子になったという。利発で俊敏な信綱は、念願かなって将軍家光の小姓になった。

精励恪勤《せいれいかっきん》して元和九年に小姓組の番頭《ばんがしら》となり、八百石の旗本で伊豆守に叙せられた。

その後も出世の階段を駆け上り、寛永四年に一万石の大名になったかと思えば、その後、武蔵《むさし》国川越《かわごえ》城主で六万石にまで栄進していた。

島原の乱では総指揮官でありながら戦死した板倉重昌《しげまさ》の後を継ぎ、巧みな戦術でキリシタン一揆《いっき》勢が籠る原《はら》城を陥落させ、乱を鎮圧する手腕を発揮していた。

信綱はかねて茶の湯を通じて遠州と親交があった。

あるとき、信綱は遠州に、

「わたしの実家の父は古田《ふるた》織部《おりべ》殿を存じ上げていたらしいが、古田織部は横死するであろう、とひとに話していたそうだ。このことを遠州殿はどう思われるか」

と訊いた。この話は、『老談一言記《ろうだんいちごんき》』に次のように出ている。

――松豆州実父大河内金兵衛のいひし、古田織部は横死にかかるべき人也と

金兵衛はさすがに信綱の父親らしく、人物を見る目が鋭かったようだ。

織部が切腹する前から、このように言っていたのだ。

実際、織部が死んだ後、なぜ、あのように見抜くことができたのだ、とひとから問われると、織部は瑕《きず》のない茶碗《ちゃわん》や茶入れをわざわざ割って金継《きんつ》ぎをした後の景色を楽しむなどし、世の宝を損なうところがあったからだ、と金兵衛は答えたという。

信綱から問われて、遠州は、

「御尊父の慧眼《けいがん》はまことにお見事でございます。ただ、古田織部様はそのことを承知のうえですべてをなされていたようにも思います。まことに茶人と申すは、始末に困るものと言わねば

なりません」

と答えた。信綱は遠州の答えに興味を持ったらしく、続けて訊いた。

「始末に困るとは面白い。それでは遠州殿も始末に困る者でござるか」

「そうであってはならぬと思い、また、同時にそうでなければならぬとも思います。まことに茶人は性懲《しょうこ》りなき者にございます」

笑って答える遠州を、信綱は面白げに見つめた。それ以来、遠州と信綱の親交は深まっていた。

遠州に招かれた信綱は気軽な様子で一座に並んでいた。

床の間には、沢庵《たくあん》の書、「夢」を掛けた。さらに遠州好みの道具をそろえ、釜の前に座った遠州はあざやかな点前《てまえ》で茶を黒楽《くろらく》茶碗に点《た》てた。

信綱は黒楽茶碗を手にして、

「利休好みでござるな。遠州殿の好みとは違うと思うが」

と声をかけた。

遠州は微笑した。

「わたしは師の古田織部ともども利休様に教えをいただき、茶の湯に励んできたと思うております。されば、いまも心のうちに利休様はおわします」

遠州が謀反《むほん》人として死んだ古田織部や、秀吉により切腹させられた利休の名を公の場で口にするのは珍しいことだった。さらに、一時は流刑となっていた沢庵の書を掛けたことにも何か意図するところがあるようだった。

信綱は黒楽茶碗で茶を喫すると、次客にまわしながら、

「明日は大事な評定があるという日に、これだけの面々を集めて茶会を開かれたのには何かわけがあると存ずるが、いかがかな」

と続けて遠州に話した。

遠州は軽く頭を下げてから、おもむろに口を開いた。

「さて、近頃、八条宮様のことを思い出します」

「ほう、八条宮様のことを」

信綱は遠州が何を言い出すのだろうとうかがうような表情をした。

「はい、八条宮様は桂の別業を建てられるにあたり、大坂の陣で大坂城の人足として雇われ、戦に巻き込まれて死んだ山水河原者たちの妻子を使われました」

「大坂の陣で死んだ者たちの妻子をでござるか。それはいささか穏当を欠きますな」

怜悧《れいり》な官僚の顔になって信綱は言葉を返した。

「まことにさようだと存じます。わたしも八条宮様の別業造りにいささか力を添えましたゆえ、もし咎められるなら同罪にございます。ただ、これだけはお伝えしたいと存じますが、八条宮様はそのような者たちを使って桂の別業にこの世の浄土を造りたいと思われたのでございます」

この世の浄土という言葉を聞いたとき、一座の者たちの間から嘆声がもれた。信綱もまた、

感銘を受けた様子で、

「この世の浄土を造りたいのは、われらも同じでござる。しかし、なかなかに難しい。たとえば島原の乱のおりのように、いかに年貢の取り立てが厳しく、キリシタンの取り調べが苛烈《かれつ》であったにしても、叛《そむ》く者を鎮圧せぬわけにはいかぬ」

と言った。

遠州はうなずく。

「まことに仰せの通りでございます。しかし、その後が大事なのではございませぬか」

「その後――」

信綱が眉をひそめるのに、遠州は大きく首を縦に振った。

「島原の乱の後、各地で飢饉の兆《きざ》しが相次ぎました。そして今年になって大飢饉となったのです。あるいは島原の乱で死んだ者たちの怨念《おんねん》が宙を彷徨《さまよ》い、飢饉をもたらしたのではありますまいか」

「馬鹿な、そんなことはあるはずがない。遠州殿は上様のご威光にけちをつけるおつもりか」

ひややかな信綱の言葉を聞き流すように、遠州は軽く頭を下げた。

「無礼はお許しください。ただ、政《まつりごと》を預かる者はさように考える心遣いもいるのではないかと思ったのです。何となれば、怨《うら》みを鎮《しず》めるに恩をもってあたるのが政ではなかろうか、と存ずるからでございます。そして、この心は茶の湯にも通じると思うております」

「ほう、怨みに報いるに恩を以《もっ》てするのが茶の心だと言われるのか」

信綱は考えながら訊いた。

「さようでございます。茶の湯の席で申せば、上様は亭主であり、百姓、町人ら民は客でございましょう」

遠州が言い切ると信綱は目を瞠った。

「なんと、民は上様の客であると言われるのか」

「茶席に、身分上下のへだてはございませぬ。でありますならば、この世に生きる者として、たとえ武士であれ、百姓、町人であれ、茶を喫するために茶席に集《つど》いし者にございます。ならば、この世の政を行う上様が亭主、民は客でありましょう。そして茶の心は亭主が客の心を豊かにするため、懸命に努めるところにあるのではないかと存じます」

「飢饉に苦しむ百姓たちを救い、平穏な暮らしを取り戻させるのは、亭主の務めであると申すか」

信綱は目を閉じて考え込んだ。

「さようです。茶席が気に入らぬからと客を虐《いじ》め、苛《さいな》む亭主はおりませぬ。われらは亭主の務めを助ける役を仰せつかっております。されば、民を慈《いつく》しみ、安寧たらしめることがわれらのなすべきことかと存じます」

一座の八人衆からは、もっともなことだ、それがしも同じ考えにござる、との声が漏れた。

しばらくして、信綱は目を開けると微笑んだ。

「なるほど、遠州殿の茶は聞きしに勝る美味《うま》さであった。もう一服いただけようか」

信綱の言葉を聞いて、遠州は安堵《あんど》の表情を浮かべた。釜に向かい、遠州は静かに茶を点て始めた。

遠州の清雅な身のこなしは、さわやかな風をまとっているかのようだった。

遠州は翌日の評定で飢饉についての幕府の対応が決まると、一旦《いったん》、伏見に戻った。そしてこの年の秋、六十四歳の遠州は再び出府を命じられて江戸へ赴いた。

この年から遠州は江戸に留《とど》まり、飢饉で苦しむ農村を救うべく働く。

世に言う、

——遠州の四年詰め
である。遠州は、連日江戸の評定所に詰めて飢饉に応じた手立てを講じ、わずかな田しか持たぬ百姓でも身の立つようにしていくための方策を法令にしていった。

キリシタン禁制と並び、幕府が各藩の領民に対して直接下した法令だった。これらの政策は後に幕府が行う飢饉への手立ての基となった。

島原の乱や寛永の飢饉を契機に、幕府の農政は倹約から百姓の撫育《ぶいく》へと転換した。諸大名に課せられていた普請役も減らした。これに応じて諸藩も藩政改革に乗り出すようになった。

遠州がこれらの務めを終えて伏見に戻ったのは三年後、正保二年のことである。

遠州にようやく平穏な日々が訪れた。

◇

遠州は中沼左京と村瀬佐助、栄を相手に八条宮のことから江戸詰めのころまでの話を語り終えた。

「まことにお疲れでございました」

栄がいたわるように声をかけると、遠州は微笑した。

「わたしは多くのひとに出会って学び、自らの茶を全《まっと》うすることができた。これ以上の喜びはあるまい。いまとなってみれば、何の悔いもない。茶は点てたいと思う相手があってこそ茶なのじゃ」

左京は目をしばたたいた。

遠州がいま、永訣《えいけつ》の言葉を告げているのだ、と思った。

「よくぞなさいました」

佐助はうつむいて涙がこぼれるのを堪《こら》えた。

遠州は三人を見まわしてから口を開いた。

「わたしは、川を進む一艘《そう》の篷舟《とまぶね》であったと思う。さほど目立ちもせず、きらびやかでもないが、慎み深いさまはわたしの性にあっていた。されど、孤舟《こしゅう》ではなかったぞ――」

言葉を切らして遠州はゆっくりと頽《くずお》れた。

栄が小さく悲鳴をあげた。

障子を通して午後の陽射しが遠州を包む。

遠州は栄に支えられて、横になりながら笑みを浮かべ、かすれて聞き取り難《にく》い声で何事か言った。

栄が取りすがって、何と仰せでございますか、と訊くと、遠州は再び口を開いた。

「ひとはひとりでは生きられぬ」

遠くで鳥の囀《さえず》りがしていた。

正保四年二月六日、遠州は逝去した。享年六十九。辞世は、
きのふといひけふとくらしてなすこともなき身のゆめのさむるあけぼの
である。遺骸《いがい》は京、大徳寺の孤篷庵に葬られた。

参考文献

森蘊『小堀遠州』吉川弘文館〈人物叢書〉一九六七年、一九八八年（新装版）
熊倉功夫『小堀遠州茶友録』中央公論新社〈中公文庫〉二〇〇七年
深谷信子『小堀遠州の茶会』柏書房 二〇〇九年
深谷信子『小堀遠州 綺麗さびの茶会』大修館書店 二〇一二年
小堀宗実ほか『小堀遠州 綺麗さびの極み』新潮社〈とんぼの本〉二〇〇六年
『小堀遠州「綺麗さび」のこころ』平凡社〈別冊太陽〉二〇〇九年
日暮聖ほか訳注『本阿弥行状記』平凡社〈東洋文庫〉二〇一一年
小堀宗実監修「大名茶人・遠州４００年 小堀遠州 美の出会い展」図録 朝日新聞社 二〇〇七年

初出　「本の旅人」平成二十七年五月号〜平成二十八年二月号

葉室 麟（はむろ りん）
1951年、北九州市小倉生まれ。西南学院大学卒業後、地方紙記者などを経て、2005年、「乾山晩愁」で第29回歴史文学賞を受賞しデビュー。07年『銀漢の賦』で第14回松本清張賞を受賞し絶賛を浴びる。09年『いのちなりけり』と『秋月記』で、10年『花や散るらん』で、11年『恋しぐれ』で、それぞれ直木賞候補となり、12年『蜩《ひぐらし》ノ記』で第146回直木賞を受賞。『蜩ノ記』は映画化され、数々の賞を受賞。著書は他に、『実朝の首』『川あかり』『散り椿』『さわらびの譜』『蒼天見ゆ』『はだれ雪』『神剣　人斬り彦斎』『辛夷の花』『秋霜』『津軽双花』など。いま最も注目される歴史・時代小説作家。

孤篷《こほう》のひと

2016年9月30日　初版発行

著者／葉室《はむろ》 麟《りん》

発行者／郡司 聡

発行／株式会社KADOKAWA
東京都千代田区富士見2-13-3　〒102-8177
電話 0570-002-301（カスタマーサポート・ナビダイヤル）
受付時間 9:00～17:00（土日 祝日 年末年始を除く）
http://www.kadokawa.co.jp/

印刷所／大日本印刷株式会社

製本所／本間製本株式会社

ISBN 978-4-04-104635-7　C0093